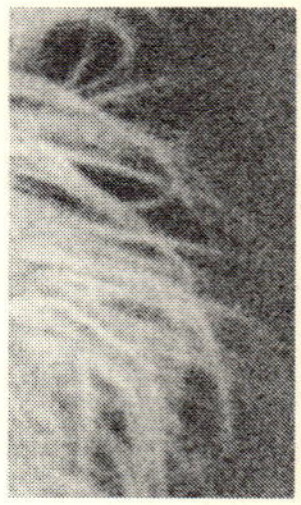

rowohlt paperback

Stimmen zu «Die Unberührte»

«Ein sehr beeindruckendes Buch, ein Thriller mit brillant arrangiertem Plot und authentisch schlichter, dennoch subtil akzentuierender Sprache.» NDR 3

«Eine Pornoschriftstellerin ist sie nicht. Thema ist der Sex und die damit verbundene Lüge, ‹dass Liebe dazugehören muss› – Despentes erzählt radikal offen, was Frauen mit den Männern treiben.» *Sonntagszeitung*

Virginie Despentes

WÖLFE FANGEN

ROMAN

Deutsch von Kerstin Krolak
und Jochen Schwarzer

Rowohlt Taschenbuch Verlag

Die Originalausgabe erschien 1996
unter dem Titel «Baise-moi» bei
Éditions Florent-Massot in Paris

Redaktion Karin Krauthausen

Deutsche Erstausgabe
Veröffentlicht im Rowohlt Taschenbuch
Verlag GmbH, Reinbek bei Hamburg,
Juli 2000

Umschlaggestaltung Beate Becker / Notburga Stelzer
(Foto: Sascha Jean Michel Melein)
Autorenfoto Copyright © Sophie Anquez
Satz Trinité No. 2 PostScript (PageOne)
Gesamtherstellung Clausen & Bosse, Leck
Printed in Germany
ISBN 3 499 22331 7

Die Schreibweise entspricht den Regeln
der neuen Rechtschreibung.

ERSTER TEIL

Weil du aber lau bist und weder kalt noch heiß,
werde ich dich ausspeien aus meinem Munde.

FJODOR MICHAILOWITSCH D.

Ma mère m'avait dit que j'étais fait pour l'amour
Je ne connais que le sexe et même pas tous les jours.

SALE DÉF.

KAPITEL 1

Im Schneidersitz vor dem Bildschirm hockend, drückt Nadine auf den Vorspulknopf, um den Vorspann zu überspringen. Der Videorekorder ist alt und hat keine Fernbedienung.

Auf dem Bildschirm ist eine dicke Blondine kopfüber an ein Rad gefesselt. Großaufnahme ihres geröteten Gesichts, unter dem Make-up schwitzt sie stark. Ein Typ mit Brille besorgt es ihr kräftig mit einem Peitschenstiel. Er nennt sie fette, geile Hündin, und sie gluckst.

In diesem Streifen sehen die Schauspieler alle wie Kleinkrämer aus. Der irritierende Charme eines gewissen deutschen Filmstils.

Eine Frauenstimme aus dem Off faucht: «Und jetzt piss, was das Zeug hält, du Schlampe!» Pisse prasselt wie Feuerwerk. Die Off-Stimme gestattet dem Mann, sich an diesem Segen zu erfreuen. Begierig macht er sich über den Strahl her. Er wirft entrückte Blicke in Richtung Kamera, labt sich an der Pisse und zieht schwungvoll seine Nummer ab.

Schnitt: Dasselbe Mädchen hockt auf allen vieren und spreizt gewissenhaft die weißen Backen ihres dicken Hinterns. Ein Typ, der dem ersten ähnlich sieht, nagelt sie schweigend durch.

Die Blondine macht auf jugendliche Geliebte. Genießerisch leckt sie sich die Lippen, zieht die Nase kraus und stöhnt wohlgefällig. An ihren Oberschenkeln wird die Zellulitis paketweise hin- und hergeschoben. Ein wenig Spucke läuft ihr übers Kinn, und man sieht ganz deutlich die Pickel unter der Schminke. Mädchenhafte Gebärden eines alten, schlaffen Körpers.

Ihre gesamte Überzeugungskraft verwendet sie auf die Bewegung ihres Hinterns, und so achtet niemand mehr auf ihren Bauch, die Orangenhaut und das hässliche Gesicht. Ein Bravourstück. Nadine zündet sich eine Kippe an und lässt dabei den Fernseher nicht aus den Augen. Sie ist beeindruckt.

Szenenwechsel: Eine Schwarze, ziemlich drall, was ihr rotes Lederkleid gut zur Geltung bringt, geht die Treppe zu einem Mietshaus hoch. Ein vermummter Typ versperrt ihr den Weg und kettet sie blitzschnell ans Geländer. Dann packt er sie bei den Haaren und zwingt sie, ihm einen zu blasen.

Die Wohnungstür fällt ins Schloss, und Nadine grummelt was in dem Stil: «Die Schlampe wollte doch mittags nicht nach Hause kommen.» Gleichzeitig sagt der Typ im Film: «Du wirst schon sehn, zum Schluss magst du meinen Schwanz, allen geht es am Ende so.»

Ehe sie überhaupt die Jacke aus hat, fängt Séverine schon an zu schimpfen: «Du guckst dir ja schon wieder diesen Dreck an!»

Nadine antwortet, ohne sich umzudrehen: «Du kommst genau richtig. Der Anfang hätte dich ja ziemlich aus der Fassung gebracht, aber diese Negerin muss doch selbst dir gefallen.»

«Mach das sofort aus, du weißt genau, dass mich das anwidert.»

«Und das mit den Handschellen zieht immer, fahr ich voll drauf ab.»

«Mach die Kiste aus. Sofort.»

Es ist das gleiche Problem wie mit Insekten, wenn sie sich an das Insektenspray gewöhnt haben: Man braucht immer was Neues, um sie totzukriegen.

Als Séverine zum ersten Mal ein Pornovideo auf dem Wohnzimmertisch fand, war sie so schockiert, dass sie gar nichts mehr gesagt hat. Dann setzte bei ihr der Abhärtungseffekt ein, und nun muss man immer härtere Geschosse auffahren, um sie sich vom Hals zu halten.

Nadines Ansicht nach kriegt Séverine von ihr eine richtige Therapie geboten. Lockerungsübungen in Sachen Sex.

Währenddessen hat die Schwarze an dem Phallus des Typen wirklich Gefallen gefunden. Gierig verschlingt sie ihn und zeigt dabei ihre Zunge. Er ejakuliert ihr in den Mund, und sie fleht ihn an, sie von hinten zu nehmen.

Séverine baut sich neben ihr auf, achtet sorgsam darauf, nicht in Richtung Bildschirm zu blicken, und schreit mit schriller Stimme: «Du bist echt krank, und mich machst du damit auch noch wahnsinnig!»

Nadine fragt zurück: «Könntest du bitte in die Küche gehen? Ich würde lieber hier vor dem Fernseher masturbieren. Es nervt mich, dafür in mein Zimmer zu verschwinden. Natürlich kannst du auch dableiben.»

Séverine erstarrt. Sie versucht zu verstehen, was los ist, und sucht nach einer Antwort. Sie hat's nicht leicht.

Nadine freut sich, sie aus dem Konzept gebracht zu haben, und macht den Videorekorder aus.

«War nur 'n Scherz.»

Séverine ist sichtlich erleichtert, schmollt, noch etwas unsicher, und fängt an zu reden. Sie erzählt belangloses Zeug über ihren Arbeitstag und zischt ab ins Badezimmer, um sich im Spiegel zu begaffen. Mit der Besessenheit eines Feldwebels inspiziert sie ihren Körper, wild entschlossen, Haut und Fleisch den Normen der Saison anzupassen, egal um welchen Preis. Ihre Stimme gellt aus dem Bad: «Und es hat keiner für mich angerufen?»

Sie ist nicht davon abzubringen, dass der Kerl, der sie letzte

Woche bestiegen hat, sich melden wird. Aber der Junge schien nicht bekloppt zu sein, und es ist ziemlich unwahrscheinlich, dass er's macht.

Séverine stellt jeden Tag die gleiche Frage. Und jeden Tag ergeht sie sich in wütendem Gezeter: «Nie hätte ich gedacht, dass der so drauf ist. Wir haben uns prima unterhalten, ich versteh nicht, warum er nicht mehr anruft. Ist doch eklig, wie der mich benutzt hat.»

Sie benutzt hat. Als wäre ihre Möse zu fein, um es sich von einem Schwanz besorgen zu lassen.

Zum Thema Sex lässt sie oft derartigen Schwachsinn vom Stapel. Da wird sie fast verschwenderisch, sie kann endlos darüber reden und Widersprüche aufhäufen, die sie dann einfach so stehen lässt. Im Moment wiederholt sie gerade mit Nachdruck, dass sie «so eine» aber nicht sei. Die Gattung «so eine» umfasst für Séverine das Schlimmste, was die Menschheit je hervorgebracht hat. Dabei kann sie in diesem Punkt ganz beruhigt sein. Sie ist dumm, wahnsinnig eingebildet, auf ekelerregende Weise egoistisch und erschreckend banal, sobald sie den Mund aufmacht. Aber «so eine» ist sie wirklich nicht. Entsprechend lässt sie es sich sehr selten besorgen, obwohl sie es dringend nötig hätte.

Nadine schaut Séverine von der Seite an und findet sich damit ab, wieder mal die Vertraute spielen zu müssen. Sie schlägt vor: «Setz doch fürs nächste Mal 'n Vertrag auf. Der Typ soll sich verpflichten, dir am Tag danach Gesellschaft zu leisten oder dich im Laufe der Woche anzurufen. Solange er nicht unterschrieben hat, machst du nicht die Beine breit.»

Séverine braucht eine Weile, bis sie versteht, ob sie das als Beleidigung, Witz oder klugen Rat auffassen soll. Schließlich hält sie es für das Beste, kurz und geziert aufzulachen. Gewollt subtil und erschreckend vulgär. Dann fährt sie unerbittlich fort: «Ich versteh das einfach nicht, der ist doch gar nicht so ein Typ, der es mit jeder macht, sonst hätte ich ja auch nicht gleich am ersten Abend gewollt. Aber es hatte doch wirklich gefunkt zwischen uns. Ich glaube, ich hab ihm Angst eingejagt. Das soll man nicht unterschätzen: Männer fürchten sich vor Frauen, die eine starke Persönlichkeit haben.»

Auf das Thema ihrer «starken Persönlichkeit» kommt sie gern zu sprechen. Wie sie auch oft von ihrer lebhaften Intelligenz oder ihrer umfassenden Allgemeinbildung faselt. Mysterium des menschlichen Gehirns, Gott allein weiß, wie sie sich das in den Kopf setzen konnte.

Immer auf der Suche nach anspruchsvollen Themen. Was sie sagt, vermengt sie mit haarsträubenden Theorien, die bei den Leuten, mit denen sie verkehrt, Gültigkeit haben. Sie hat auch eine ganze Reihe kultureller Anspielungen auf Lager, die sie wie Modeaccessoires wählt: immer der letzte Schrei und mit dem richtigen Riecher für den Geschmack von Hinz und Kunz.

Ihre Persönlichkeit ist ihr so wichtig wie die säuberliche Enthaarung der Bikinizone. Schließlich weiß sie, dass man nichts unversucht lassen darf, um einen Mann zu verführen. Höchstes Ziel dabei ist, einen von denen für immer an sich zu binden, und so wie sie sich anstrengt, hat sie wohl vor, sich einen fetten Bürgerfisch zu angeln.

Dank ihrer männlichen Intuition machen die Jungs einen großen Bogen um dieses Bonsai-Bäumchen. Aber einer wird schon noch auf sie hereinfallen. Dann wird sein Schädel die Kloschüssel sein, in der sie täglich ihre Alltagsscheiße ablässt.

Nadine streckt sich und empfindet kurz aufrichtiges Mitleid mit dem armen Kauz, der Séverine in die Falle tappen wird. Sie steht auf und holt sich ein Bier. Séverine folgt ihr in die Küche und redet ohne Atempause weiter. Mit dem Flegel, der nicht mehr anruft, ist sie fertig, davon wird sie erst morgen wieder anfangen. Eifrig macht sie sich an die Bestandsaufnahme der neuesten Gerüchte.

Nadine lehnt am Kühlschrank und schaut ihr beim Salatessen zu.

Sie sind nur aus praktischen Gründen zusammengezogen. Nach und nach hat das Zusammenleben pathologische Züge angenommen, aber keine von ihnen besitzt das Geld, sich allein eine Wohnung zu nehmen. Solange sie keinerlei Einkommensnachweis hat, kann sich Nadine sowieso bei keiner Hausverwaltung blicken lassen. Und Séverine erträgt sie im Grunde besser, als man denken würde. Als eingefleischte Masochistin hat sie fast Spaß an den ständigen Angriffen. Pervers und herzlos.

Nadine trinkt ihr Bier aus und kramt im Aschenbecher nach einem brauchbaren Zigarettenstummel. Sie ist zu faul, zum Tabakladen zu gehen. Sie findet einen Joint, der nur zur Hälfte aufgeraucht ist. Genug, um sich damit zuzudröhnen, dieser unerwartete Fund bringt sie in Stimmung.

Geduldig wartet sie, bis Séverine wieder zur Arbeit muss, und wünscht ihr höflich einen schönen Tag. Dann durchsucht sie ihr Zimmer, weil sie weiß, dass dort noch Whisky gebunkert ist. Sie schenkt sich ein großes Glas ein und macht es sich vor dem Fernseher bequem.

Sie brennt den Joint an, bemüht sich, den Rauch so lange wie möglich zu inhalieren, dreht die Anlage voll auf und stellt den Videorekorder ohne Ton an.

I'm tired of always doing as I'm told, your shit is starting to grow really old, I'm sick of dealing with all your crap, you pushed me too hard now watch me snap.

Sie spürt die Distanz zwischen sich und der plötzlich friedlich gewordenen Welt, nichts bringt sie aus der Ruhe und über alles könnte sie lachen. Mit Freude bemerkt sie an sich sämtliche Symptome eines absoluten Vollrauschs.

Sie lässt sich ganz tief in den Sessel sinken, zieht die Hose aus und streichelt über den Slip. Sie betrachtet ihre Hand, die zwischen den Schenkeln gleichmäßig kreist, beschleunigt die Bewegung und spannt das Becken an.

Sie wendet den Blick wieder zum Bildschirm. Das über das Treppengeländer gebeugte Mädchen bewegt den Kopf hin und her, wiegt den Hintern, will das Geschlecht des Mannes endlich verschlingen.

There's an emotion in me, there's an emotion in me. Emotion n° 13 blows my mind away, it blows me away.

KAPITEL 2

«Aber irgendwas muss man doch unternehmen.»

Der Kleine protestiert vehement, traurig und schockiert, dass Manu so leicht aufgibt. Vorwurfsvoll fährt er fort: «Er war doch einer deiner besten Freunde, nun ist er tot, ermordet. Und du bleibst seelenruhig und willst gar nichts unternehmen.»

Bis dahin hatte er nur vorsichtig und möglichst allgemein über die Gewalttätigkeit der Polizei gesprochen, über die Ungerechtigkeit, den Rassismus und die Pflicht der jungen Leute, sich zu organisieren und endlich etwas zu tun. Jetzt fordert er sie zum ersten Mal unverblümt auf, seine Empörung zu teilen.

Sichtlich erregt spricht der Kleine von den Unruhen, die der Unfall hätte auslösen müssen. Wie andere über Boxen, Sex oder Stierkämpfe reden. Einige Schlüsselwörter rufen vor seinem inneren Auge Visionen hervor, in denen er mannhaft den Ordnungshütern trotzt und an der Seite seiner würdigen und wild entschlossenen Kameraden Autos umkippt. Diese Bilder überwältigen ihn. Er fühlt sich erhaben und heldenhaft.

Manu ist keine Heldin. Sie hat sich daran gewöhnt, ein glanzloses Leben zu führen, den Bauch voll Scheiße zu haben und die Schnauze zu halten.

Rein gar nichts an ihr ist grandios. Höchstens ihr unlöschbarer Durst. Ob nach Wichse, Bier oder Whisky, scheißegal, Hauptsache, es hilft. Das Apathische und Schlampige ihres

Wesens schlägt alle Rekorde. Es macht ihr nichts aus, sich in Kotze zu suhlen. Eigentlich kriegt sie von der Welt, was sie zum Leben braucht: fast täglich genug Alkohol und einen Kerl, der's ihr besorgt.

Wenn der Kleine wüsste, wie scheißegal ihr hier in diesem Drecksloch die Revolution ist. Außerdem braucht man, um sich wie der Kleine in Ekstase zu reden, einen Sinn für das Erhabene und Selbstachtung, und beides geht Manu ab.

Sie wühlt in einer Schublade nach einem Fläschchen Nagellack und unterbricht ihn barsch: «Was fällt dir ein, mir in meinen eigenen vier Wänden auf die Nerven zu fallen? Verdammte Scheiße, mit welchem Recht willst du mir Lektionen erteilen? Und wie kommst du dazu, jetzt auch noch zu behaupten, dass sie ihn umgebracht haben?»

«Das weiß doch jeder, du hast selbst gesagt, dass …»

«Ich erzähl, was ich will, und ich trinke doch wohl genug, damit man nicht auf mich hört. Außerdem hab ich nur gesagt, es wär nicht seine Art, sich zu erhängen, und du hast das gleich so verstanden, dass es die Bullen waren, die ihn kaltgemacht haben. Ich rate dir ganz schwer davon ab, meine Lügen mit deinen zu verwechseln.»

Sie hat ihr Fläschchen Nagellack gefunden, hält es in der Faust und fuchtelt dem Kleinen damit wild vor der Nase herum. Vorsichtshalber zieht er sich zurück, stammelt eine Entschuldigung, er habe sie nicht kränken wollen. Einerseits, weil er keineswegs bösartig ist, andererseits, weil er sie für fähig hält, ihm den Schädel einzuschlagen. Ihre Gewalt kennt keine Grenzen, und um sich auszutoben, würde sie nie auf den politisch korrekten Moment warten.

Mit seinem Rückzug tut der Kleine genau das Richtige, denn sie ist wirklich kurz davor, auf ihn einzuprügeln.

Sie weiß so gut wie der Kleine, dass Camel sich ganz bestimmt nicht in aller Einsamkeit aufgehängt hat. Dazu war er zu stolz. Und wenn er auch kein Talent zum Leben hatte, kam er doch genug auf seine Kosten, um noch eine Weile am Ball zu bleiben. Außerdem hätte Camel niemals Selbstmord begangen, ohne zuvor ein gutes halbes Dutzend seiner Zeitgenossen zu erwürgen. Sie kannte ihn gut genug, um das beurteilen zu können. Sie verstanden sich prima, hingen gern zusammen rum und hatten die gleichen Vorstellungen über die richtige Art, sich den Tag zu vertreiben.

Die Leiche war am Tag zuvor entdeckt worden, erhängt in einem Hausflur. Die letzten Menschen, die Camel lebend gesehen haben, sind die für seine Bewährung zuständigen Bullen. Niemand wird je erfahren, was wirklich vorgefallen ist. Und der Kleine hat Recht, selbst ihr fällt es schwer, das zuzugeben und nichts dagegen zu tun. Aber damit wird sie schon noch fertig.

Die Tricks, die der Kleine drauf hat, um sie mit seiner Empörung anzustecken, gefallen ihr nicht, und seine Versuche, diesen Toten als Beweis für seine Überzeugungen zu nutzen, erst recht nicht. Der Kleine glaubt, rechtmäßige Ansprüche auf die Leiche zu haben. Sie hat entweder politischen Zielen zu dienen oder ganz von der Bildfläche zu verschwinden. Unverhohlen verachtet der Kleine Manu für ihre Feigheit. Ihrer Meinung nach ist die ganze Sache bisher für ihn viel zu glimpflich abgelaufen, als dass er sich erlauben könnte, sie zu verachten. Aber sie kann gerne dafür sorgen, dass er auch sein Fett abbekommt.

Natürlich macht sie sich erst noch ein Reservebier auf, ehe sie mit dem Nagellackieren beginnt. Aus Erfahrung weiß sie, dass ihre Nägel noch längst nicht trocken sind, wenn sie schon wieder Durst bekommt. Erst zögert sie, doch dann bietet sie der Rotznase auch eins an, um zu zeigen, dass sie nicht nachtragend ist. Es wird nicht lange dauern, bis sie so voll ist, dass ihr die ganze Geschichte nichts mehr anhaben kann. Am Ende gewöhnt sie sich immer an den Gedanken, dass ein Teil der Bevölkerung eben die Rolle des Opfers spielen muss. Pech für sie, aber ausgerechnet an ihr bleibt es wieder mal hängen.

Weil ihre Hand immer ein wenig zittert, landet auf ihrer Haut genauso viel Lack wie auf den Nägeln. Hauptsache, das sieht beim Wichsen ordentlich bunt aus auf den Schwänzen ...

Der Kleine schaut ihr missbilligend zu. Nagellack gehört nicht zu den Dingen, die seiner Meinung nach der Gerechtigkeit dienen. Er ist ein Zeichen der Unterwerfung unter die Macht der Machos. Aber da Manu zur Kategorie der unterdrückten Opfer ohne jegliche Bildung zählt, kann man nicht von ihr verlangen, moralisch einwandfrei zu handeln. Er wirft ihr dieses Versäumnis nicht vor, sondern empfindet Mitleid.

Lautstark pustet sie ihre linke Hand trocken und beginnt dann mit der rechten. Der Kleine erinnert sie an eine Jungfrau, die sich in den Duschraum eines Männergefängnisses verirrt hat: Die Umwelt stellt sich ihr lüstern und hartnäckig entgegen. Alles in ihrer Umgebung schüchtert sie ein, und der Teufel versucht ihr mit allen Tricks der Lasterhaftigkeit die Unschuld zu rauben.

Es klingelt an der Tür. Manu bittet ihn aufzumachen und wedelt dabei mit den Händen, damit der Lack schneller trocknet. Radouan kommt herein.

Er kennt den Kleinen vom Sehen, weil sie im selben Viertel wohnen, ist aber verwirrt, ihn hier bei Manu anzutreffen, da er nie ein Wort mit ihm wechseln würde. Linksradikale halten Araber für reaktionäre Arschlöcher mit religiös-fanatischen Neigungen. Araber halten Linksradikale für besoffene, hochgradig schwule Penner.

Scharfsinnig kommt Radouan zu dem Schluss, dass Manu den Kleinen wohl für einen Ritt auf ihrem Bauch hergelockt hat. Das würde ihn bei ihr nicht wundern. Er fragt, ob er störe, und gibt Manu diskret ein Zeichen, dass er für Anzüglichkeiten Verständnis habe. Dermaßen diskret, dass der Kleine hochrot anläuft und sich auf seinem Stuhl windet. Sex ist doch schon wieder so ein Thema, über das man keine Scherze macht.

Ehe sie Radouan antwortet, setzt Manu ein albernes und blödes Grinsen auf.

«Natürlich störst du nicht. Wir haben uns zufällig beim Einkaufen getroffen, und der Kleine ist mit zu mir, damit wir in Ruhe über Camel reden können. Hast du schon gegessen? Im Kühlschrank sind noch Nudeln.»

Radouan bedient sich selbst und fühlt sich wie zu Hause, denn er kommt so oft zu Besuch, dass es für ihn hier wirklich wie zu Hause ist. Der Kleine ergreift wieder das Wort und ist ganz begeistert, einen neuen Gesprächspartner zu haben.

Er selbst verkörpert genau das, was er mit erschreckender Seelenruhe anprangert. Wie der Enkel eines Missionars will er die Eingeborenen im Viertel zu seiner Denkweise bekehren. Er will nur ihr Bestes und würde ihnen so gern die Erleuchtung bringen.

Besonders clever ist der Kleine zwar nicht, aber er bekommt trotzdem sehr schnell mit, dass Radouan für seine Worte noch unempfänglicher ist als Manu. Schwer geprüft schiebt er ab.

Manu verabschiedet sich freundlich von ihm. Das Schlimmste an dummen Menschen ist eigentlich, dass sie nur im Film durch und durch unsympathisch sind. Im wirklichen Leben bringen sie einen mit ihrer warmherzigen Art ganz durcheinander.

Und dann hat der Kleine im Grunde auch nicht ganz Unrecht. Eigentlich sind im wirklichen Leben nur die Bullen durch und durch verachtenswert.

Statt zu warten, bis die erste Lackschicht trocken ist, legt sie gleich die zweite auf. Weil sie nichts Besseres zu tun hat. Voller Stolz zieht Radouan ein Piece aus der Tasche.

«Hast du Blättchen da?»

«In dem Korb hinter dir. Willst du das jetzt rauchen?»

«Tickst du noch ganz richtig? Das ist für dich, ein Geschenk von King Radouan.»

«Ist der jetzt also Dealer, ganz wie sein großer Bruder, das Arschloch Radouan?»

«Was willst du? Ich kümmer mich um mein Business. Hab alles im Griff.»

«Geht mich ja auch nichts an. Rennst du deshalb jetzt immer in so abgefahrener Montur rum? Man könnte glatt meinen, sämtliche Luxusklamottenfirmen der Welt sponsern dich. Im Viertel reden alle über dein Business, du stellst dich dermaßen blöd an, dass du nicht mal warten musst, bis die Bullen dich schnappen. Du lässt dich schon vorher von den Kerlen im Viertel festnageln ...»

«Das geht dich 'n Scheißdreck an, sag ich dir, davon hast du keine Ahnung. Vertrau mir einfach und probier den Stoff von King Radouan, den besten im ganzen Land und ein Geschenk für dich.»

Sorgfältig klebt er die beiden Blättchen zusammen. Weil er selbst nicht kifft, ist er es nicht gewohnt zu drehen und macht es ganz vorsichtig. Er leckt eine Zigarette der Länge nach an und schlitzt sie auf, wie er es bei den Alten gesehen hat. Er ist gut drauf, weil er gut angezogen ist und Manu ein Geschenk machen kann.

Sie weniger, denn ihr sind schlimme Geschichten über ihn zu Ohren gekommen. Er hätte Leute gearscht, die es überhaupt nicht mehr gewohnt waren, gearscht zu werden. Ihr fällt nichts ein, womit sie ihn zur Vernunft bringen könnte. Schon als er mit dem Dealen anfing, war ihr nichts dazu eingefallen. Sie hätte ihm nicht einen einzigen mitreißenden Vorschlag unterbreiten können, damit er auf der rechten Bahn blieb. Sie meint nochmal: «Pass auf dich auf, schalt mal zur Abwechslung dein Hirn ein.»

Dann lässt sie ihn das Thema wechseln.

KAPITEL 3

«Hast du Francis in letzter Zeit gesehn?»

«Nein, in den letzten Tagen nicht ...»

«Der hat schon lange nichts mehr von sich hören lassen. Machst du mir 'n Bier?»

Selbst am helllichten Tag ist es finster in dieser Kneipe. Den endlosen Tresen entlang versackt eine Horde bunt gemischter Stammgäste. Kaleidoskop aus Geschichten, Kunstlicht und dem Gemurmel sich überlagernder Gespräche. Die Leute gleiten aufeinander zu, bleiben auf ein Glas beieinander, helfen sich gegenseitig, die Zeit totzuschlagen, bis sie endlich besoffen genug sind, um es zu ertragen, nach Hause zu gehen.

Nadine ist noch ganz bedröhnt vom Kiffen, das schärft ihre Sinne. Das Bier schmeckt frisch, und sie leert es in zwei Zügen.

Ein paar Studis büffeln an einem Tisch an der Tür. Hefte liegen aufgeschlagen auf dem Tisch, sie murmeln Formeln vor sich hin und versuchen, sie auswendig zu lernen.

Am anderen Ende des Tresens unterhält sich ein Junge mit dem Kellner und schaut verstohlen zum Eingang, um ja kein hereinkommendes Mädchen zu verpassen. In seiner Phantasie malt er sie sich in verschiedenen Stellungen aus und ergötzt sich daran, während er weiterredet. Wie die Lungen aufs Atmen ist sein Kopf nur auf Sex eingestellt. Er kommt regelmäßig hierher, und Nadine wird nicht müde, ihn zu beobachten. Wenigstens die Freude am Laster kann ihr keiner nehmen.

In einer Nische sitzt ein junger Mann auf einem Barhocker und spielt an einem Computerspiel. Ein Mädchen an seiner Seite sieht zu, wie die bunten Symbole niedersinken und sich ineinander schieben. Er hat ihr kaum guten Tag gesagt, ist ganz in sein Spiel vertieft. Trotzdem versucht sie, mit ihm zu reden: «Weißt du was? Ich hab gerade mit der Sozialarbeiterin gesprochen. Sie meint, du sollst mal bei ihr vorbeischaun.»

«Lass mich in Ruhe. Ich hab dir doch gesagt, dass es für mich bei denen nichts zu holen gibt.»

Er hat ihr barsch, aber ohne Feindseligkeit geantwortet. Er will bloß, dass sie ihn in Frieden lässt. Nach kurzem Schweigen setzt sie wieder an, hartnäckig, auch wenn sie eine Entschuldigung vorschiebt: «Zu Hause ist Post für dich, soll ich sie dir holen?»

Er scheint sie nicht mal gehört zu haben. Sie hakt nochmal nach, so sanft wie möglich, sie weiß, dass es ihn ärgert, beim Spielen gestört zu werden, aber sie kann eben nicht anders: «Du hast schon seit fünf Tagen nicht mehr zu Hause geschlafen. Wenn du nicht mehr mit mir zusammenwohnen willst, brauchst du's nur zu sagen.»

Sie bemüht sich, weder vorwurfsvoll noch traurig zu klingen, sie weiß, dass Vorwürfe und Traurigkeit ihn wütend machen. Er seufzt laut, um ihr deutlich zu zeigen, wie sehr sie ihn nervt: «Ist gestern spät geworden. Das heißt doch nicht gleich, dass ich ausziehen will. Verdammte Scheiße, kannst du mich nicht einmal in Ruhe lassen?»

Nicht gerade eine beruhigende Antwort. Das Mädchen wirkt bestürzt, entgegnet aber nichts. Sie starrt auf den Bildschirm, die bunten Symbole bewegen sich immer schneller nach unten. Mit rasender Geschwindigkeit betätigen die Hände des jungen Mannes den Joystick.

Schließlich meldet die Maschine «Game over». Ein Strahlen geht über das Gesicht des Mädchens: «Los, komm, ich kann dich auf ein Glas einladen. Wir haben uns schon so lange nicht mehr unterhalten.»

Sie hat sich sehr zusammengerissen, um begeistert und nicht flehend zu klingen. Sie weiß, dass er Begeisterung schätzt und Flehen ihn wütend macht. Unvermittelt fragt er: «Hast du mal zehn Franc?»

«Ja, ich lad dich ein, hab ich doch gesagt. Wo sollen wir uns hinsetzen?»

«Gib sie mir. Ich mach noch 'n Spiel.»

Er streckt die Hand aus, sie wagt nicht zu widersprechen und zieht eine Münze aus der Tasche. Er steckt das Geldstück in den Automaten und meint: «Bleib nicht das ganze Spiel hinter mir stehen, das lenkt mich ab. Wir unterhalten uns heute Abend, wenn du willst.»

«Kommst du spät?»

«Verdammte Scheiße, was weiß denn ich? Lass mich in Ruhe.»

Sie weiß, dass er, selbst wenn er heute Abend kommt, wohl zu besoffen sein wird, um sich mit ihr zu unterhalten. Bestenfalls hat er dann noch die Kraft, sie auf seine Seite zu drehen und kurz zu bumsen.

Sie setzt sich allein an einen Tisch und bestellt einen Kaffee. In ihrem Blick liegt keine Wut, nichts als große Unruhe. Nadine weiß, dass sie bleiben wird, bis die Kneipe schließt, und im Laufe des Abends noch mehrere ungeschickte Versuche starten wird, die Aufmerksamkeit des jungen Mannes auf sich zu ziehen.

Bei dem Kaliber der Brünetten, die er in letzter Zeit immer durchzieht, kann ein dickes Fell nicht schaden, und je seltener sie darauf besteht, ihn mit nach Hause zu nehmen, desto besser wird er sich ihr gegenüber benehmen.

Sie wird halt so lange warten, wie es nötig ist, und hinnehmen, was hingenommen werden muss. Geduldig und zu allem bereit, um ihn bei Laune zu halten, bis er von allein zurückkommt.

Ein Typ steht von seinem Platz auf und torkelt an den Tresen. Eigentlich ist es noch zu früh, um sich schon in einem solchen Zustand zu befinden. Er feilscht mit dem Barkeeper um Kredit, erhält aber eine Abfuhr.

Eine Brünette kommt herein, und der Junge am anderen Ende des Tresens macht Stielaugen. Genau dieser Typ Frau versetzt ihm gefühlsmäßig den absoluten Kick. Auf einmal ist er nicht mehr total gelassen, sondern hippelt auf seinem Hocker herum und antwortet auf das Augenzwinkern des Kellners: «Was können wir denn dafür, wenn's die Weiber alle darauf anlegen?»

Nadine beobachtet das Mädchen und versucht, sie mit seinen Augen zu sehen. Warum die und nicht irgendeine andere? Vielleicht, weil sie dem ersten kleinen Mädchen ähnelt, dem er einen Finger in die Spalte schieben durfte. Vielleicht lächelt sie auch genau wie das Papiergirl, deren Foto er mit Flecken übersät hat, wenn er sich mit starrem Blick einen abwichste.

Einer seiner Kollegen gesellt sich zu ihm, und er fragt ganz unschuldig: «Die kleine Brünette da drüben, kennst du die?»

«Im biblischen Sinn. Erstklassig, wie die bläst.»

«Das glaub ich dir natürlich gern aufs Wort, trotzdem würde ich mich lieber selbst davon überzeugen. Kannst du mich ihr vorstellen?»

Sie nehmen ihre Gläser und setzen sich an den Tisch des Mädchens.

Neben dem Eingang lässt sich eine ultrascharfe Mulattin auf superhohen Absätzen dazu herab, zwei Jungs zu quälen. Ihr Rock hört genau da auf, wo ihr Unterleib beginnt, und darunter erstrecken sich endlose Beine. Die Jungs malen sich lieber nicht aus, wie die sich um die Taille des Glücklichen schlingen, der's ihr besorgen darf. Lächelnd hört sie ihnen zu, eine

Hand auf den Hüften, und wenn sie hell auflacht, lässt sie leicht das Becken kreisen. Der Schrei nach Sex wird bei ihr im Imperativ konjugiert, und eine Höllenfahrt gehört mit zum Programm. Sie ist eine Femme fatale im eigentlichen Sinn des Wortes. Alle in der Bar kennen Storys über Kerle, denen sie den Verstand geraubt hat, und alle Männer haben nur den einen Wunsch, selbst an der Reihe zu sein.

Nadine hat mal eines Abends beobachtet, wie sie am anderen Ende der Straße zusammenbrach, zwischen zwei Autos, nach einem Streit mit einem Liebhaber. Der leichenblasse Kerl beugte sich über ihren schrecklich zusammengekrümmten Körper, total baff, dass ein Mensch so leiden konnte, und entsetzt über einen solchen Wutausbruch. Sie war wie besessen, versuchte sich das Übel mit Schlägen in die Magengegend auszutreiben, wälzte sich schreiend hin und her, in ihrem Innern ein loderndes Feuer.

Nadine war es peinlich, unfreiwillig Zeugin dieser Szene zu werden, doch zugleich zog dieses Mädchen sie mächtig an.

«Nadine, Telefon für dich. Ich glaub, es ist Francis.»

KAPITEL 4

In der Küche ist die Spüle noch immer verstopft. Bei der Hitze gammelt das aufgestaute Wasser besonders gut. Also stapelt Manu das schmutzige Geschirr im Badezimmerwaschbecken.

Ausnahmsweise hat Radouan mal nicht übertrieben: Das Dope ist erstklassig.

Ohne ihn auszuleeren, feuert sie den Aschenbecher ins Wasser. Augenblicklich überzieht ein schwarzer Film alles, was darin eingeweicht liegt. Sie lässt einen Schwall von Beschimpfungen gegen den Aschenbecher los und knallt die Badezimmertür zu, damit sie sich das nicht mehr anzusehen braucht.

Sie muss dringend raus und was zu trinken kaufen. In einem Berg schmutziger Wäsche sucht sie nach einer nicht allzu fleckigen Bluse. Sie schwört sich, noch vor dem Wochenende in den Waschsalon zu gehen. Als sie den Reißverschluss einer Jacke zuzieht, die nach kaltem Rauch stinkt, wird ihr klar, dass es viel zu heiß ist, um eine Jacke anzuziehen.

Das ist, als wolle sie schon seit Stunden raus und Getränke kaufen. Die Wohnung lässt sie nicht mehr los.

Erstklassiges Dope. Radouan hat ihr ganz viel dagelassen.

Sie weiß nicht mehr, wo der Wohnungsschlüssel ist. Sie wühlt alles durch, in der Hoffnung, dass er ihr zwischen die Finger kommt. Selbst im Kühlschrank schaut sie nach, man weiß ja nie. Schließlich findet sie ihn in der Tasche einer Jeans.

Endlich schafft sie's doch noch hinaus auf die Straße. Die Sonne knallt ihr in die Visage wie ein auf sie gerichteter Scheinwerfer. Es ist so heiß, dass man sich auf den Bürgersteig setzen und den Abend abwarten möchte. Sie kneift die Augen zu und merkt, dass sie ihre Sonnenbrille vergessen hat, hat aber keine Lust, sie holen zu gehen.

Im Gehen zählt sie das Geld in ihrer Hand. Für zwei Flaschen Bier müsste es reichen. So ein Mist, dass sie die Pfandflaschen zu Hause gelassen hat.

Sie ist noch mit diesem Thema beschäftigt, als ihr auffällt, dass ihr Nagellack alles andere als planmäßig getrocknet ist. Er bildet unzählige kleine Rillen. Eigentlich sieht das gar nicht schlecht aus.

Ein Mädchen kommt über die Straße, um ihr hallo zu sagen. Sie haben sich nie viel zu erzählen, wohnen bloß schon seit Jahren im gleichen Stadtviertel. Die Augen des Mädchens versinken in Rotz und Kummer. Sie wirkt noch viel geistesabwesender als Manu. Zugedröhnter Junkie, gängiges Modell. Weiß die Öffnungszeiten aller Apotheken im Viertel auswendig. Auch bei der Schautafel mit den Notdiensten macht ihr keiner was vor. Die Unterarme immer zerstochen, sie kriegt kaum einen Satz zu Ende.

Als sie damals im Viertel ankam, war sie noch ein liebliches Pflänzchen, hatte gerade ein Studium abgeschlossen, das ihr keiner je zugetraut hätte, steckte voller Pläne und konnte sogar glaubhaft machen, sie alle zu verwirklichen. Das ist sehr lange her, seitdem hat die Realität sie eingeholt und in die Gosse verwiesen, doch sie meint immer noch, das wäre nur so eine Phase in ihrem Leben, die sie sehr bald hinter sich lassen wird. Sie ist die Letzte, die noch an sich glaubt und denkt, dass sie da wieder rauskommt. Manu unterhält sich kurz mit ihr.

Dann setzt sie ihren Weg fort und wirft einen Blick in die Eckkneipe. Manchmal trifft sie da jemanden, den sie grad sehen möchte. Alles im Laden ist von einer Dreckschicht überzogen. Von besseren Zeiten träumende Spelunke. Dicke Luft, deren Ursache keinen Dreigroschenroman wert ist.

Ein Typ kommt aus der Kneipe und holt sie etwas weiter ein: «Hast du Radouan gesehn?»

«Nein. Ich weiß nicht, wo er ist.»

Das ist so eine Angewohnheit von ihr, wie von allen Leuten im Viertel. Nichts gesehen, nichts gehört, damit man sie bloß in Ruhe lässt. Plötzlich regt sich der Typ auf: «Verdammte Scheiße, wenn du ihn siehst, sag ihm, er ist wanted, der Arsch. Wenn wir ihn kriegen, legen wir ihn um.»

«Ich wohne nicht mit ihm zusammen.»

«Egal. Wenn er dir über den Weg läuft, sagst du diesem Hurensohn: ‹Wenn wir ihn kriegen, legen wir ihn um.› War das deutlich genug?»

«Was hat er denn ausgefressen? Wollt er deine Mutter nicht bezahlen?»

«Du Nutte! Red gefälligst anständiger mit mir, oder du bist dran! Okay? Weiß doch jeder, dass er ständig bei dir rumhängt, also spiel dich hier nich so auf, sonst kommen wir mal bei dir rum. Okay?»

«Das war deutlich genug.»

Er spricht zwei Zentimeter von ihrem Gesicht entfernt, bereit, ihr eine zu kleben. Als sich ein anderer Kerl nähert und ihn unter vier Augen sprechen will, zögert sie nicht und macht sich schnell aus dem Staub.

Radouan muss ganz schön Scheiße gebaut haben, um die Gemüter derart zu erhitzen, obwohl hier in der Gegend die Sicherungen immer kurz vorm Durchglühen sind.

Trotzdem hätte sie ihm das vorhin ein für alle Mal verklickern müssen, statt mit ihm rumzualbern. Mit allen Mitteln hätte sie es ihm einbläuen sollen. Sie zuckt mit den Achseln. Schließlich ist sie kein Kindermädchen.

Vor dem Lebensmittelladen steht ein gemieteter Kombi. Eine Clique Jugendlicher lädt Musikzeug ein. Sie haben den Bürgersteig mit Verstärkern voll gestellt, mit Schlagzeugteilen und Gitarrentaschen. Auffallend höflich sagen sie Guten Tag, bemühen sich, für alle ansprechbar zu bleiben, obwohl sie Musiker sind. Sie freuen sich, dass jemand da ist, dem sie zeigen können, was sie für gute Kumpels sind, erzählen Insiderscherze, lachen und betatschen sich im Vorübergehen. Sie erzählen, sie müssten ein paar Kilometer weiter südlich zu einem Konzert, das scheint ihnen alles ziemlichen Spaß zu machen.

Einer sagt zu ihr: «Übrigens haben sie Dan die Wohnung leer geräumt. Die haben auch seinen Bass geklaut … Wenn du was von einem Rickenbacker hörst, der vertickt werden soll, wär's cool, wenn du uns Bescheid sagst.»

«Ein Rickenbacker? Gar kein Thema, ich meld mich dann.»

Die können sie mal kreuzweise! Nette Vorstellung, wie sie nach dem Typen sucht, der den Bass gezockt hat, ihm erklärt, dass er doch ganz lieben Musikern gehört und er ihn zurückgeben muss. Wozu haben diese Leute eigentlich ihren Schädel?

Im Laden kleben überall neongelbe Schilder, Werbung für die verschiedensten Sonderangebote. Mit ungelenker Handschrift und Textmarker geschrieben, Rechtschreibfehler in jeder Zeile. Dem Geschäftsführer war aufgefallen, dass man es in den großen Supermärkten so macht, und er hat seinen Miniladen in ein Reich der Schilder und Angebote verwandelt. Seine Joghurts werden ausverkauft, seine Pfirsiche gibt es zu Schleuderpreisen, und selbst die Milch ist immer wieder sensationell günstig. Eine richtige Mode hat er da im Viertel ausgelöst, alle Lebensmittelhändler ahmen ihn nach und übertreffen einander an Einfallsreichtum, wenn es darum geht, die Preise für Trockenkekse zu zerbröseln. Als Vater der Bewegung ist er überzeugt, ein genialer Marketingautodidakt zu sein, und verbringt den ganzen Tag damit, sich krampfhaft neue Schilder auszudenken.

Ein Lehrling kommt aus dem Hinterzimmer, beladen mit einem riesigen Karton voller Kekspackungen. Der Geschäftsführer, der an der Kasse sitzt, erwacht aus seiner schöpferischen Umnachtung und schreit ihn auf Arabisch an.

Der Junge überlegt einen Augenblick, schleudert den Karton auf den Boden und geht, ohne ein Wort zu sagen, hinaus. Der Geschäftsführer rennt ihm hinterher, um seinen Kittel wiederzubekommen. Manu hat genug Zeit, sich die Jeans mit mehreren Tafeln Schokolade voll zu stopfen, zieht dann ihr T-Shirt wieder runter und geht zur Kasse, wo sie zwei Flaschen Bier bezahlt.

Der Geschäftsführer wirft ihr einen finsteren Blick zu und kassiert fluchend.

Er hat jede Woche einen anderen Lehrling. Er beschäftigt immer nur Kids im Lehrlingsalter, denen er weniger zahlen muss. Aber so jung verträgt man Dummheit in derart massiver Dosierung nur schlecht, und die Kids bleiben nie lange.

Sobald sie draußen ist, steckt sich Manu so viel Schokolade wie möglich in den Mund. Das Dope steigert das Befriedigungspotenzial ihres Geschmackssinns. Eine Körperöffnung wäre schon mal gestopft.

Ein Student, den sie flüchtig kennt, hält sie an und schlägt vor, ihr einen auszugeben. Ein hübscher Junge, immer gepflegt, und er steht auf sie, weiß der Geier, warum. Sie hat den Verdacht, dass er sie herrlich dekadent findet und es genießt, durch den Umgang mit ihr in Verruf zu geraten. Solange er blecht, soll's ihr egal sein.

Er ist engstirnig und wenig einfallsreich. Wie alle gefühl- und talentlosen Menschen hat er ein Gedächtnis wie ein Lexikon und meint, das Abspulen von Daten und Fakten könnte eine Seele ersetzen. Die Art von Typen, die ewig im Mittelmaß stecken bleiben und damit auch noch ganz gut fahren, die einfach am richtigen Ort zur Welt gekommen sind und nicht den Mut haben, mal richtig Scheiße zu bauen.

Sie schlägt vor, zu Tony zu gehen, weil sie da den halben Laden kennt. So muss sie sich nicht lange mit ihm unterhalten. Er ist viel zu gut erzogen, um nicht für sie mitzubezahlen, wenn er geht, selbst wenn sie ihn in der Kneipe nicht mal mehr mit dem Arsch anguckt.

Unterwegs treffen sie zwei Typen, und einer ruft Manu zu: «Hast du Radouan gesehn?»

«Ich glaub's nicht! Den suchen heute alle! Nein, ich hab ihn nicht gesehn.»

«Du wirst noch viel weniger glauben, was wir mit dem machen, wenn wir ihn kriegen.»

KAPITEL 5

Nadine wartet, dass die Telefonzelle endlich frei wird. Sie sitzt auf der Bank daneben. Keine hundert Meter ist sie hierher gelaufen, aber ihr Rücken ist schweißnass. Zu heiß. Das Licht zu grell. Dieser sommerliche Exzess hat nur einen einzigen Vorteil: Das Bier macht schneller breit als sonst. Trotzdem könnte es endlich Abend werden.

I'm screaming inside, but there's no one to hear me.

Der verdammte Kopfhörer hat immer häufiger Wackelkontakt. Glücklicherweise steht für heute Abend eine kleine Geldeinnahme an, und sie kann sich einen neuen kaufen, bevor dieser ganz den Geist aufgibt. Sie versucht, sich etwas noch Frustrierenderes vorzustellen, als ohne Walkman in der Stadt unterwegs zu sein. Den Ohren den Saft abdrehen, schrecklich.

Eine Frau in weiter Hose hält die Telefonzelle besetzt. Aufreizend, aber weder ist sie geil noch hat sie Stil, alles in allem ziemlich uninteressant. Sie dreht Nadine den Rücken zu, um zu zeigen, dass sie sie nicht gesehen hat.

Francis hat sie gebeten, ihn sofort zurückzurufen. Er hatte seine Stimme für besondere Tage drauf, wenn er richtig was ausgefressen hat. Sie will endlich wissen, was «Es gibt Ärger, riesengroßen Ärger» bedeuten soll. Sie denkt an nichts Bestimmtes, denn eigentlich ist es nie so schlimm, wie er vorgibt. Aber sie brennt darauf zu erfahren, warum er ihr in der Bar kein Sterbenswörtchen verraten wollte.

Er ist für sie, was man am ehesten als einen Freund bezeichnen würde, auch wenn es für solche Auslegungen noch viel zu früh ist. Sie liebt ihn bedingungslos und muss das ausbaden.

Entgegen der üblichen Regel fasziniert er sie umso mehr, je länger sie ihn kennt. Er ist Dichter, und ein sehr maskuliner dazu. Vom Zeitgeist in die Enge getrieben, kann er sich nicht zur Langeweile und zum Seichten durchringen. Unerträglich.

Er gibt immer Kontra, ist paranoid, jähzornig und verweichlicht, ein Dieb und Streithammel. Wo er auftaucht, macht er sich unbeliebt. Keiner kann ihn ertragen, schon gar nicht er selbst.

Er liebt das Leben, aber hat dabei Ansprüche, die ihn vom Leben trennen. Eher würde er sich den schlimmsten Schrecken aussetzen und lebendig den Tod erleben, als auf seinen Drang nach Selbstverwirklichung zu verzichten. Nie wird er aus Schaden klug, das widerspräche seinen Überzeugungen, und hartnäckig wiederholt er dieselben Fehler.

Nadine hält unbeirrbar zu ihm. Wie eine barmherzige Krankenschwester kommt sie sich vor, zu nichts anderem fähig, als einem Pestkranken kühle Umschläge auf die Stirn zu legen. Sie ist ihm keine Hilfe, nimmt ihm nichts ab. Sie wacht über ihn, als würde er im Fieber delirieren, ohne genau zu wissen, ob er ihre Anwesenheit überhaupt bemerkt.

Die Hosenziege gibt endlich die Zelle frei. Nadine wählt die Nummer, die sie sich auf den Handballen geschmiert hat. Pariser Vorwahl. Was hat er bloß in Paris verloren?

Er hebt sofort ab, muss neben dem Apparat gesessen haben.

«Ich bin's, die Telefonzelle war besetzt. Was ist passiert?»

«Kann ich so schnell nicht erklären. Aber zusammengefasst, hab ich jemanden umgebracht.»

«Du hast jemanden umgebracht? Meinst du das wörtlich?»

«Ich habe Bouvier umgebracht. Lange Geschichte. Werd ich dir alles von Anfang an erzählen. Ich muss dich sehn.»

«Aber dir geht's gut, ja? Für einen Mörder wirkst du recht entspannt.»

«Ich hatte noch keine Zeit, in der Rolle aufzugehen. Ehrlich gesagt, hab ich nur geschlafen, seit das passiert ist.»

«Wann war das?»

«Gestern.»

«Wo steckst du jetzt?»

«Vororthotel.»

«Warst du breit?»

«Nimm's nicht persönlich, aber hier geht's nicht darum, ob ich beim Test positiv war. Ganz so einfach ist es nicht.»

«Ein derart außerirdisches Gespräch haben wir noch nie geführt. Soll ich zu dir kommen?»

«Ja, gerne ... Ich hab dir wichtige Sachen zu übergeben, und du sollst mir ein paar Dinge mitbringen, die ich dringend brauche.»

«Was wirst du jetzt machen?»

«Genau darüber muss ich mit dir sprechen. Es gibt da mehrere Möglichkeiten. Aber erst muss ich dir alles ganz genau erklären, damit du das richtig verstehst.»

«Ich kann mit dem letzten TGV kommen.»

Nachdem er ihr die Anschrift seines Hotels gegeben und aufgezählt hat, was sie ihm mitbringen soll, verlässt sie die Telefonzelle. Sie schaltet den Walkman wieder an, sie denkt an nichts Bestimmtes. Wie so häufig kommen die Ereignisse verspätet bei ihr an.

It's going down in my dark side. It's an emotional wave.

KAPITEL 6

Als sie die Bar betritt, denkt Manu: «Camel ist nicht da.» Seine Abwesenheit ist erschreckend, lässt sich hier nicht länger leugnen. Das geht ihr näher, als sie gedacht hätte. Kindische Empfindlichkeit. Die Leere zieht in der Magengegend, steigt bis in die Kehle. Für immer gestrichen und von der Bildfläche verschwunden.

Sie wundert sich, dass sie so verletzlich ist, noch immer leidensfähig. Erst glaubt man noch, schon an der ersten Wunde sterben zu müssen. Aber den Schmerz aushalten ist Ehrensache. Und irgendwann ist man daran gewöhnt, sich alles gefallen zu lassen und um jeden Preis zu überleben. Man meint, abgehärtet zu sein, durch und durch erniedrigt. Die Seele gestählt.

Sie schaut sich aufmerksam in der Bar um. Die in ihr aufkeimenden Gefühle stoßen auf keinerlei Widerstand und wühlen sie auf.

Sie vertreibt den Kummer in eine entlegene Schädelecke und setzt sich an die Theke. Kaum Bekannte da. Ein paar Typen spielen Tarot auf einem verschlissenen grünen Tuch und knallen sich ziemlich derbe Sprüche an den Kopf.

Eine Frau streitet sich am Telefon mit jemandem, dreht sich zur Wand und gestikuliert wild und wütend. Heute trägt sie eine Sonnenbrille, sonst oft auch einen Schal, um ihren Hals zu verdecken. Manu weiß nicht, ob sie im Viertel wohnt oder regelmäßig herkommt, um Dope einzukaufen. Sie spricht mit keinem hier. Nur unter den Schlägen ihres Freunds lässt sich diese Frau gehen, abends und hinter den Kulissen. Gegenüber allen anderen ist sie unnahbar.

Manu leert ihr Glas in einem Zug und hofft, dass ihr Tresennachbar weiß, was das zu bedeuten hat.

Auf dem Bürgersteig gegenüber sieht sie Lakim vorbeigehen. Als er sie entdeckt, gibt er ihr ein Zeichen, sie solle rauskommen. Sie sind schon seit ein paar Monaten zusammen. Sie kann sich nicht erinnern, jemals auch nur eine Spur Verlangen nach ihm verspürt zu haben, aber er sammelt sie regelmäßig ein und nimmt sie mit zu sich nach Hause, als hätte er sie offiziell adoptiert. Sie ist zu häufig zugekifft, um eine Entscheidung zu treffen. In ihrem Leben passt sie sich immer den Gegebenheiten an, und so auch ihm.

Sie mag ihn gern. Es stört sie nur, dass er sie nicht so nimmt, wie sie ist. Zu Unrecht glaubt er, sie würde sich für ihn auch nur ansatzweise ändern. Er will unbedingt seine Vorstellung vom Leben geltend machen. Dabei hat sie ihre Gründe, so zu sein, wie sie ist. Ihre Beziehung ähnelt einem Wettlauf gegen die Wand. Manu sagt sich, solange er sie härter fickt als sie sich fetzen, gäbe es zum Schlussmachen keinen Grund.

Sie fährt voll drauf ab, wie er ihr seinen Schwanz reinsteckt, als würde er's ihr krumm nehmen, dass sie den Hintern so kräftig bewegt und so laut schreit. Als würde er's ihr übel nehmen, weil sich das nicht gehört und weil es ihn so verrückt macht, dass er immer wieder kommen muss, um sie durchzuficken, sie mit beiden Händen zu packen, ihr die Arschbacken auseinander zu reißen und ihr in den Rachen zu spritzen. Als wecke sie die dunkle Seite seiner Seele, für die er sich schämt und die sie gnadenlos wachkitzelt. Aber alles im Leben hat seinen Preis, und er neigt dazu, sie teuer bezahlen zu lassen.

«Treibst du dich schon wieder in dieser Junkiekneipe rum? Weißt du mit deinem Leben nichts Besseres anzufangen?»

«Kümmer dich um deinen eigenen Arsch.»

Er versetzt ihr eine schallende Ohrfeige. Durch die Wucht des Schlags macht sie einen Satz zur Seite. Ein Auto bremst, so ein Typ, der eingreift, wenn eine Frau geschlagen wird. Er fragt Manu, ob alles okay sei, sie spuckt zur Seite: «Ich kann noch stehn, und alles ist noch dran. Hast du Tomaten auf den Augen?»

Lakim gibt dem Kerl zu verstehen, dass er abziehen soll, und der gehorcht. Dann dreht er sich wutentbrannt zu ihr um.

«Verdammte Scheiße, ich hab noch nie eine Frau geschlagen! Bist du jetzt stolz auf dich?»

«Da war grade 'ne Frau in der Bar, die wird auch oft von ihrem Macker vertrimmt. Heute ist wohl so 'n Tag. Ich find das nicht schlimm, aber in Zukunft kannste dir das sparen. Aber das hier hat sich sowieso erledigt.»

«Du provozierst mich zu sehr, Manu, es tut mir Leid, dass ich's getan hab, aber du provozierst mich zu sehr, im Ernst.»

«Wolltest du was Bestimmtes?»

«Dir guten Tag sagen. Du bist meine Freundin, ich seh dich, also sag ich guten Tag … Aber bei dir muss das immer gleich ausarten.»

«Von jetzt an gehst du einfach davon aus, dass ich nicht mehr deine Freundin bin und wir uns nicht mehr guten Tag sagen müssen, das spart Ärger. Weißt du übrigens, was Radouan angestellt hat? Alle suchen ihn heute, hast du davon gehört?»

«Ich hab mit dem Burschen nichts zu tun. Und du solltest es lieber auch so halten …»

«Ich weiß nur, dass ich dich überhaupt nie mehr treffen will. Tschüs, du Arsch, muss mir jetzt die Birne zulöten.»

Bevor sie geht, sieht sie ihn nochmal prüfend an. Heute hat er es geschafft, sie dermaßen zu nerven, dass sie sich endlich die Mühe machen wird, ihn abzuschießen. Gerne würde sie ihm noch die Freunde aufzählen, mit denen sie gebumst hat, während sie zusammen waren. Mit allen saftigen Details der Male, wenn er ganz in der Nähe war. Seine besten Freunde. Wäre sicher komisch für ihn, das zu erfahren. Gute Gelegenheit, ein paar Ohrfeigen an den richtigen Adressen loszuwerden. Sie zuckt mit den Achseln. Für die paar Lacher würde das zu viele Geschichten nach sich ziehen. Und schließlich ist sie ihm ja auch gar nicht böse und will nur, dass er sich nicht mehr bei ihr blicken lässt.

Er macht Anstalten, sie zurückzuhalten. Sie geht wieder in die Kneipe. An der Tür wartet Karla auf sie. Ein dummes, grinsendes Mädchen, das zu viel trinkt und schnell vergisst, was es heißt, Haltung zu bewahren. Sie hat die ganze Szene durchs Fenster beobachtet, ist außer sich vor Entrüstung: «Hat er dir eine gelangt?»

«Ja, gut beobachtet. Vielleicht hab ich's echt provoziert, aber hier drinnen kriegt man ja den Ton nicht mit.»

«Verdammte Scheiße, den hättest du auf der Stelle vermöbeln sollen. Das lässt man sich nicht gefallen. Ich würde nie dulden, dass ein Kerl die Hand gegen mich erhebt. Mein Macker braucht nur den kleinen Finger gegen mich zu heben, schon bin ich weg. Verdammte Scheiße, so was würd ich mir nie bieten lassen.»

«Weißt du, solange das kein ranziges Sperma ist, was sie mir reinknallen, haut mich so ziemlich nichts um. Kannst du mir einen ausgeben?»

«Ich hab genug, dich den ganzen Abend lang durchzuspülen, hab grad Stütze gekriegt, du hast Glück.»

KAPITEL 7

Nadine biegt das Kabel des Walkmankopfhörers hin und her, bis sie auf beiden Ohren etwas hört. Beim Gehen achtet sie darauf, ihn immer in der richtigen Stellung zu lassen. Sie hat sich vor nicht mal zwei Wochen einen neuen gekauft. Wieso halten die Dinger bei anderen Leuten eigentlich monatelang?

Jemanden töten. Was passiert dann? Was ist passiert? Eigentlich ist sie gar nicht überrascht. Vielleicht war es unausweichlich. Man muss mit allem rechnen. Aber warum Bouvier? Ein komisches Opfer hat er sich da ausgesucht ... Der Vorteil daran: Kaum jemand wird an Francis denken, wenn die Leiche entdeckt wird. Die Leiche ... ein neues, skurriles Wort.

Sie versucht sich vorzustellen, wer ihn wohl finden wird, wie lange es noch dauert. Eine Frau geht ins Wohnzimmer, spricht über gewöhnliche Dinge, einen Stau, einen Streit oder was sie am Abend vorhat. Eine Frau, die heimkommt und mit ihrem Mann spricht, weil sie weiß, dass er schon zu Hause sein muss. Sie erzählt, dass es im Bus wieder mal rappelvoll war oder dass sie unerwartet einen netten Anruf erhalten hat. Und mitten in ihrem Wohnzimmer stößt sie auf einen großen, blutigen Haufen. Wo niemand es erwarten würde. Die Leiche ihres Mannes. Mit eingeschlagenem Schädel. Wie soll sie das jemals verarbeiten? Wie soll sie kapieren, was sie da sehen muss? Das Leben der Madame wurde soeben in seinen Grundfesten erschüttert, ihr kleines Hirn weiß nicht, wie es die Information verarbeiten soll. Die Madame fängt mitten im Raum an zu kreischen, schreit unter lautem Schluchzen. Oder sie stammelt oder geht sich ein Glas einschenken. Vielleicht zupft sie sich auch am Ohrläppchen, eine Bewegung, die sie ganz mechanisch ausführt. Es gibt keine feine Art, auf eine Leiche mit heraushängenden Eingeweiden und einen Teppich voll dickflüssigem Blut zu reagieren. Vielleicht war ihr erster Gedanke ja auch, wie sie diesen Fleck wegbekommen soll. Und dann hat sie sich sofort geschämt, in einem solchen Moment an so etwas zu denken. Vielleicht fühlt sie sich ja auch erleichtert und denkt an ihren Liebhaber, zu dem sie nun endlich gehen kann.

Aber vielleicht ist Bouvier ja auch gar nicht verheiratet. Vielleicht wird er zufällig von einem Ball spielenden Kind entdeckt, wie in einer Fernsehserie. Der Ball rollt bis zur Leiche, das Kind kommt springend und johlend angelaufen. Das kleine Gesicht eines spielenden Kindes, große Augen voller Unschuld und Neugier, keinerlei Anzeichen von Angst. Kinderkleidung, wie man sie in Supermarktregalen sieht. Ein kunterbuntes Sweatshirt mit einem Boot vorne drauf. Das Kind kommt angelaufen, mit dieser lustigen Gangart der ganz kleinen Kinder. Ein zufriedenes Kind, ständig in Bewegung, um den Mund herum ganz beschmiert, weil es gerade noch einen Braunen Bären gegessen hat. Recht pausbäckig, ein wohlgenährtes Kind, das geliebt wird. Beim Aufheben hat sein quietschgelber Ball leuchtend rote Blutflecke, die noch feucht sind. Seine Hände bekommen etwas davon ab. Die dunklen Flecken auf dem Ball, der gegen den eingeschlagenen Schädel des Toten mitten im Wohnzimmer gerollt ist.

Sweet young things ain't sweet no more.

Die Leiche wird sicher von Feuerwehrleuten entdeckt, alarmiert von den Nachbarn, wegen des Gestanks. Stinkt offenbar höllisch, so eine verwesende Leiche.

Scheiß-Kopfhörer. So sehr sie auch am Kabel zieht, der Kontakt lässt sich nicht wieder herstellen. Sie ist fast in ihrer Straße angekommen. Eine Schlucht aus Gerüsten, sie machen die Fassaden der Mietshäuser neu. Hoffentlich ist Séverine nicht da. Mal einen Moment lang Frieden haben.

Erleichterter Seufzer, als sie die Tür aufmacht, nichts regt sich in der Wohnung. Sie hat eine Verabredung, ist spät dran. Sie lässt warmes Wasser in einen Topf laufen und bringt es zum Kochen. Sie setzt sich vor den Gasherd und massiert sich den Nacken. An die Schranktür gepinnte Postkarten und Fotos. Kaffeeflecken entlang der Kühlschranktür. Sie hat ihn heute Morgen verschüttet und war zu faul aufzuwischen. Sie nimmt einen Schwamm, hält ihn unter kaltes Wasser und reibt, damit die Flecken verschwinden.

Bouvier schuldete Francis Geld, viel Geld. Schon lange, sehr lange sogar. Ungefähr zu der Zeit, als es anfing, nur noch schlecht für Francis zu laufen, hatten sie aufgehört, sich zu sehen. Talfahrt über mehrere Jahre hinweg. Auf dem Weg nach unten hat er keine Zwischenstation ausgelassen. Erst steckte er bei einer hoch verschuldeten Bar mit drin, dann bekam er mit Kokain zu tun, sattelte um auf Speed, und nach ein paar weniger berüchtigten Drogen blieb er beim Kodein. Ab und zu tauchte er bei irgendwelchen Bekannten unter und weigerte sich einen ganzen Monat lang auszugehen. Manchmal zog er auch eine Nummer als Betrüger ab und verschwand mit dem gestohlenen Geld für eine Woche in ein Hotel. Innerhalb weniger Jahre hatte er den Abstieg in die Hölle mit Bravour gemeistert.

Regelmäßig dachte er an das Geld, das Bouvier ihm schuldete, sprach tagelang von nichts anderem. Diese Kohle konnte alle seine Probleme lösen. Aber er rief Bouvier nie an. Er führte Selbstgespräche, drehte sich ständig im Kreis, und seine Verzweiflung steigerte sich von Mal zu Mal. Er nahm sich vor, gleich am nächsten Tag nach Paris zu fahren, um diese Sache endlich zu regeln. Er fuhr nie. Er sah einen ganz wirren Zusammenhang zwischen diesen Schulden und seiner eigenen Situation. Bouvier musste für alles herhalten. So betrachtet, war es gar nicht so verwunderlich, dass Francis ihm am Ende den Schädel einschlug. Jeder Außenstehende allerdings musste ihn für total verrückt halten: Sie hatten sich seit Jahren nicht gesehen.

Nadine stand Francis sehr nahe, so nah, dass sie selbst seine absurdesten Taten nachvollziehen konnte. Ihm würde sie immer glauben, komme, was da wolle. Sie hatte ihn darin unterstützt, sich in seinem Netz von Hirngespinsten zu verstricken, weil sie ihm nachplapperte und alles guthieß, was er von sich gab. Dieses Mal ist er entschieden zu weit gegangen. Der Zeitpunkt, da er vor die Menschheit treten muss, ist gekommen.

Sie denkt sich: «Wenn ihn die Bullen erwischen, sperren sie ihn auf der Stelle in eine Anstalt.» Für Nichteingeweihte gehört sein gesamtes Benehmen zu einem bestimmten Krankheitsbild. Er ist sogar gefährlich geworden. Nadine schüttet das kochende Wasser in ein gesprungenes Schälchen. Leise sagt sie zu sich selbst: «Du rufst nach mir, wenn du wirklich Hilfe brauchst, weil alle meinen, ich sei deine Freundin. Und dabei bin ich die Erste, die denkt, dass du in die Klapsmühle gehörst.» Sie schüttelt den Kopf, als wolle sie den Gedanken vertreiben. Wie einsam Francis doch ist und wie sehr er jemanden bräuchte, der ihm beistehen und ihn retten kann. Wie sehr sie das überfordert.

Dann sieht sie ihn klar und deutlich vor sich, auf einem Krankenhausflur. Wie er, eingesperrt, zwischen anderen Kranken umherirrt. Sie beißt die Zähne zusammen und zieht ein Gesicht, als müsste sie etwas herunterwürgen. Das Bild verschwindet nicht. Genau das wird passieren. Das steckt dahinter. Jemanden töten.

Sie möchte ihn nicht verlassen. Sie möchte nicht mit ansehen, wie er scheitert.

Wie lange sie sich von ihm hat beeinflussen lassen. Wie oft sie zurückstecken musste, nur damit er mit ihr zusammenbleibt. Unter allen anderen hat sie ihn erwählt. Ein für alle Mal, und sie weiß, dass ihre Wahl gut war.

Sie ist schon viel zu spät dran. Sie überlegt, zu Hause zu bleiben, den Freier zu versetzen. Aber sie braucht das Geld. Und sie muss auch raus, bloß nicht daheim bleiben und unter der Decke kreisen. Es gehen ihr nämlich ganz schön viele Dinge durch den Kopf, sie ist nicht mehr so ruhig, wie unmittelbar nachdem sie die Neuigkeit erfahren hat.

Sie zieht sich um, sucht in ihrer Kommode nach zwei gleichen Strümpfen und streift sie über. Oben an den Schenkeln quillt das Fleisch wulstig hervor. Wenn sie zu dick wird, reibt das beim Gehen, wird rot und tut weh. Sie zieht den Kajalstift nach, bekommt links und rechts nicht die gleiche Strichstärke hin, weil ihre Hand zittert. Sie raucht zu viel und sollte weniger Kaffee trinken. Vielleicht ist sie auch einfach nur ungeschickt.

Sie geht raus, die Alte von unten sagt ihr guten Tag, als sie sich begegnen. Seit Nadine ihr mal geholfen hat, ihre Einkäufe nach oben zu tragen, hat sie bei der Alten von unten einen Stein im Brett. Sie trägt immer denselben schwarzen Mantel. Oft hütet sie ihre Enkelin und kauft ihr immer die gleichen Bonbons.

Im Vorbeigehen betrachtet sich Nadine im Schaufenster der Apotheke. Ihr Rock ist zu eng und rutscht beim Gehen hoch. Man kann ihren kompletten Hintern sehen, der sich wiegt und gefickt werden will.

Wenn sie arbeiten geht, trägt sie immer dieselbe Kleidung, dasselbe Parfum, denselben Lippenstift. Als hätte sie sich genau überlegt, welches Kostüm anzulegen sei, und wollte nicht eine Sekunde länger darüber nachdenken.

Man schaut sie anders an, wenn sie ihre Nuttenkluft anhat.

Sie starrt den Männern ins Gesicht, jeder, der ihr entgegenkommt, kann sie haben. Selbst die Ältesten und Dreckigsten dürfen sie besteigen. Gegen Barzahlung legt sie sich auf den Rücken und lässt sich benutzen.

Metrostation Charpennes. Sie geht schnell. Die Absätze der Straßenarbeiterin klappern, so klingt es halt, wenn die Nutte es eilig hat.

Ein paar Jungs rufen ihr nach, als sie vorübergeht. Sie antwortet nicht. Die Jungs holen sie ein und umstellen sie. Einer meint: «Sie hat gute Beine, Beine, um ihr ordentlich was in die Muschi zu spritzen.» Sie laufen ein paar Meter neben ihr her. «Haste nich Lust auf'ne Nummer mit uns?» Sie muss sie noch vor der Sackgasse abschütteln, sonst rennen die ihr noch bis zur Tür des Alten hinterher. Das würde ihm nicht gefallen. Sie bleibt unvermittelt stehen und starrt ihre Verfolger an. Entschlossenes Auftreten ist das A und O, denkt sie. «Ich gehe hier arbeiten. Tausend Franc die Stunde. Wenn ihr mehr bietet, hab ich Zeit für euch. Wenn nicht, macht euch vom Acker.» Nadine geht nicht sofort weiter, sie bleibt stehen, als warte sie auf eine Antwort. Sie verkauft ihren Arsch, keiner von ihnen kann den Preis bezahlen. Betretenes Schweigen, also marschiert sie weiter. Hoffentlich war's das. Die Jungs machen kehrt. Nadine dankt dem Himmel und verschwindet in der engen, finsteren Gasse. Es stinkt nach Küche und Abfalleimern.

KAPITEL 8

Manu klammert sich an Karla, um nicht hinzufallen.

«Verdammte Scheiße, wenn du dich so richtig voll laufen lässt, kriegst du einfach nicht mit, wann du besser aufhörst. Und dann isses zu spät, da kannste schon nicht mehr reden. Doch dann musst du wirklich aufpassen, weil gerade dann passiert's. Da bist du zu allem fähig ...»

«Scheiße, ich hab die Schnauze voll, ewig bei Tony abzuhängen. Wenn ich mal überlege, wird mir klar, dass ich immer da abhäng, und das ödet mich an. Ich hab da noch nich mal richtige Freunde, ich lache nich, ich bin angeödet. Mal abgesehen von dir, dich hab ich ja bei Tony getroffen, aber alle anderen sind mir scheißegal.»

«Du hast völlig Recht, du bist denen auch scheißegal. Die Leute wirbeln herum, reiben sich aneinander, aber das ist alles nur Schaumschlägerei mit nichts dahinter. Vor lauter Angst haben die doch alle schon längst 'ne Klatsche. Nicht etwa, dass über Tonys Laden ein Fluch liegen würde, es ist überall so, und da liegt der Hase im Pfeffer.»

Manu hätte ihr das gerne noch genauer erklärt, aber Karla unterbricht sie: «Weißt du eigentlich – also ich wollt ja gar nich mit dir drüber sprechen, so ätzend fand ich das –, weißt du eigentlich, was die jetzt alle über dich erzählen?»

Manu schüttelt den Kopf und gibt zu verstehen, dass es ihr

im Übrigen auch scheißegal ist. Sie sind am Ufer der Seine angelangt, stehen direkt am Wasser. Manu ruft: «Mann ey, ist das ’ne geile Ecke! Da könnt man fast Lust kriegen, auf dem Land zu wohnen. Und so Flüsse, das ist echt ’ne obergeile Sache, ich steh da total drauf. Mann, da kriegt man Bock aufs Meer. Tonys Bar wird einem scheißegal, was die sagen, scheißegal. Geile Ecke hier. Ein Sixpack am Ufer, was macht man sich überhaupt ’n Kopp? Nee, echt Karla, denk mal drüber nach, das ist das einzig Wahre. Wenn die endlich alle weg sind, kannst du doch auf sie pfeifen.»

Karla sieht die Dinge etwas anders. Sie fängt nochmal an: «Das ist nur so ’n Gerücht, das im Moment im Umlauf ist. Ich weiß nich, welcher Schweinehund das in die Welt gesetzt hat. Aber vor den ganzen Leuten aus der Kneipe muss man sich in Acht nehmen. Die sagen, sie hätten dich in Pornos gesehn. Die wussten sogar ekelhafte Einzelheiten. Ich wollt’s dir gar nich sagen, so sehr hat mich das angeekelt. Du hilfst immer allen, bist nett wie sonst keine, und denen fällt nichts Besseres ein, als ...»

«Hmh, wenn du’s mir nicht sagen wolltest, hättest du’s auch nicht sagen brauchen. Was willst du denn jetzt von mir hören?»

«Ich wollte es dir lieber sagen. Es ist zu widerlich. Mir ist lieber, du weißt Bescheid.»

«Hmh, ich weiß Bescheid. Was geht mich das an? Ich scheiß auf sie alle. Nacheinander auf jeden Einzelnen von denen. Du holst sie mir, und ich stell sie der Reihe nach auf und kack auf sie drauf. Darfst dir nichts draus machen, Karla, du bist zu sensibel.»

Während sie spricht, rekelt sich Manu auf dem Boden, streckt die Arme weit von sich, schreit wie Tarzan und betrachtet den Himmel. Sie glaubt tatsächlich, das ganze Viertel mit einem einzigen Dünnschiss vernichten zu können, und darüber kriegt sie sich gar nicht mehr ein. Die Sonne scheint noch, es ist wirklich eine geile Ecke. Im Grunde wäre es besser, wenn Karla nicht da wäre. Sie ist ein nettes Mädchen, aber eigentlich hat sie überhaupt keinen Plan, höchstens armselige, beschränkte Vorstellungen. Durch ihre Brille betrachtet, ist die Welt bedrückend klein, ohne Höhen und Tiefen. Alles, was da nicht reinpasst, macht sie wütend.

Manu mag alles, was da nicht reinpasst, und über alles, was den Rahmen sprengt, muss sie lachen. Ihre Gelüste sind maßlos und pervers. Ficken ist so ziemlich das Einzige, wofür sie jederzeit problemlos aus der Hüfte kommt. Karla ist wie alle anderen, ängstlich und aggressiv.

Ein Auto hält ganz in ihrer Nähe. Türen werden zugeknallt. Manu achtet gar nicht darauf. Sie kräht: «Also echt, Karla, man braucht nur den Arsch weit genug aufzureißen, dann kommt der Geist schon von alleine nach. Du musst offener werden, größere Maßstäbe setzen, Karla, nee, echt jetzt ... Gedanken fallen lassen, die ...»

«Tja Mädels, Gedanken sind es bestimmt nicht, was bei euch gleich fallen wird.»

Karla hat sich noch gar nicht hingesetzt, aber Manu kommt so schnell nicht auf die Beine. Sie hat keinen Bock, belästigt zu werden. Keinen Bock, sich gegen diese laute, ungehobelte Stimme zu behaupten. Auch nicht gegen diese spitzen Schuhe. Nicht gegen die Mokassins daneben und auch nicht gegen die Turnschuhe dahinter. Sie antworten nicht, schauen aufs Wasser. Die drei Kerle kommen näher.

«Na, wer wird denn gleich schmollen, das hat er doch nur gesagt, um die Stimmung zu lockern.»

«Wir wollen uns hier ein bisschen entspannen. Da sehen wir zwei Mädels sitzen und denken uns, dass man sich ja vielleicht zusammen entspannen könnte ... Hey, Mädels, wir wollen euch doch nicht in Verlegenheit bringen, wir wollen euch doch nur kennen lernen ...»

Manu steht auf. Sie vermeidet es, sich die Typen näher anzusehen. Sie braucht gar nicht zweimal hinzuschauen, um zu kapieren, was für dreckige Fressen die haben. Beschränkt, fies, angetrunken. Dumm gelaufen. Karla zieht an ihrem Rock, sie wirkt wirklich unbeholfen. Manu packt sie am Arm, nickt den Jungs zu und sagt: «Wir wollten grade gehn, haben noch was zu erledigen. Schade, viel Spaß noch ...»

Der mit den Mokassins versperrt ihr den Weg: «Bist du sicher, dass du nicht auf einen kurzen Fick bleiben kannst?»

Und er presst ihr die Hand auf die Brust. Sie sieht Karla am Boden liegen, das Gesicht platt gedrückt, und der Kerl auf ihr drauf – der mit den Turnschuhen – versetzt ihr eine tierische Ohrfeige und nennt sie Fotze.

Sie hört Karla schreien, nach ihr rufen. Sie spürt die Hand des anderen Kerls zwischen ihren Schenkeln, brutal fasst er ihr an die Muschi. Lachend meint er, «Die hier ist willig» und knallt sie zu Boden. «Zieh den Slip runter und mach die Beine breit, und zwar richtig. Dann kann dir mein Hammer nix anhaben.»

Sie tut, was man von ihr verlangt. Sie dreht sich um, als man ihr es sagt. Karla heult und redet auf die Kerle ein, fleht sie an, sie nicht anzurühren. Einer hält sie an den Haaren fest. Er reißt ihr den Kopf nach hinten und nennt sie «kleine Nutte». Ihr Gesicht ist rot, blutrot angelaufen, voller Tränen. Ein wenig Rotze läuft ihr aus der Nase, und ihr Mund ist voll Blut. Wenn sie zu sprechen versucht, sprudelt Blut hervor. Zwischen ihren Zähnen hinterlässt es rote Striche. Ein anderer Kerl packt sie bei der Schulter, sie hält sich schützend die Arme vors Gesicht und fällt auf die Knie. Ein jämmerlicher, wimmernder Haufen. In panischer Todesangst fleht sie um Gnade. Manu sagt: «Hört auf, lasst sie in Ruhe.» Der Kerl auf ihr drauf lacht und haut ihr auf die Nase. Explosion hinter ihren Augen, dann ein dumpfer Schmerz im ganzen Kopf. Die beiden anderen Kerle haben

Karla hoch gehoben. Sie pressen sie gegen die Motorhaube, verrenken ihr die Arme nach hinten. Sie schlagen ihren Kopf aufs Blech. Mehrere Male. Das macht natürlich einen Heidenlärm, aber hier kommt nie jemand vorbei. Der Kerl auf ihr drauf säuselt: «Also, Süße, was hältst du jetzt von meinem Schwanz? Gefällt dir ganz gut, was?»

Sie hört, wie Karla zwischen zwei Protestrufen Ohrfeigen einsteckt. Sie hat Angst, dass sie zu heftig zuschlagen, sie wirklich platt machen. Sie hat Angst, dass sie dabei draufgeht. Sie ruft ihr zu: «Verdammt nochmal, nun lass sie schon machen, provozier nich noch mehr Schläge.» Das bringt die Jungs zum Lachen: «Weiber von dem Kaliber rammeln wie die Karnickel... Versuch mal, sie in den Arsch zu ficken, ich wette, da ist es genauso geräumig wie vorne rum.»

Was in aller Welt haben sie noch mit ihnen vor? Wie soll das enden? Die Kerle sind anscheinend auch total breit. Und der Alkohol macht sie nicht liebenswerter. Sie sind froh, zusammen zu sein, werfen sich derbe Sprüche zu, haben einen gemeinsamen Zeitvertreib, einen gemeinsamen Feind. Wie weit werden sie gehen, um sich zu beweisen, dass sie zusammengehören? Werden sie ihnen den Bauch aufschneiden oder einen Karabinerlauf ganz tief reinjagen und sie von innen sprengen? Wie lange wird es ihnen Spaß machen, sie durchzunageln und Sprüche zu klopfen? Was soll der krönende Abschluss der Veranstaltung sein? Manu überlegt. Falls sie sich abgesprochen haben, falls sie schon beschlossen haben, sie bis zum letzten Atemzug alle zu machen, dann ist es aus, nichts kann sie dann noch abschrecken. Aber vielleicht wollten sie sie ja auch bloß vergewaltigen. Man darf ihnen keine Angst einjagen, nur keine Panik auslösen. Sie auf gar keinen Fall dazu herausfordern, es nicht bei Schlägen ins Gesicht und Schwanzstößen zu belassen. Wenn Karla sich doch endlich einkriegen würde, damit sie ihr nicht am Ende den Schädel einschlagen, obwohl das gar nicht vorgesehen war. Hauptsache am Leben bleiben. Alles in Kauf nehmen, um am Leben zu bleiben.

«Echt unglaublich, was die alles mit sich machen lässt.»

«Aber mit der Nuttenfresse kriegt sie bestimmt nicht oft 'n Stecher ab, wa?»

«Pass bloß auf, für die sind 'n Müllschlucker und ihre Muschi doch dasselbe.»

«Wir hätten Kondome mitbringen solln, man weiß ja nie ... Bei Mädels, die sich einfach so vergewaltigen lassen ...»

Eine Weile können sie über ihren blöden Spruch lachen. Ein anderer Typ besteigt sie; bevor er sich auf sie legt, lässt er sie die Beine noch weiter spreizen, indem er ihr Fußtritte zwischen die Schenkel versetzt. Sie betrachtet den Himmel. Sie wartet. Als er in sie eindringt, sagt er: «Beweg dich, beweg deinen Arsch, damit du richtig spürst, wie gut ich dich bumse.» Karla liegt gleich neben ihr. Ihr Körper wird von heftigen Schluchzern geschüttelt. Einer rackert sich auf ihr ab. Ihre Beine sind ganz weiß und weich, ragen seitlich in die Luft. Erde und Gras haben Flecken auf ihrer Haut hinterlassen. Der Arsch des Kerls bewegt sich auf und ab, weiß mit roten Pickeln und ein paar schwarzen Haaren. Manchmal versetzt er ihr heftigere Stöße, Karla schreit, und ihn befriedigt das anscheinend. Er hat fettiges Haar und verfaulte Vorderzähne.

Der dritte Kerl verlangt, dass Manu sich umdrehen soll. Er sagt: «Wisch dir den Hintern ab, ist ja alles voller Erde.»

Sie blickt zu Boden, auf dem Rasen ist ein bisschen Blut von ihr, von dem Schlag auf die Nase, den der Typ ihr versetzt hat. Ein anderer steht daneben und schaut zu. Der Typ, der sie gerade von hinten nimmt, meckert rum: «Das ist ja, als würde man 'ne Leiche vögeln.»

Der Kerl, der zuguckt, meint noch: «Die hat ja nich mal geweint, schau se dir an. Verdammte Scheiße, das ist doch keine Frau, so was.»

Sie sieht den an, der das gesagt hat, dreht dann den Kopf nach hinten und wirft dem anderen einen kurzen Blick zu. Sie grinst: «Was für ein Wunderding glaubst du zwischen den Beinen zu haben, du Arschloch?»

Der Kerl lässt von ihr ab. Sie hätte die Klappe halten sollen. Was sollte das denn jetzt wieder? Der Kleinere der beiden, der mit den Mokassins, meint: «Ich hab keinen Bock mehr, diese Säue sind ja widerlich. Der letzte Dreck.»

Sie sagen dem Dritten, er solle sich beeilen und zu Potte kommen, sie wollen abhauen und fickbarere Mädels auftreiben, die da wären höchstens noch was für Penner und Hunde.

Manu liegt auf dem Bauch. Es ist vorbei. Rücken und Knie tun ihr weh. Ist es wirklich vorüber? Sie lebt noch. Die Männer hauen ab. Auch der Kopf schmerzt. Mit der Zunge fühlt sie, dass ein Zahn wackelt.

Der andere Kerl zieht sich wieder die Hose an. Sie gehen zurück zum Auto. Manu dreht sich vorsichtig auf den Rücken. Es ist gar nicht so schlimm, wenn sie sich bewegt, jedenfalls scheint nichts gebrochen. Sie blickt zum Himmel. Sie hört Karla neben sich stöhnen, verspürt vage Lust zu kotzen. Die Brüste tun ihr auch weh ... Verdammte Scheiße, warum haben die so kräftig zugeschlagen, obwohl sie sich noch nicht mal gewehrt hat? Sie hört, wie Karla ihre Rotze runterschluckt. Keinen Bock auf sie, keinen Bock, mit ihr zu reden. Karla bringt mit Müh und Not raus: «Wie konntest du das nur tun? Wie konntest du das nur mit dir machen lassen?»

Manu antwortet nicht gleich. Sie spürt, dass Karla sie noch widerlicher findet als die Kerle. Wie sie das tun konnte? Was für eine schwachsinnige Frage ...

Sie hört, wie der Motor angelassen wird. Es ist vorbei. Sie antwortet: «Tut gut, auf den Schreck tief durchzuatmen. Wir leben noch, das find ich geil. War zwar knapp, aber was soll's. So 'n Schwanz steckt man doch weg ...»

Karlas Ton wird schriller, am Rande des Nervenzusammenbruchs: «Wie kannst du so was sagen?»

«Ich kann so was sagen, weil ihre armseligen Wichserschwänze mir scheißegal sind und ich schon ganz andere rangelassen hab und sie mich alle mal am Arsch lecken können. Das ist wie mit einem Auto, das du in der Innenstadt parkst. Du lässt keine wertvollen Sachen drin, weil du nicht verhindern kannst, dass es aufgebrochen wird. Und bei meiner Muschi kann ich auch nicht verhindern, dass die Penner reinkommen, und deshalb bewahr ich da keine Wertgegenstände drin auf...»

Karla schaut sie an, ihr Gesicht ist ziemlich entstellt. Sie bringt kein Wort raus. Als würde sie jeden Moment ersticken. Gleich geht sie in die Luft. Manu versucht, das schnell wieder hinzubiegen. Sie muss Karla dringend beruhigen. Sie hat keinen Bock, deren Nervenkrise zu ertragen.

«Entschuldige, ich will's nicht noch schlimmer machen. So was kommt halt vor ... Wir sind eben nur Frauen. Jetzt ist es vorbei, du wirst schon sehn, das wird schon wieder.»

Sie sieht, wie Karla sich im Stehen über sie beugt, das Blut läuft ihr aus Nase und Mund, aus dem verquollenen rechten Auge tropfen mit Wimperntusche vermischte Tränen. Ihre Lippen zittern.

«Wie konntest du das tun?»

Sie dreht sich um und geht auf das Auto zu, das sich immer noch nicht vom Fleck bewegt hat. Sie droht mit der Faust, schreit Beschimpfungen und heult: «Ihr Scheißkerle, denkt bloß nicht, dass ich auch so eine bin. Das werdet ihr mir büßen! Das werdet ihr mir büßen!»

Das Auto fährt Karla volle Kanne um. Manu wird nie verstehen, wie sie selbst so schnell zur Uferböschung rennen konnte. Wie sie dem Auto ausgewichen ist und es geschafft hat, sich über die Straße aus dem Staub zu machen.

KAPITEL 9

Kaum ist die Tür zu, da betatscht er ihr auch schon den Hintern und mault: «Du weißt doch, dass du von unten kurz durchrufen sollst, falls mein Sohn noch nicht weg ist.»

Zusammengefaltete Geldscheine auf dem Tisch. Ein beiges Wachstuch mit Brandlöchern von Kippen und braunen Rändern, wo heiße Kochtöpfe ohne Untersetzer abgestellt wurden.

Nadine steckt das Geld in die Tasche, zieht ihre Jacke aus und öffnet den Hakenverschluss an ihrem Rock.

Er macht das Licht aus, lässt den Fernseher an, zieht sich die Hose aus, schiebt seinen Pulli hoch und legt sich auf die Matratze am Boden. Seine Beine sind angewinkelt, er lässt sie nicht aus den Augen, lächelt. Er lächelt sie nicht an, er lächelt, weil er weiß, dass er sich gleich auf sie legen und sie tun wird, was er ihr sagt. Mit seinen dürren Schenkeln und dem fetten Bauch sieht er wie ein feistes, trauriges Huhn aus. Er fordert sie auf, die Stöckelschuhe anzubehalten und sich die Brüste zu streicheln. Wie üblich. Er ist einer ihrer ältesten Kunden.

Auch diesmal wird er ihr die Zunge in den Mund stecken. Einmal hat sie ihn gewähren lassen, und jetzt will er sie jedes Mal küssen. Sie erinnert sich an einen Roman von Bukowski, wo er meint, ein Zungenkuss sei für ihn das Intimste überhaupt. Damals fand sie das total kitschig. Mittlerweile versteht sie's besser. Was sich zwischen ihren Schenkeln abspielt, ist weit vom Kopf entfernt, man kann an was anderes denken. Aber der Mund, da geht's ans Eingemachte.

Sie steht am Fußende des Betts und macht auf geile Nutte, er schaut ihr zu und holt sich einen runter. Dann zieht er sie neben sich und besteigt sie.

Er streicht ihr die Haare aus dem Gesicht und sagt, er wolle ihre Augen sehen. Sie fragt sich, wie viel er wohl bieten würde, um ihre Eingeweide zu sehen. Was stellen sich die Männer bloß vor, was Frauen verborgen halten? Weshalb wollen sie sie immer von allen Seiten sehen?

Er dringt in sie ein, schwitzt fürchterlich und atmet schwer. Stinkender Atem. Aftergestank alter Menschen. Er reißt sich wirklich am Riemen, um nicht zu ejakulieren, damit es länger dauert. Hinterher werden durch all den Schweiß Brusthaare auf ihr kleben. Im Fernsehen versucht ein Mädchen, auf die Fragen eines übereifrigen, eleganten und witzigen Moderators zu antworten.

Nadine bewegt mechanisch ihr Becken. Er sagt ihr Sachen über ihren Körper und was für einen warmen Hintern sie habe. Er packt sie bei den Hüften, um sie zu führen, schiebt ihre Beine hoch und reißt ihr die Arschbacken weit auseinander. Er lässt sie alle Verrenkungen machen, die ihm einfallen, damit sie kapiert, dass er mit ihr machen kann, was er will. Er fragt sie, ob sie gekommen ist.

Sie kriegt ziemlich leicht einen Orgasmus, und die Freier fahren voll drauf ab.

Sobald er abgespritzt hat, steht sie auf und zieht sich wieder an. Es ist zu dreckig hier, als dass sie bei ihm duschen könnte. Er sagt: «Das ist ganz schön teuer jedes Mal, das kann ich mir nicht leisten, weißt du ... Guck dir doch nur an, wie ich wohne ...»

Rattenloch. Verranzt. Sie kann sich kaum vorstellen, dass er hier mit seinem Sohn haust. Kann sich kaum vorstellen, wie sie sich gegenüber sitzen und essen. Wie der wohl aussieht, sein Sohn? Ob er was ahnt? Ob er seinen Freunden lachend erzählt: «Mein Vater lässt sich jedes Mal 'ne Nutte kommen, wenn ich ausgehe, seine ganze Kohle geht dabei drauf.» Sie fragt: «Willst du nicht mehr, dass ich komme?»

«Doch, doch, du sollst weiterhin kommen. Aber es wäre schön, wenn du mir einen Spezialpreis machen könntest, wo wir uns doch so oft sehn, verstehst du? Und diese Dinger da auf deinem Rücken, die hattest du früher nicht, da wär's doch nur logisch, wenn du mit den Preisen ein bisschen runtergehst, oder? Außerdem halt ich dich nie lange auf, für einen Mann wie mich ist es schwer, einen solchen Batzen Geld aufzubringen.»

«Such dir 'ne billigere Nutte.»

«Moment mal, du verstehst nicht, dass ...»

Nadine geht, ohne ihn ausreden zu lassen. Wenn sie eines versteht, dann, dass er nervt. Im Treppenhaus ruft er ihr nach, dass er nächsten Donnerstag wieder auf sie wartet, zur gleichen Zeit, und das mit dem Geld schon irgendwie hinkriegt.

Sie wird nicht mehr zu ihm gehen. Dieser alte Spinner wird sie am Ende noch mit dem mobilen Pflegedienst verwechseln.

Sie betritt den erstbesten Hifi-Laden, der auf ihrem Weg liegt, und kauft einen Kopfhörer. Den billigsten von den etwas besseren. Der Verkäufer ist nett; bevor sie geht, fragt er: «Haben Sie geweint?» Sie verkneift sich den Rat, er solle sich um seinen eigenen Scheiß kümmern, und sieht ihn verständnislos an. Er meint: «Sie haben da Schwarz unter den Augen, als hätten Sie geweint.» Mechanisch reibt sie unter den Augen, dankt dem Verkäufer und verlässt das Geschäft. Sie hat vergessen, sich vor dem Gehen neu zu schminken.

Sie schließt den neuen Kopfhörer an. Dreht die Lautstärke voll auf. *You can't bring me down.* Das ändert alles. Eine Gitarrenbreitseite knallt ihr direkt ins Blut; mit einem Mal wird ihr klar, wenn sie jetzt auf einen Wohnblock schießen würde, fiele der sofort in sich zusammen. Der Kopfhörer ist gar nicht schlecht, zumindest für den Preis. Nicht alles an diesem Tag ist völlig mies.

In der Metrostation sitzt sie da und betrachtet ihre Hände. Ein Typ neben ihr lächelt sie an. Sie tut so, als hätte sie es nicht bemerkt.

Und auch wenn es teuer ist, muss man doch mal ganz klar sehen, der alte Spinner ist heilfroh, dass es Mädchen wie sie gibt, die es ihm besorgen.

Sich hinlegen, um sich voll spritzen zu lassen, sich von allen benutzen zu lassen. Hat sie das im Blut?

Stimmt. Es ist viel Geld. Und sie weiß immer noch nicht, ob es letztendlich nicht nur für 'ne Kleinigkeit ist. Aber ihre Schwänze stinken nach Fäulnis, wenn sie sie in den Mund nimmt. Immer noch weniger anstrengend, als arbeiten zu gehen.

Trotzdem, so einfach ist es gar nicht, sich hinzulegen, ohne dabei das Gesicht zu verziehen. Am Anfang glaubt man, es reicht aus, drei Löcher zu haben, in die sie reinwichsen können, und währenddessen denkt man an was anderes. Aber so leicht schüttelt man das nicht ab, es reicht nicht aus, zu duschen und die Tür zuzuknallen.

Wahnwitziges Verlangen, irgendwas kaputtzuhauen, irgendwas, das ihnen heilig ist. Sie mag den Job.

Eine Kleinmädchenstimme klingt in ihrem Kopf nach: «Mama, was ist denn, was stimmt mit mir nicht?» Ohne dass sich Nadine noch genau erinnerte, worum es dabei ging.

Der Typ neben ihr beugt sich rüber, um ihr etwas zu sagen. Sie dreht sich nicht hin.

Sie spricht nie mit jemandem darüber, was sie macht. Sie schämt sich nicht dafür. Es gehört auch Stolz dazu, sich so weit herabzulassen, etwas Heldenhaftes inmitten der Verkommenheit. Sie verachtet die anderen, die keine Ahnung haben, die sie von oben herab ansehen, wenn sie vorübergeht, und glauben, sie hätten mehr Würde.

Ihr Beruf passt ihr eigentlich ganz gut. Vor allem, wenn der Zeitpunkt gekommen ist, das Geld zu verbraten. Einen Supermarkt leer kaufen und Frauen anschauen, die sich ihre Liebhaber aussuchen und sich gratis ficken lassen. Die jeden Centime zweimal umdrehen, um die Familie zu ernähren.

Sie merkt, dass sie vor sich hin lächelt. Der Herr neben ihr nimmt es persönlich und legt ihr eine Hand auf die Schulter, damit sie ihren Kopfhörer abnimmt und ihm zuhört. Sie steht auf und geht zum anderen Ende des Bahnsteigs.

You'd better take a walk in my wood. You'd better take a walk in the real world.

Jemanden töten.

Es fällt ihr doch ziemlich schwer, sich an die Vorstellung zu gewöhnen.

Noch bevor sie die Tür hinter sich geschlossen hat, hört sie Séverine schreien.

«Dass du von meinem Whisky trinkst, ohne mich zu fragen, gefällt mir nicht. Aber wenn, dann ist es doch wohl das wenigste, ihn wieder wegzuräumen, oder?»

«Ich hab was übrig gelassen. Ist doch schon mal 'ne Leistung, oder?»

Nadine geht sich in ihrem Zimmer umziehen. Die andere kommt ihr hinterher: «Es ist jedes Mal das Gleiche. Wenn ich eine Bemerkung mache, antwortest du irgendwelchen Schwachsinn und gehst. Du bist nicht fähig zu kommunizieren. Und um zusammenzuwohnen, muss man kommunizieren. Das erfordert Respekt und ein wenig Mühe, verstehst du, und ich weiß nicht, ob du dazu in der Lage bist...»

Nadine zieht sich einen Pulli an. Die andere wagt nie, sie

ganz offen zu fragen, weshalb sie mehrere Male die Woche einen Rock mit hochhackigen Schuhen dazu trägt.

Was sie wohl sagen wird, wenn sie das mit Francis erfährt? Was die anderen wohl sagen werden?

Séverine erklärt ihr weiter, wie es zu sein habe, wenn man zusammenwohnt. Sie ist ein hübsches Mädchen. Elegant, fast eine feine Frau. Bewegt sich aber ohne Anmut. Kaum mit anzusehen, wie sie sich bewegt. Als würde ihr Körper sie stören. Diesem Mädchen mangelt es an Körpergefühl. Ihr Hals ist riesengroß, ganz und gar weiß. Was sie sich wohl für einen Schwachsinn zusammendichten wird, wenn sie das über Francis erfährt? Sie hat kein Recht, darüber zu reden, sie hat kein Recht, dazu eine ihrer dreckigen Meinungen abzugeben.

Ehe sie den Gedanken überhaupt richtig gefasst hat, haben Nadines Hände bereits instinktiv die richtigen Stellen an Séverines Hals gefunden und packen voller Wut und unerbittlich zu. Sie endlich zum Schweigen bringen. Rittlings auf ihr sitzend, presst Nadine sie zu Boden. Ohne an irgendetwas zu denken. Ganz konzentriert, angestrengt bei der Sache. Beim Ficken hat sie manchmal das Gefühl, nicht mehr in ihrer eigenen Haut zu stecken, sich selbst für einen Moment zu vergessen. Sie schaltet den Teil von sich ab, der beobachtet und kommentiert. Das hier hat den gleichen Effekt. Als sie wieder zu sich kommt, ist sie dabei, Séverine zu erwürgen.

Stimmt also, das mit der Zunge, die ein bisschen herausquillt. Und das mit den verdrehten Augen auch.

Sie steht auf und streicht sich die Haare nach hinten. Mehrere Male schon hat sie geträumt, eine Leiche verstecken zu müssen. Sie war gerade dabei, sie zu zerlegen, als jemand hereinplatzte. Also verbarg sie die Stücke schnell in allen möglichen Ecken und musste mit den Gästen Tee trinken. Überall zerrissene Glieder, unter die Sitzbank gefeuert oder eilig hinter Kissen gestopft. In diesem Traum, den sie oft träumt, muss sie die Konversation in Gang halten, so tun als ob nichts wäre. Obwohl ein abgerissener Arm unter der Kommode hervorlugt.

Sie kann Séverines Leiche nicht ordentlich zerlegen, um sie zu verstecken. Dabei wäre es das Einfachste, sie in die Badewanne zu schleifen, in kleine Portionen aufzuteilen, das ganze in Müllsäcke zu stopfen und in den Kühlschrank zu legen. Um es dann nach und nach loszuwerden, über die Stadt zu verteilen ...

Dazu hat sie keine Zeit, sie muss noch heute Abend weg.

Wie lange wird es dauern, bis man sie findet, wenn sie alles so lässt, wie es ist? Wie lange wird es dauern, bis man die Tür eintritt? Wer wird sich Sorgen machen? Séverine arbeitet bei einer Zeitarbeitsfirma, sie hat gerade einen Auftrag abgeschlossen. Auf der Arbeit wird sie also niemand vermissen. Ihre Mutter meldet sich gewöhnlich wochenlang nicht. Séverine besucht niemanden regelmäßig. Es wird also eine Weile dauern, bis man die Tür eintritt. Vielleicht war es ihr deshalb immer so wichtig, einen Freund zu finden ... Sie wollte sicher sein, dass sich jemand Sorgen macht, falls sie verschwindet. Nadine kann sie durchaus an Ort und Stelle verrotten lassen, niemand wird so sehr unter ihrer Abwesenheit leiden, dass er unbedingt herausfinden will, was aus ihr geworden ist.

In ihren Sachen sucht Nadine nach den Dingen, die sie Francis mitbringen soll. Das sieht ihm ähnlich, für einen definitiven Abgang nach einem Gürtel und einem Buch zu verlangen. Die Dinge haben die Bedeutung, die man ihnen beimisst. Das ist ihm wichtig. Und was nimmt sie mit, wenn sie für immer fortgeht? Sie hat keine Ahnung. Schon wenn sie als kleines Mädchen davonlief, wusste sie nie, was sie mitnehmen sollte. Sie wühlt in ihren Kassetten, packt sich ungefähr zehn ein, nimmt auch die Whiskyflasche und Séverines Scheckheft. Mehrere Male steigt sie über die Leiche.

Das Telefon klingelt. Das Telefon kam ihr schon immer

feindlich und bedrohlich vor. Man kann einfach nicht wissen, wer anruft und warum. Stets das gleiche Klingeln, egal, um welche Neuigkeit es geht. Der Eindruck, dass die Leute draußen sie überwachen wollen, sie bis nach Hause verfolgen und ihr deutlich zu verstehen geben, dass sie eindringen können, wann sie wollen. Jetzt hat sie endlich etwas getan, das ihre Angst vor dem Telefon rechtfertigt. Diese ganzen albernen Befürchtungen und die unterschwellige Angst. Dieses Gefühl, nur eine Galgenfrist zu haben. All diese Dinge, die ihr vertraut sind und keinen Sinn ergeben. Jetzt hat sie endlich getan, was sie tun musste, damit ihre eigene Realität und die der anderen ein wenig besser zusammenpassen.

Ihr neuer Kopfhörer tut ihr ein bisschen an den Ohren weh.

L'essence même du mal. Toutes nos grandes villes, toutes nos belles filles, autant de foyers d'infamie!

Nadine überlegt, ob sie besser den Bus oder die Metro nehmen soll, um den letzten TGV nicht zu verpassen. Sie hat keine Zeit mehr, sich zu duschen.

KAPITEL 10

Verdammte Scheiße, ihre Brust platzt gleich. Zu viel gerannt. Manu fragt sich, ob sie je wieder zu Atem kommen wird. Deutlich fällt ihr wieder ein, wie es auf sie gewirkt hat, das zu hören. Karlas Schrei, als das Auto sie erwischte. Das dumpfe Geräusch des gegen die Motorhaube prallenden Körpers. Manu hat gar nicht viel gesehen, ist sofort losgerannt, fast bevor es überhaupt passiert ist. Doch im Augenblick des Losrennens hat ihr Kopf den Schrei und das komische Geräusch genau registriert.

Sie macht in einer Kneipe Halt, wühlt in ihren Taschen, reiht die verbliebenen Münzen auf. Sie zählt und verteilt die Münzen auf dem Tresen.

«Ich hätte gern einen Whisky, und ich möchte telefonieren.»

Sie ruft bei den Bullen an und sagt: «Da liegt ein Mädchen am Ufer, in der Nähe der Disco, genau darunter, da wo die Bäume stehn. Ich hab gesehn, wie ein Auto sie platt gemacht hat. Ich weiß nicht, ob sie sich noch rührt, wär ganz gut, mal nachzusehn.»

Gleich anschließend ruft sie bei der Feuerwehr an; den Bullen traut sie nicht, weil sie sich denen nicht gewachsen fühlt. Bei der Feuerwehr ist sie da zuversichtlicher.

Sie leert ihr Glas in einem Zug, will nicht länger als nötig in der Bar bleiben, falls die Bullen zurückrufen. Jetzt geht es ab nach Hause, wo sie sich die Birne zuknallen wird.

Sie geht zu Fuß, ist bei jedem Auto misstrauisch, es könnte ja schon nach ihr gesucht werden. Gleichzeitig überlegt sie sich, wen sie um Kohle anhauen könnte.

Bei Tony hat man sie zusammen weggehen sehen. Das bedeutet Ärger für sie, sobald sie Karla identifiziert haben. Sie wird behaupten, sofort nach Hause gegangen und gar nicht am Fluss gewesen zu sein. Die Bullen werden ihr trotzdem auf die Pelle rücken.

Sie ist schon an ihrem Haus angelangt und weiß immer noch nicht, wer ihr das Geld für eine Flasche geben könnte. Einfach so nach Hause gehen kommt nicht in Frage, sie würde mit dem Kopf die Wände einrennen. Echt schade, dass es im Viertel keinen einzigen Händler mehr gibt, bei dem sie noch anschreiben lassen kann.

Doch im allerletzten Moment sieht sie Belkacem auf einer funkelnagelneuen Vespa vorbeifahren. Sie ruft ihm hinterher: «Hättest du bitte mal hundert Eier für mich? Geb ich dir morgen wieder, komm bei mir rum.»

Kommentarlos hält der Junge ihr den Geldschein hin, ein prima Kerl. Er fragt: «Du siehst ja ganz schön ramponiert aus. Hast du dich geprügelt?»

«Nein, ich bin von alleine hingefallen. Deshalb muss ich auch was trinken, damit ich schlafen kann. Wenn ich weiterlaufe, fall ich wieder hin.»

«Weißt du Bescheid mit Radouan?»

«Ja, ich weiß, den suchen sie alle. Er flippt langsam aus, ganz richtig ticken tut er ja nie …»

«Nein, das meine ich nicht. Sie haben ihn gefunden. Moustaf und seine Kumpel haben ihn vorhin eingekeilt. Und ich glaube, diesmal hat er's kapiert …»

«Haben sie ihn vertrimmt?»

«Voll Stoff, ja. Man weiß nicht genau, was mit ihm ist. Er ist im Krankenhaus. Kann von Glück sagen, den Kopf noch auf den Schultern zu tragen. Das Einzige, was sie an ihm drangelassen haben, ist, glaub ich ... Und dabei ... Sie haben ihm Schwefelsäure ins Gesicht gekippt. Als Warnung. In letzter Zeit haben sie's im Kiez alle ein bisschen übertrieben. Das soll die anderen von vornherein abschrecken ...»

«Hast du was gesehn?»

«Nichts hab ich gesehn. Nur, wie der Krankenwagen ihn holen kam, sie wussten nicht so recht, wie sie ihn transportieren sollten. Da war man gar nicht scharf drauf, in seiner Haut zu stecken.»

«Säure in die Fresse? So was ändert dir die gesamte Laufbahn ... Weißt du, was er ausgefressen hat?»

«Er hat da 'n paar Sachen nicht bezahlt, er hat nicht dort verkauft, wo er sollte ... Irgend so 'nen Scheiß halt. Und außerdem hat er sich aufgespielt, als sie die ersten Male zu ihm gekommen sind, in dem Stil, mir kann keiner was ...»

«Danke für die hundert Eier. Das ist cool, echt extrem cool von dir. Tschüs, Belkass.»

Sie geht in den Laden an der Ecke. Bezahlt ihre Flasche Four Roses. Geht nach Hause. Setzt sich vor die Glotze. Trinkt in kräftigen Zügen. Das Telefon klingelt. Sie wird sich nicht vom Telefon nerven lassen. Sie reißt das Kabel raus.

Es gibt solche Momente. Katastrophentage. Sie hat schon über die Hälfte der Flasche intus. Und ist noch nicht mal benebelt. Das macht ihr eine Stinkwut. Zum Ausrasten. Sie möchte so schnell wie möglich total breit sein; bloß keine Zeit mehr haben, darüber nachzudenken, was heute passiert ist.

Sie macht die Flasche alle. Schlafen kann sie noch immer nicht. Aber unbeschwerter ist sie. Ihre Gedanken sind simpler geworden, der Alkohol weiß Rat.

Sie zieht ihre völlig zerrissenen und lehmbeschmierten Klamotten aus. Streift eine Jeans über. Lauter Spuren auf ihrer

Haut, gelbe Streifen an beiden Armen. Morgen wird das tierische blaue Flecken geben. Sie setzt eine Sonnenbrille auf und steckt sich die Brechstange ein, die Radouan kürzlich liegen gelassen hat.

Sie geht über die Straße, biegt ein paar Gassen weiter ab. Sie steigt bis zur obersten Etage hinauf und klopft bei Lakim an die Tür. Er ist nicht da, um diese Zeit kümmert er sich um sein Business. Seine Wohnung liegt unterm Dach. Über der Tür befindet sich ein Fenster. Die Leiter, um da raufzuklettern, steht im Schrank neben dem Stromzähler.

Problemlos gelangt Manu aufs Dach. Sie passt total auf, dass sie nicht auf die Schnauze fällt. Sie zerschlägt mit ihrer Brechstange das Fenster, öffnet es und steigt bei Lakim ein.

Sie kennt die Räumlichkeiten gut, hat dort genügend Zeit verbracht. Wenn es in diesem Zimmer auch nur ein einziges Möbelstück gibt, auf dem sie's sich nicht hat besorgen lassen, dann ist sie noch Jungfrau. Malcolm X an der Wand, eingerahmt von zwei Boxern. In einer verschlossenen Kiste, die er hinter dem Kühlschrank aufbewahrt, ist das ganze Geld, das er zur Seite geschafft hat, seit er dealt. Er ist der einzige Dealer aus ihrem Bekanntenkreis, der es hinkriegt, Geld zu sparen. Er misstraut den Banken, weil er befürchtet, man würde ihn fragen, wo er so viel Geld her hat. Manu hat das Versteck zufällig entdeckt, als ihr mal ein Teelöffel hinter den Kühlschrank gefallen ist und sie, einer Eingebung folgend, versuchte, ihn wieder zu finden. Allerdings weiß sie nicht, wo der Schlüssel zu der Kiste ist. Darum wird sie sich später kümmern müssen.

In der untersten Schreibtischschublade liegt eine Knarre samt Patronen. Lakim hat Manu ein paar Mal zum Schießen mitgenommen. Das Geballer hat ihr gefallen. Trotzdem wurde Schießen nie eine ihrer übermäßigen Leidenschaften.

Sie geht zur Tür raus, trägt die Metallkiste unterm Arm. Das Schießeisen in ihrer Tasche wiegt ziemlich schwer.

Wenn sie's sich recht überlegt, ist sie eigentlich doch ganz schön besoffen, und auf dem Weg zu Moustaf, zwei Straßen weiter, schwankt sie ein bisschen. Sie schellt, er öffnet sofort. Ehrlich gesagt, wär's ihr lieber gewesen, er wäre nicht da. Aber wenn dem nun mal nicht so ist ... Er sagt: «Du guckst so bescheuert aus der Wäsche, als hättest du zu viel gesoffen. Was willst du von mir?»

Ohne sie hereinzulassen. Manu fragt: «Bist du allein?»

Moustafs Gesichtsausdruck wird weicher. Er lächelt. «Klappt wohl nicht so mit Lakim und dir, was? Ist schon ewig her, dass du das letzte Mal bei mir warst. Vermisst du mich?»

Sie schubst ihn mit der Schulter in die Wohnung. Sie sagt etwas leiser: «Nein, ich bin gekommen, um dir zu sagen, dass das nicht geht, was ihr mit Radouan gemacht habt. Niemand hat das Recht, einem Kind so was anzutun.»

Sie hat die Kiste auf den Boden gestellt und wühlt in ihrer Tasche. Sie hört ihn labern: «Von dir brauch ich mir keine Ratschläge anzuhören. Hast du dich mal angesehn? Du bist doch nur ein Wrack.»

«Dir Arschloch werden eh nicht mehr viele Leute Ratschläge erteilen, und ich bin ganz bestimmt das letzte Wrack, das du zu Gesicht bekommst. Kannst dich freuen ...»

Sie schießt einmal, mit ausgestrecktem Arm. Ihre Schulter wird durchgeschüttelt, und es gibt einen Höllenlärm. Doch viel unspektakulärer als im Kino. Der Kopf explodiert und kippt nach hinten. Egal wie, als wüsste er auch nicht, wie es geht. Ist gar nicht wie im Kino. Sie geht näher an ihn heran, weil er die Taschen sicher voller Geld hat. Mitten in die Fresse hat sie ihn erwischt. Zermatschtes Gesicht. Sie bringt es nicht fertig, ihn zu berühren und zu durchsuchen.

Eigentlich hätte sie nicht gedacht, dass sie tatsächlich schießen würde. Deshalb war sie zwar hergekommen, aber irgendwie hatte sie geglaubt, etwas würde sie davon abhalten.

Ehe sie wieder geht, leert sie einen großen schwarzen Ledersack aus und steckt Lakims Kiste hinein. Sie schaut sich ein bisschen in der Küche um und findet im Kühlschrank eine Flasche Gin. Den mag sie zwar nicht besonders, aber wenigstens ist es hochprozentiger Alkohol.

Sie zieht die Tür hinter sich zu. Kein Mensch auf der Straße. Die Leute hier sind gewöhnt, ganz andere Dinge zu hören, für einen simplen Schuss kommen die nicht vor die Tür. Manu sagt: «Ja, aber normalerweise stammen diese Schüsse nicht von mir, ihr Bande von Arschgesichtern.» Sie weiß gar nicht genau, ob sie es laut gesagt oder nur gedacht hat. Eigentlich ist sie echt fertig.

Es wird gerade erst dunkel. Im Sommer sind die Tage wirklich lang. In einer Kneipe sucht sie im Telefonbuch nach «Burgorg». Sie notiert sich die Adresse. Sie weiß nicht genau, wo das sein soll. Am besten wäre es, ein Taxi zu nehmen, aber sie hat keinen einzigen Franc in der Tasche, und jetzt ist nicht der richtige Moment, um die Kiste zu öffnen.

Auf der Straße begegnet ihr ein kleiner Monsieur im Anzug. Sie holt die Knarre raus, ohne recht zu wissen, ob sie geladen ist oder nicht, und drückt sie ihm an die Stirn.

«Sag mal, kleiner Mann, du hast doch bestimmt eine Brieftasche? Du wirst sie mir geben, denn im Gegensatz zu dir hab ich heute meinen Glückstag.»

Sollte dieser Kerl ihr Ärger machen, so wird sie ihm mit ein paar Kolbenhieben seinen leicht kahl gewordenen Schädel einschlagen. Doch Monsieur ist kreidebleich, streckt ihr seine Brieftasche hin und will gar nicht groß diskutieren.

«Jetzt zieh den Kopf ein und mach dich dünne ... Lass dich hier nicht mehr blicken.»

Sobald er auf dem Absatz kehrtgemacht hat, um wegzurennen, geht sie zügigen Schritts weiter. Sie klappt die Brieftasche auf; gar kein schlechter Treffer: Sie ist voller Scheine. Heute ist also wirklich ihr Glückstag. Sie murmelt vor sich hin: «Echt easy. Man darf bloß nicht zögern, das ist das ganze Geheimnis.» Warum tragen Leute, die eine Kreditkarte haben, immer noch Bargeld mit sich rum? Fällt ihr schwer, das zu verstehen. Aber jedenfalls trifft sich's gut ... Sie geht zum Taxistand, murmelt immer noch vor sich hin: «Echt easy. Man darf bloß nicht zögern.»

Burgorg, Camels Bewährungshelfer, wohnt in einem Mittelklasse-Wohnviertel. Ganz schön heavy. Wirklich ganz schön heavy. Auf der Fahrt versucht Manu, sich an den Gingeschmack zu gewöhnen. Auch ganz schön heavy, volle Kanne.

Das Taxi setzt sie genau vor seiner Haustür ab. Während der gesamten Fahrt hat der Fahrer kein einziges Wort mit ihr gesprochen.

Ehe sie klingelt, fällt ihr klugerweise ein, die Knarre nachzuladen. Sie braucht ganz schön lange dazu. Ihre Nerven liegen blank.

Sie schellt. Der Typ, der ihr aufmacht, ist groß, nicht sonderlich dick, um die vierzig. Sie kann sich gut vorstellen, wie er sich aufspielt und mit seinem schöngeistigen Gelaber den Typen auf Bewährung auf die Eier geht. Solche Kerle sehen zwar nicht alle gleich aus, sind aber doch unverkennbar.

Sie fragt: «Monsieur Burgorg?»

«Ja.»

«Guten Tag, ich bin die kleine Schwester von Camel, dem Typ, der sich kürzlich erhängt hat, wissen Sie?»

Er nickt. Er ist sich nicht ganz sicher, ob er sie sofort wegschicken soll.

«Also, Monsieur: Es gibt da ein paar Kleinigkeiten, die mir bei dieser ganzen Angelegenheit gegen den Strich gehn.»

Er hat sich wieder gefasst. Er hält sich gerade und spricht zu ihr in einem Ton, der keinen Widerspruch duldet, typisch für so echte Autoritätspersonen: «Ich kann mir nicht vorstellen, was ...»

«Ich schon. Ich kann mir gut vorstellen, wie du am Boden liegst, deine dreckige Fresse ist in Stücke geschlagen, und die Eingeweide hängen dir raus ...»

Sie geht einen Schritt zurück und zielt auf seinen Hals. Die Kugel erwischt ihn jedoch am Oberkörper, also schießt sie lieber noch ein zweites Mal, höher. Daneben. Er taumelt rückwärts, sie geht näher ran und drückt ihm die Knarre auf den Bauch. Sie schießt noch einmal und beobachtet, wie er zu ihren Füßen zusammensackt.

Rein visuell wirkt es überzeugender als beim ersten Mal. Viel mehr Farbe. Und weil sie jetzt keine blutige Anfängerin mehr ist, hat sie auch mehr Spaß dabei.

Eine Frau kommt aus dem Hausinneren und wischt sich die Hände an einem Geschirrtuch ab. Sie schreit, als sie den Toten am Boden sieht. Prompt kriegt sie auch eine Kugel in den Bauch gejagt. «Schade, dass ich nicht zielen kann; am Kehlkopf hätte so ein Einschuss mehr hergemacht.» Manu steigt über den toten Bullen, bleibt wenige Schritte vor der Frau stehen und zerschießt ihr das Gesicht, bis das Magazin leer ist.

Bei jedem Knall wird ihr Körper nach hinten geschleudert, sie bemüht sich, sich mit der Schulter ordentlich gegenzustemmen.

Sie krallt sich ihre Tasche und rennt weg. Steigt in den ersten Bus, der ihr entgegenkommt. Und jetzt? Was soll jetzt aus ihr werden?

KAPITEL 11

Die Zugfahrt dauert ewig, doch das Hotel lässt sich leicht finden. Am Empfang fragt sie nach Monsieur Pajet. Der schlecht rasierte Itaker nennt ihr die Zimmernummer und meint:

«Das ist kein Doppelzimmer, was der Herr da gemietet hat ...»

«Ich bleibe nicht hier, ich komme nur zum letzten Blasen vorm Bubumachen.»

Sie klopft an die Tür, es dauert, bis Francis aufmacht. Er hat geschlafen.

Er läuft unruhig im Zimmer auf und ab, und dadurch wirkt der Raum viel zu klein. Er massiert sich den Nacken. Es fällt ihm schwer, einen klaren Kopf zu bekommen.

«Das ist echt verrückt, wie gut ich schlafe, seit ich so richtig in der Scheiße stecke.»

Sie setzt sich auf die Bettkante. Wartet geduldig ab, bis er wach genug für eine Unterhaltung ist. Sie öffnet ihren Walkman, um die Batterien zu wechseln. Er sagt: «Eigentlich geht's mir ganz schön beschissen. Ehrlich gesagt, weiß ich nicht so recht, was ich machen soll. Ich hab da so 'n paar Ideen, über die ich gern mit dir reden würde. Ich möchte wissen, was du davon hältst.»

«So schlecht scheint es dir gar nicht zu gehn.»

«Damit wäre der Fall für dich also erledigt ... Ja, du hast

Recht, ich schlafe wie ein Baby. Ich höre gar nicht mehr auf zu schlafen, wie ich es dir gesagt habe. Ich versteh's auch nicht.»

Er lächelt ganz komisch, eher eine unbeholfene Verrenkung der Gesichtsmuskulatur. Dann fährt er fort: «Zuallererst muss einer runtergehen und Speed besorgen, damit wir besser durchblicken und ich endlich mit der Pennerei aufhöre. Das sollten wir schnell und ohne Aufwand über die Bühne kriegen, ich habe dir nämlich wirklich 'ne Menge zu sagen.»

Sie stimmt ihm zu, er hält ihr ein fotokopiertes Blankorezept hin. «Kannst du dich bitte darum kümmern?»

Er hat sich in den Kopf gesetzt, dass sie wie ein Arzt unterschreiben kann. Und außerdem bekommt sie so immer beiläufig mit, was er alles nimmt. Ganz zufällig, als sei das gar nicht seine Absicht. Sie hätte von Anfang an nein sagen sollen, sich weigern sollen, da hineingezogen zu werden. Jetzt ist es ein bisschen zu spät, sich aufzuregen.

«Oben rechts schreibst du ...»

Sie unterbricht ihn: «Ich glaub, ich hab das oft genug gemacht, eigentlich müsste ich das ganz alleine ausfüllen können.»

Während sie schreibt, fragt sie: «Wann genau ist es passiert?»

«Vorgestern Abend. Das war eine total verrückte Woche. Es ist ganz schön viel passiert in meinem Leben, ich werde dir alles von Anfang an erzählen, damit du's richtig verstehst.»

«Wir können hier aber nicht die ganze Woche bleiben.»

Wenn er einmal anfängt zu erzählen, kann man ihn nicht mehr bremsen. Er schweift ständig ab. Er denkt zu schnell und an zu viele Dinge gleichzeitig. Francis schüttelt den Kopf: «Nein, nein, ich werde mich total kurz fassen, wirst staunen, wie gut ich das kann, wenn's drauf ankommt. Ich will auch nicht, dass du hinterher wegen mir in der Scheiße steckst. Das einzig Wichtige ist, dass du das hier Noëlle übergibst.»

Er legt einen Reisepass und einen dicken braunen Umschlag auf den Tisch.

«Ich war mit ihr für Samstag, den 13. Juni in der Bahnhofsgaststätte in Nancy verabredet. Gegen 17 Uhr. Wenn sie nicht kommt, sollte ich es am nächsten Tag wieder versuchen. Sie kommt mit dem Fahrrad über die Grenze, sie verlässt sich auf mich. Ist alles megawichtig.»

Das ist wie mit seinem Krempel: Ein jedes Ding hat die Bedeutung, die man ihm beimisst. Er hat seine ganz eigene, sehr genaue Vorstellung von dem Wert und der Notwendigkeit einer Sache. So wichtig kann es für Noëlle überhaupt nicht sein, aber er hat so entschieden. Letztendlich sein Problem.

Nadine unterschreibt das Rezept. Eigentlich müsste sie Francis berichten, was ihr passiert ist. Das könnte am Gespräch einiges ändern. Sie beschließt, es ihm später zu erzählen.

Er sagt: «Ich geh jetzt sofort runter zur Apotheke.»

Und bevor er das Zimmer verlässt: «Nett, dass du gekommen bist, ich bin froh, dich zu sehen. Es hilft mir, klarer durchzublicken, wenn ich mit jemandem reden kann.»

«Der Typ an der Rezeption war nicht sonderlich damit einverstanden, dass ich hier schlafe.»

«Ich kümmer mich drum. Hast du gesehn? Genau gegenüber vom Hotel ist eine Nachtapotheke.»

«Hab ich gesehn. Hat mich aber gar nicht gewundert. Schließlich gehörst du zu den Jungs, die einen Blick für das richtige Hotel haben.»

Darüber muss er lächeln. Dann geht er hinaus. Sie streckt sich auf dem Bett aus.

Auch sie ist froh, ihn zu sehen, plötzlich fragt sie sich, ob sie Séverine nicht einfach nur erwürgt hat, um mit ihm zusammenbleiben zu können.

Sie fühlt sich jetzt mit ihm verbündet, unwiderruflich.

Je sais qu'à la fin je resterai seule avec vous. Et j'attends ce moment.

Sie hätte daran denken sollen, was zu trinken zu kaufen.

Es dauert ganz schön, bis er wiederkommt, dabei ist die Apotheke wirklich genau gegenüber. Nur gut, dass sie gleich Speed im Haus haben, sie ist echt total geschafft.

Er braucht viel zu lange. Sie rafft ihre Sachen zusammen, nimmt den Umschlag und den Reisepass – später wird sie sich wundern, daran gedacht zu haben.

Sicher ist er gerade dabei, den Portier anzuschnauzen. Er würde es bringen, ihn nicht nur davon zu überzeugen, dass sie keinen Zuschlag zahlen müssen, sondern für den gleichen Preis außerdem eine Suite kriegen.

Unten sieht sie ihn nirgends, die Rezeption ist verwaist, und die Eingangstür steht sperrangelweit offen. Sie steht auf der Türschwelle und sieht ihn rückwärts aus der Apotheke kommen, ohne dass seine Füße den Boden berühren. Ohrenbetäubende Explosion. Sein Schädel wird in der Luft zerfetzt, ein üppiger dunkler Funkenschauer in der Nacht. Kopfschuss.

In den Fenstern geht Licht an, und jemand stürzt auf die Leiche zu. Nadine macht sich auf den Weg in Richtung Bahnhof, ohne nachzudenken. Merkwürdiger Krawall in ihrem Bauch. Die Beine wollen nicht so recht. Angst ballt sich in ihr zusammen, prallt irgendwo auf und hallt nach. So muss sich die Box an einer Stereoanlage fühlen, das lauter und leiser werdende Echo verstärkt sich zu einem schrillen Geräusch. Sie denkt: «Um diese Uhrzeit fährt kein Zug mehr.» Das ist alles, was ihr einfällt. Wie eines dieser albernen Lieder, das man ständig vor sich hin summt, und nichts machen kann, um es loszuwerden. «Um diese Uhrzeit fährt kein Zug mehr.» Sie bleibt vor dem Gitter stehen. «Kein Zug mehr, es ist zu spät.»

KAPITEL 12

Manu ist mit der Bahn zu ihrer Mutter gefahren. Die ist gerade mit ihrem neuen Lover im Urlaub. Schon wieder so ein widerwärtiger, großkotziger Vertreter. Ein Schönling, der nach billigem Rasierwasser stinkt und bestimmt brutal wird, wenn er getrunken hat. Bei seinem Scheißleben und einer so wenig fickbaren Freundin macht ihn der Alkohol nicht gerade fröhlicher.

Im Zug hat sie in den Gang gekotzt und ist dann eingeschlafen. Der Schaffner hat sie geweckt. Dröhnende Kopfschmerzen, der reinste Höllentrip.

Sie kann sich noch ungefähr erinnern, was passiert ist und weshalb sie losgefahren ist. Aber ihr ist zu elend, um über irgendwas nachzudenken.

In der leeren Wohnung ihrer Mutter nimmt sie ein Bad, durchwühlt die Hausapotheke und sucht nach Aspirin. Die quillt vor lauter Beruhigungsmitteln fast über, ihre Mutter nimmt die ständig, und hin und wieder übertreibt sie's. Manu sieht sie wieder vor sich, wie sie vor der Glotze leise vor sich hin singt, Selbstgespräche führt, mitten im Zimmer stehen bleibt und absolut nicht mehr weiß, was sie gerade machen wollte. Als Manu so an ihre Mutter denkt, spürt sie einen Anflug zärtlicher Wehmut. Aber fast gleichzeitig gewinnt wieder die Wut die Oberhand: Wäre die Frau nicht so bescheuert, dann wäre sie auch nicht so depressiv.

Beim Abtrocknen betrachtet sie sich im Spiegel. Auf ihrem Körper sind überall Spuren, sie hat mehr abbekommen, als sie dachte. Im Gesicht geht es, Gott sei Dank, bis auf die etwas geschwollene Lippe. Glück gehabt, dass die Nase heil geblieben ist.

Sie macht sich in der Mikrowelle ein Stück Spinatkuchen warm, trinkt große Schalen Kaffee mit fettarmer Milch.

Sie bricht den Deckel der Kiste auf, die sie sich bei Lakim geholt hat. Es dauert eine Weile, bis er endlich nachgibt.

Die Geldscheine sind abgenutzt, aber ordentlich glatt gestrichen. Ein Hauch von schlechtem Gewissen überkommt sie bei der Vorstellung, wie Lakim Abend für Abend Geld hineingefüllt hat. Dann beginnt sie zu zählen, und die Skrupel verschwinden.

Knapp 30 000 Franc, gerade genug, um sich ein nettes Wochenende zu machen.

Manu sucht noch ein wenig im Haus herum, findet eine Schachtel Amphetamine und legt sie zur Seite.

Sie isst ihren Spinatkuchen, in der Mitte ist er noch kalt. Ihr wird klar, wie sehr sie sich langweilt.

Polizeisirenen. Binnen einer Sekunde ist ihr Rücken klitschnass geschwitzt. Ihr Gehirn läuft auf Hochtouren. Unmöglich, dass man sie bereits holen kommt.

Dennoch, sie halluziniert doch nicht: Auf der Straße gibt es Krawall. Sie macht das Licht aus und stürzt ans Fenster.

In der Apotheke ist etwas passiert. Man kann beim besten Willen nicht erkennen, was, aber ganz in der Nähe muss es gerade Riesenstunk geben. Bullen, Sanitäter ... Von ihrem Fenster aus kann sie es nicht richtig erkennen.

Sie setzt sich wieder hin. Der Apotheker ist im Viertel dafür bekannt, dass er eine Vollklatsche hat. Aber bisher ist er noch nie so aus der Rolle gefallen, dass mitten in der Nacht die Bullen kommen mussten.

Sie hat keinen Appetit mehr. Plötzlich fällt ihr die Decke auf den Kopf. Laut sagt sie zu sich selbst: «Ich bin kein Hausmütterchen. Frauen wie ich gehören auf die Straße, und deshalb zieh ich jetzt los.»

Sie schaut, ob es sich draußen ein wenig beruhigt hat, und geht.

KAPITEL 13

Vor dem Bahnhof lehnt ein Mädchen an der Mauer und starrt zu Boden. Bis zum Bürgersteig gegenüber kann Manu die Musik aus ihrem Walkman hören.

Vielleicht hat ihr Macker sie gerade rausgeschmissen, und sie weiß nicht, wo sie schlafen soll. Vielleicht wollte sie auch den Vorort bei Nacht besichtigen. Angst um ihre Ohren hat sie jedenfalls nicht.

Manu geht über die Straße und stellt sich vor sie hin. Das Mädchen ist gut drei Köpfe größer als sie und doppelt so schwer. Es dauert eine Weile, bis sie kapiert, dass jemand mit ihr sprechen möchte. Ohne lange nach dem Knopf zu suchen, schaltet sie den Walkman aus. In einem entschuldigenden Tonfall sagt sie: «Um diese Uhrzeit fährt kein Zug mehr.»

«Nein. Die Nacht über musst du bleiben.»

«Ja, vor morgen früh fährt kein Zug.»

«Na ja, wenigstens hast du Unterhaltung. Wohin fährst du?»

«Richtung Paris wahrscheinlich.»

Das Mädchen weiß anscheinend nicht genau, wo sie hinwill. Manu hat Kopfweh, sie fragt: «Kannst du Auto fahren?»

Die andere bejaht.

«Hmh, du kannst Auto fahren, ich hab ’n Wagen, und nach Paris will ich auch.»

«Das trifft sich gut, das trifft sich echt gut.»

Sehr überzeugend klang das nicht. Aber sie folgt Manu bis zur Wohnung ihrer Mutter, ohne auf dem ganzen Weg auch nur ein einziges Wort zu sagen. Besonders helle wirkt sie nicht. Hoffentlich stimmt es, dass sie Auto fahren kann …

Manu bittet sie, in der Küche zu warten, schlägt ihr vor, sich einen Kaffee zu machen. Währenddessen sucht sie ihre Sachen zusammen.

Als sie ruft: «Es kann losgehen», antwortet die andere nicht. Sie hat wieder ihren Kopfhörer aufgesetzt, und Manu muss sie an der Schulter rütteln, damit sie auf den Teppich kommt.

Sie setzt den Wagen problemlos aus der Garage, fahren kann sie also zumindest, da kann die Kleine ganz beruhigt sein.

Unterwegs sprechen sie kein Wort. Die Dicke hat so breite Ringe unter den Augen, als wären sie mit einem Filzstift aufgemalt. Ein komisches Gesicht. Eigentlich nicht unangenehm, aber irgendwie seltsam.

Hoffentlich hat sie gute Nerven. Die Kleine schaut aus dem Seitenfenster, die Bäume rasen in einem Affenzahn vorbei und sehen dabei aus wie lang gezogene Wohnblöcke. Sie fragt: «Wirst du in Paris erwartet?»

«Nein, eigentlich nicht.»

«Das trifft sich gut, denn da fährst du heute Nacht auch nicht mehr hin.»

Manu holt ihre Knarre raus, sodass die andere sie sieht, aber ohne sie ihr an die Wange zu halten. Sie erklärt: «Ich stecke in der Scheiße, und es ist schade, dass du das ausbaden musst, aber ich brauche jemanden, der mich in die Bretagne bringt. Sobald wir da ankommen, kannst du mit der Kiste zurückfahren, sie ist nicht als gestohlen gemeldet. Ich kann dir sogar die Tankfüllung für die Rückfahrt bezahlen.»

Die Dicke hat nicht mit der Wimper gezuckt. Noch nicht mal die Augenbrauen ein klein wenig hochgezogen. Entweder kann sie gar nichts mehr schocken, oder sie checkt wirklich nicht, was um sie herum passiert. Sie erkundigt sich: «Wo willst du denn hin in der Bretagne?»

Höflich, gelassen. Als hätten sie sich auf einer Party kennen gelernt und die Dicke würde sie gerade nach Hause fahren und beiläufig fragen, in welchen Stadtteil sie denn muss. Manu grummelt: «Ich hab keine Ahnung, wo ich hinwill. Ich will ans Meer.»

Trifft sich gut, dass die Dicke es cool nimmt, denn Manu hätte keine Lust gehabt, die Strecke mit 'nem Sensibelchen zurückzulegen. Dafür hat sie zu dolle Kopfschmerzen. Sie fügt hinzu: «Das werden wir unterwegs schon noch sehen. Du musst nur eins wissen: Solltest du mir Stress machen, dann wärst du heute nicht die Erste, der ich das Hirn rausblase.»

Das hat sie gesagt, um klare Verhältnisse zu schaffen und die Dicke auf die Probe zu stellen. Doch die hat nur kurz gelächelt. Manu blickt auf die Straße. Sie kann es einfach nicht fassen.

ZWEITER TEIL

Irre Schatten, lauft nur zu eurer Süchte Ziel;
Niemals gelingt es, eure wütende Gier zu stillen.

Den Scharen der Lebendigen fern, Umschweifende, Verdammte,
Lauft durch die Wildnis wie die Wölfe hin;
Erfüllt, was euer Los, maßlose Seelen,
Und entflieht der Unendlichkeit, die ihr im Innern tragt!

CHARLES B.

Rasende Machtlosigkeit ließ
seinen Finger auf dem Abzug zusammenzucken.

JAMES E.

KAPITEL 1

Der Kaffee hat ihr gut getan. Nadine hält das Lenkrad mit einer Hand und streckt sich. Sie schiebt eine Kassette ins Autoradio: *Lean on me or at least rely.*

Die kleine Rothaarige passt auf sie auf, kriegt den Mund gar nicht mehr zu. Sie zieht verwundert die Nase kraus, verzichtet jedoch auf jeglichen Kommentar. Sie murrt, als Nadine die Lautstärke aufdreht, fordert sie aber keineswegs auf, wieder leiser zu drehen. Rechts an der Lippe hat sie eine tierische Wunde, noch nicht mal verschorft.

Bei jeder Autobahnausfahrt wird sie misstrauisch, verdächtigt Nadine offenbar, irgendwo anders hinzufahren.

Nadine hat noch nie jemanden gesehen, der sich so mies benimmt und ein so schlechtes Französisch spricht. Sie fand es eher lustig zuzusehen, wie die andere die Knarre rausgeholt hat, war gar nicht verwundert oder schockiert. Die weiß überhaupt nicht, wie sie die Pistole halten muss, und ihre angekauten, mit abblätterndem Nagellack bedeckten Fingernägel sehen auf dem Kolben wie rote Flecken aus. Sie hat kurze Wurstfinger, gelb von den Kippen.

Nadine fühlt sich nicht bedroht. Sie ist froh, dass sich jemand um sie kümmert. Sie verspürt nicht die geringste Lust, sich zu widersetzen, in diesem Auto geht es ihr immer noch besser als allein vor dem Bahnhof.

Und in die Bretagne zu fahren, das ist eigentlich eine gute Idee.

Seitdem sie im Wagen sitzen, hat Nadine den Eindruck, die Kleine schon mal irgendwo gesehen zu haben. Aber sie schafft es nicht, sich zu konzentrieren, um ernsthaft zu überlegen, wie sie darauf kommt.

Es fällt ihr plötzlich wieder ein, als Manu einen Lippenstift aus ihrer Tasche kramt, sich vor den Rückspiegel klemmt und den Mund voll schmiert. Diese Geste setzt Nadines Gedächtnis wieder in Gang.

«Ich wusste genau, dass ich dich schon mal gesehen hab. In einem Film, mit Hunden.»

«Und mit einem Pferd, ja. Vergiss das Pferd nicht, das wär schade. Wie kommt's, dass du den kennst?»

«Ist mir gut im Gedächtnis geblieben, wegen der Szene mit dem Bauern. Du brüllst, dass er keinen hochkriegt und es immer das Gleiche wär mit diesen Scheiß-Pornopennern, und diese Stelle haben sie nicht rausgeschnitten. Deshalb hab ich's mir gemerkt.»

«Ich wollt eher wissen, wo du den gesehen hast. Interessiert sich dein Freund für so was?»

«Ich hab keinen Freund, ich interessiere mich selbst dafür.»

«Ein Pluspunkt für dich.»

«Du bist perfekt in dem Film, trotz dieses kurzen Patzers fand ich dich insgesamt sehr überzeugend.»

«Ich bin die geborene Hardcore-Pornoqueen, und du bist der erste Mensch, der das merkt. Noch ein Pluspunkt für dich.»

«Hast du viele Filme gedreht?»

«Geht so. Der, den du gesehen hast, ist einer der besten. Ich wollte, dass sie ihn ‹Dog knows best› nennen, aber das war denen scheißegal. So trübe Tassen gibt's echt nur in der Pornobranche. Deshalb dreh ich so selten Filme, ich komme mit denen einfach nicht klar.»

Nadine hält ihr die Hand hin, ohne dabei die Straße aus den Augen zu lassen: «Freut mich wirklich, dich kennen zu lernen.» Zum ersten Mal lächelt sie richtig, und Manu fällt auf, dass ihr das gut steht. Sie schüttelt die dargebotene Hand.

Sie weiß nicht so recht, was sie von diesem Mädchen halten soll. Sie stochert sich in den Zähnen herum, während sie darüber nachdenkt, schluckt laut und kräht: «Mensch, hab ich 'n Durst! Wir müssen anhalten. Ich muss mich stärken, ich brauch 'n Kaffee.»

«Da kommt bald 'ne Tankstelle. Ich hab 'n Schild gesehen.»

«Hört sich gut an. Mach mir aber bloß keinen Stress, wenn wir da sind, könnte dir schlecht bekommen.»

«Ziemlich schlecht sogar. Du glaubst ja gar nicht, wie Recht du hast. Wir müssen übrigens dringend tanken.»

Manu verzichtet darauf, sich über dieses Mädchen den Kopf zu zerbrechen. Anscheinend sieht sie es als netten Ausflug ans Meer. Die Kleine betrachtet ihre Knarre, seufzt und packt sie weg.

Sie holt die Schachtel Amphetamine raus und zählt nach, wie viele noch drin sind.

«Ich möchte dir gerne vertrauen, aber schlafen will ich trotzdem nicht. Es reicht noch für zwei, wenn du Lust hast.»

Nadine starrt die Schachtel lange an. Der Anblick scheint sie sehr zu berühren. Manu fragt sich wirklich, mit wem sie es zu tun hat. Aber eigentlich gefällt ihr die Dicke echt gut, sie widerspricht nicht und zeigt Geschmack. Nadine nickt, sie möchte auch welche, will aber lieber warten, bis sie eine Flasche Wasser gekauft haben. Manu verschlingt ihren Anteil sofort und meint: «Ich muss nichts trinken, um die zu schlucken: Ich sammel einfach total viel Spucke im Mund. Ist auch beim Blasen absolut praktisch.»

Nadine hört sie von ganz weit her. Sie spult wieder den Film mit Francis ab, sieht seinen im Dunkel explodierenden Schädel.

Wegen der Kleinen auf dem Beifahrersitz gelingt es ihr nicht, sich völlig in die Bilder zu vertiefen, der Schmerz kann sie nicht richtig treffen. Ohne dass sie es merkt, wiederholt sie: «Freut mich echt, dich kennen zu lernen. Wirklich.»

Manu verzieht das Gesicht: «Bist du immer so drauf oder stehst du heute unter Schock? Komm wieder runter, Dicke, für Hirnis hab ich nichts über.»

KAPITEL 2

Tankstelle, Neonlicht knallt ihnen ins Gesicht, die Farben gehen voll aufs Auge. Ein paar Kunden schlendern in den Gängen und um den Kaffeeautomaten herum.

Graue, metallisch glänzende Toilettenräume, übertrieben sauber, vor den Spiegeln frischen Frauen ihr Make-up auf. Eine wickelt ihr Baby.

Nadine betrachtet sich in dem Apparat, mit dem man sich die Hände trocknet. Das verzerrt das Gesicht, lässt sie wie ein verirrtes, grinsendes Monster aussehen.

Bevor sie aus dem Auto gestiegen ist, hat sich Manu eine Hand voll Geldscheine in die Tasche gestopft. Sie schlendert durch die Gänge und greift wahllos zu: Sandwiches, Schokolade, Whisky, Limo.

Als sie Nadine aus der Toilette kommen sieht, fragt sie, ob sie auch was möchte, brüllt die Frage quer durch den himmlisch stillen Raum.

Die Große winkt ab, nein, sie brauche nichts. Manu ist da anderer Meinung: «Guck mal, *Anal et Sperme*, die Titelseite ist voll geil, richtig Hardcore.»

Nadine kommt sich das ansehen, betrachtet die in Klarsichtfolie verpackten Fotostorys, den riesengroßen Aufkleber, der den Schwanz auf der Titelseite verdeckt. Stimmt, witziges Layout. Die Kleine reißt ihr die Zeitschrift aus der Hand und geht zur Kasse.

Sie schmeißt alles, was sie hat, auf den Tresen. Dann zieht sie unter ihrem Pullover ein paar Tafeln Schokolade hervor und meint beiläufig: «Dumme Angewohnheit. Ich hab ja Geld.»

Sie gehen zurück zum Wagen. Nadine legt eine andere Kassette ein: *So unreal now how I lie and try to deny the things that I feel.* Bevor sie den Motor anlässt, reißt sie die Zeitschrift aus der Hülle, während Manu die Lebensmittel auf die Rückbank stapelt.

Auf dem ersten Foto sitzt eine Blonde mit sehr langen Haaren rittlings auf einem Barhocker, reißt ihre Arschbacken auseinander, und ein Typ im Anzug nimmt sie von hinten. Ein Kollege der beiden schaut zu, wartet offenbar, dass er an die Reihe kommt.

Das zweite Foto zeigt den runzeligen Anus, in den gerade der Schwanz eindringt, in Großaufnahme.

Sie blättert hastig das restliche Heft durch. Doppelpenetration auf einem Billardtisch. Das Mädchen trägt schwarze, sehr hohe Stöckelschuhe und ein Kettchen am Fußgelenk. Schamhaare abrasiert, gepiercter Kitzler. Sie hat echt Klasse. Nadine ist jedenfalls ganz schön beeindruckt.

Manu tankt voll und setzt sich wieder auf den Beifahrersitz: «Ist es gut?»

«Das Mädchen ist cool, die erfindet das Blasen neu, volle Kanne.»

«Okay. Guck dir das später an, wir wollen hier ja nicht übernachten.»

Sie verlassen den Parkplatz, Manu dreht sich regelmäßig um und greift hinten nach etwas Essbarem. Am liebsten spricht sie mit vollem Mund: «Verdammt, ist das Klasse, sein Geld nicht zählen zu müssen, ohne Scheiß, man hat gleich mehr zu lachen.»

Sie reißt sämtliche Pakete auf, verteilt den Inhalt über das ganze Auto oder steckt es sich gleich in den Mund, Salziges und Süßes ständig durcheinander. Selbst der letzte Schwachsinn hat bei ihr Methode. Sie übertreibt mit System: Ist immer zu laut, zu aufgeregt und zu vulgär. Anscheinend ist sie groß in Form und kann einen solchen Rhythmus eine gute Weile durchhalten.

Sie teilt die Schachtel Amphetamine auf. Sobald die Wirkung einsetzt, redet sie wie ein Wasserfall.

Nadine hört ihr lächelnd zu, findet, dass sie alles in allem bei klarem Verstand ist.

Sie fahren in Richtung Brest. Manu hat beschlossen, dass Brest das richtige Ziel sei. Sie hat gefragt: «Ist das okay für dich, Dicke?», und Nadine hat begeistert zugestimmt.

Sie kommen in der Stadt an, bevor die Cafés öffnen. Sie suchen den Strand, verfahren sich und finden ihn schließlich rein zufällig.

Manu kräht aus voller Kehle: «Verdammt, ist das geil!»

Sie zieht eine eigenartige Tanznummer ab, eine Mischung aus Pogo und Swing und schreit lauthals: «Jod in der Luft, juchhe!» Sie wirbelt mit den Armen, wackelt wie wild mit dem Kopf, zeigt, dass sie sich freut.

Nadine sitzt ein wenig abseits und schaut ihr zu.

Manu hockt sich neben sie. «Ich schlage vor, wir frühstücken ordentlich, sobald die Arschlöcher ihre Cafés aufmachen. Danach muss ich schlafen, ich werd mir ein Hotelzimmer nehmen. Und was hast du vor?»

Nadine zuckt mit den Achseln, schaut aufs Meer und sucht nach einer Antwort. Das ist seit Stunden der erste unangenehme Moment.

«Ich weiß nicht. Ich geh mit dir frühstücken.»

Das erinnert sie an das Ende von Partys, wenn sie Lust hat, mit einem Jungen nach Hause zu gehen, sich aber nicht traut, es einfach zu sagen.

Sie fühlt sich gut bei der Kleinen, sie muss sich nicht ständig in Acht nehmen. Aber sie schämt sich, einfach auszusprechen, dass sie bei ihr bleiben möchte. Anscheinend weiß die Kleine, wo sie hinwill, und kann sich auch allein ganz gut amüsieren.

Manu sagt kurz und wie nebenbei: «Komm mit mir ins Hotel. Ich weiß nicht, was du davon hältst, aber ich finde, es wäre schade, wenn wir so mittendrin aufhören.»

Dieses Mal wird alles so kommen, wie Nadine es sich wünscht. Sie wird nicht einfach alles hinnehmen müssen, möglichst ohne sich zu beschweren.

Ausnahmsweise wird alles einmal ganz einfach sein: Es gibt keinen Grund, so mittendrin aufzuhören.

KAPITEL 3

Sie kurven durch die Stadt, bis Manu ein Hotel sieht, das ihr gefällt.

«Wir können es uns leisten, da zu schlafen, wo es richtig schick ist, wär schade, das nicht auszunutzen.»

Schließlich landen sie an der Rezeption eines Drei-Sterne-Etablissements, Manu zieht ihre Show ab, erklärt, sie wolle «zwei Buden, die aneinander stoßen, mit arschscharfen Duschen und Glotze» und kratzt sich dabei unter ihrem T-Shirt am Bauch. Nadine hält sich im Hintergrund, schämt und amüsiert sich zugleich. Sie nehmen ein Doppelzimmer, weil sonst nichts mehr frei ist. Nadine ist das nur recht, sie hat keine Lust, allein zu sein.

Sie legt sich aufs Bett, während Manu erst mal das gesamte Zimmer inspiziert. Nadine setzt ihren Kopfhörer auf und schläft fast augenblicklich ein.

The words don't fit, I feel like I cant't speak, things are looking bleak, please go easy on me, I don't know what's wrong with me, please be gentle with me, take it easy, take it easy.

Sie schlafen bis zum Abend. Der typische Tiefschlaf nach Speed. Nadine wird wach, weil Manu von der Badewanne aus krakeelt: «Verdammte Scheiße, ist das geil hier, nicht zu fassen, die Badewanne ist besser als ein Schwimmbad, und das Schaumbad schäumt volle Kanüle. Na ja, stinkt 'n bisschen. Du wirst doch wohl nicht bis morgen durchschlafen?»

Nadine braucht ein paar Sekunden, um wieder aufzutauchen und sich an alles zu erinnern.

Die Kleine geht runter, um was zu trinken zu holen, und kommt mit zwei Flaschen Jack in schwarzen Kartons zurück. Sie gießt den Zahnputzbecher voll, stellt ihn wackelig auf der Heizung ab und öffnet die Fenstertür.

Genau als der Becher umkippt, kommt Nadine aus der Dusche. Sie zuckt mit den Achseln und mahnt: «Mit dem Jack darfst du keine Scheiße bauen, Manu, echt nich.»

Sie legt sich hin und dreht sich auf den Bauch, während die Kleine mit ihrem T-Shirt aufwischt. Wenig später grummelt Manu: «Ich bin hier doch nicht die Putzfrau.»

Sie lässt die Arbeit liegen, dreht sich zu Nadine um und bleibt einen Moment lang mit offenem Mund stehen. Sie sagt: «Weißt du, Nadine, man kann von hier gut deinen Rücken sehen.»

Nadine dreht sich um, streicht sich die Haare nach hinten, lächelt unbeholfen und verschwindet auf die Terrasse.

Die andere geht ihr hinterher, die Flasche an ihre kleine Brust gedrückt. Sie trägt einen flaschengrünen Push-up-BH, ein ziemlich auffälliges Ding mit vereinzelten Goldstickereien.

Sie kreischt: «Ich will dich ja nicht belästigen, aber ich finde, du weichst mir ziemlich unverfroren aus. Was hast du mit deinem Rücken gemacht, Dicke, bist du nicht artig gewesen?»

Nadine fährt sich mit der Hand über den Rücken und antwortet nicht. Unter ihren Fingern fühlen sich die Schwellungen riesengroß an, ein hartes Hügelrelief. Manu geht auf sie zu und fragt, ob sie sich das mal näher ansehen darf.

Sie zieht ihr das T-Shirt bis zu den Schultern hoch und inspiziert ihren Rücken. Nadine lässt sie machen und schweigt.

Vom Hals bis zum Po laufen dunkle Striemen, wie ein wütend übermaltes Fresko. Unheimliche, ins Fleisch gemeißelte Hieroglyphen.

Manu seufzt, lässt das T-Shirt sinken und meint: «Fällt mir schwer, das zu verstehen. Aber es ist ganz hübsch, sieht aus wie abstrakte Kunst. Womit hat man dir das gemacht?»

«Peitsche.»

«Irgendwie hat das Stil, gar keine Frage.»

Sie reicht Nadine die Flasche und hakt nochmal nach: «Mir ist natürlich klar, dass du nicht darüber reden willst, aber ich fänd's trotzdem gut. Ich versteh's einfach nicht, du musst mir da mal auf die Sprünge helfen. Von diesem verdammten Masoscheiß geht einem doch noch nicht mal einer ab. Du hast mir nicht gesagt, dass du auf Schläge stehst.»

«Ich steh nicht auf Schläge, ich werde dafür bezahlt.»

«Es soll doch auch Mädels geben, die sich für Sex bezahlen lassen, ohne dabei krankenhausreif geschlagen zu werden. Warum machst du das nicht auch so?»

«Eines Tages triffst du – ‹rein zufällig› – auf einen Freier, der dich fesseln will. Dann probierst du auch andere Sachen aus – ‹nur um mal zu sehen, wie das so ist›. Nach und nach bist du immer mehr in der Szene drin. Als ich 'ne Göre war, hab ich mir gern ausgemalt, wie sie mich an einen Bartisch fesseln, mir die Arschbacken auseinander reißen und wie 'ne Menge Herren, deren Gesicht ich nicht erkennen konnte, ganz unglaubliche Dinge mit mir anstellen. Ganz erniedrigende Dinge. Aber auch sehr angenehme.»

«Wir haben alle unsere Kinderträume, das respektiere ich. Aber das ist doch trotzdem nur ein Hobby für Geldsäcke, die nichts Besseres zu tun haben, billige Sensationsgier.»

«Was soll ich sagen? Ist enttäuschend auf die Dauer, stimmt.»

«Das sagst du so, aber ich bin mir sicher, dass du ausläufst, sobald irgendein Arschloch hart mit dir redet; wo du mir das jetzt erzählt hast, wundert mich bei dir gar nichts mehr.»

«Es ist enttäuschend, weil man sich so schnell daran gewöhnt. Man befreit sich von der einen Konvention und verfällt der nächsten. Nichts Bahnbrechendes, keine wirkliche Revolution.»

«Ich verstehe: Du träumst vom Kopfabriss mit der Motorsäge, und diese Arschlöcher sind noch nicht mal in der Lage, dir ordentlich den Rücken zu zerfleischen. Das muss ganz schön frustrierend sein.»

Nadine lächelt. Sie sucht beim Sprechen nach Worten, zögert bei jedem Satz. Ihr wird klar, sie ist es nicht gewöhnt, sich darum zu bemühen, dass jemand sie versteht. Sonst war ihr das immer scheißegal.

Die Kleine lässt nicht locker: «Erzähl's mir in allen Einzelheiten. Zum Beispiel, wie ist das mit deinem Rücken passiert?»

«Das war 'n kleiner Typ mit so 'ner riesigen Brille, ein Luxusgestell. Er hatte auch einen riesigen Schwanz, nicht richtig riesengroß, aber im Vergleich zu seiner Körpergröße schlichtweg monströs.»

Nadine verstummt. Sie versucht sich zu erinnern, wie das war, als sie für ihn die Nutte gespielt hat. Sie stand mitten im Wohnzimmer und kehrte ihm den Rücken zu. Er sagte zu ihr, sie solle sich nach vorne beugen, noch weiter, damit er sie gut sieht. Sie konnte nicht erkennen, was er hinter ihr machte. Er nahm ihre Hände und band sie ihr auf dem Rücken fest; er benutzte sie, wie es ihm gerade in den Sinn kam, er wichste ihr in den Mund, solange er wollte, er vergnügte sich mit ihrem Hintern und gluckste vor Vergnügen, sobald er sie schreien hörte. Er hatte jede Macht über sie, konnte sie sogar zum Kreischen und Flehen bringen, er möge doch aufhören, wenn er wieder anfing, sie zu schlagen. Sein Arm hob sich und fuhr nieder, unerbittlich. Sie konnte nichts tun, um seinen Schlägen auszuweichen. Sie war ihm vollkommen ausgeliefert.

Manchmal hörte er auf zu schlagen, sprach ganz sanft mit

ihr, streichelte sie, wie man eine kranke Hündin tröstet, sie zu beruhigen versucht. Dann legte er wieder los.

Der Verstand begehrt auf, doch der gefangene Körper ist gezwungen, alles zu ertragen. Sie leckte ihm die Hände, sobald er einmal von ihr abließ, aus Dankbarkeit. Weil sie total drauf abfuhr, leckte sie ihm die Eichel, wenn er sich ein paar Zentimeter vor ihrem Mund einen runterholte, und wartete demütig, bis er sie mit seiner Wichse voll spritzte. Sie jammerte und bettelte, er möge sie von hinten nehmen, sie flehte, er solle endlich in sie eindringen.

Was für komische Sexualpraktiken. Dermaßen grotesk und kaum noch nachvollziehbar, jetzt da sie gern darüber sprechen würde. Absurd. Hilflos lächelt Nadine die Kleine an, entschuldigt sich: «Unmöglich, dir das zu erzählen.»

«Genau das meine ich ja: Du hast Komplexe. Deshalb fährst du auf so was ab und kannst es mir dann nicht mal erzählen. Wo hast du gearbeitet?»

«Ich bin per Minitel auf Kundenfang gegangen.»

«Was für ein Trauerspiel! Das ist doch nur für totale Loser.»

«Manu?»

«Ja?»

«Die Flasche Jack, knall sie dir rein und leck mich am Arsch!»

KAPITEL 4

In aller Stille lesen sie auf einer sonnenüberfluteten Terrasse die Zeitung. Einige Artikel berichten von «einem Polizeiinspektor und seiner Frau, in ihrer Wohnung grausam ermordet» und, in nur wenigen Zeilen, von «der Begleichung einer Rechnung zwischen kleinen Gangstern». Manu wundert sich, dass der Zusammenhang zwischen den beiden Ereignissen noch niemandem aufgefallen ist. Sie ist guter Dinge, es scheint ihr zu gefallen, dass in den Zeitungen von ihr die Rede ist.

Der Aperitif hat sich hingezogen, sie sind längst breit, als sie sich im hinteren Teil eines wenig besuchten Restaurants einen Platz suchen. Sie kippen drei Flaschen Rotwein runter, um sie herum sind alle Tische leer. Manu fasst bei jeder Gelegenheit den Kellner am Arm, freut sich tierisch, wenn sie seine Verlegenheit spürt. Je später die Stunde, desto energischer hält sie ihn zurück, redet nah an seinem Mund auf ihn ein. Er lächelt linkisch und versucht, sich von ihr loszumachen.

Sie hält ständig das Glas in der Hand und verstummt in regelmäßigen Abständen, um es an den Mund zu führen: «Ich bin echt nur 'ne Pennerin. Im Film haben die Kerle immer supertreffende Bemerkungen drauf, bevor sie losballern. Weißt du, was ich meine?»

«Nein. Ich guck mir nie Filme an.»

«Gehst du nie ins Kino? Siehst du nie fern?»

«Nein. Immer nur Pornofilme. Alles andere ödet mich an. Als ich noch klein war, hab ich mal *Vom Winde verweht* gesehn, ich glaub, sonst hab ich keinen Film zu Ende gesehen.»

«Was ist denn das für 'ne Diskussionsgrundlage ...»

Sie fängt den vorbeieilenden Kellner ab, bestellt noch eine Flasche und meint: «Verdammt, drei an einem Tag, jetzt fängt das wahre Leben an, das muss ordentlich gefeiert werden.»

Nadine lächelt und steckt sich eine Kippe an.

«Trotzdem merkwürdig, dass wir uns ausgerechnet an diesem Tag begegnet sind.»

«Ist überhaupt nicht merkwürdig, das war der einzig richtige Moment dafür.»

«So kann man's auch sehen. Es ist immer dasselbe mit mir, ich fühle mich nie, wie ich eigentlich sollte, und nie krieg ich mit, worauf es gerade ankommt ... Zum Beispiel heute Abend, das ist nicht der passende Zeitpunkt, um sich wohl zu fühlen. Aber ich fühl mich sauwohl. Meine Gefühle funktionieren nicht richtig.»

«Also, ich fühl mich auch sauwohl, ich wüsste nicht, was daran falsch sein soll. Kann mir gut vorstellen, dass wir zwei ordentlich Spaß zusammen haben ... Hast du 'ne Ahnung, was du gern machen würdest? Wo wir gerade 'n bisschen Knete haben, könnten wir ja in der Gegend rumfahren.»

«Es gibt keinen Ort, wo ich gern hinmöchte. Und dann muss ich ja auch am 13. in Nancy sein, hab ich Francis versprochen.»

«Das hatte ich ganz vergessen. Stimmt natürlich, ein Versprechen an einen Jungen, der Speed filtert, um ihn pur zu trinken, ist Ehrensache. Ich schlag vor, wir bleiben bis dahin zusammen, es sei denn, du willst lieber ...»

«Wir bleiben zusammen, die Freude ist ganz auf meiner Seite.»

«Abgemacht. Lass uns den Kellner rufen, er soll uns 'n Whisky bringen, darauf müssen wir anstoßen ...»

Manu gestikuliert und ruft nach ihm. Da er nicht schnell genug kommt, steht sie auf, um am Tresen zu bestellen. Beim Vorbeigehen stößt sie an die Tische. Dann setzt sie sich mehr schlecht als recht wieder auf ihren Platz und fragt: «Weshalb fährt die eine da immer mit dem Fahrrad über die Grenze?»

«Ich weiß nicht genau, sie ist abgehauen, es ging um Acid, hatte sich per Post so an die hundert Trips schicken lassen. Die sind nie bei ihr angekommen. Stattdessen standen eines Morgens die Bullen vor der Tür, sie war gerade nicht da, Schwein gehabt. Sie ist noch am gleichen Tag weg, ich muss ihr einen Reisepass und einen Umschlag geben. So eine Art Empfehlungsschreiben und die besten Wünsche für die Zukunft. Scheint ganz in Ordnung zu sein, ich hab sie ein paar Mal gesehn, nettes Mädchen ...»

«Das ist bestimmt supernervig, auf der Flucht zu sein, da kannste sicher nie in Ruhe schlafen.»

«Zu dem Thema werden wir wohl bald 'ne eigene Meinung haben.»

«Man muss besoffen sein, von jetzt an total viel trinken. Und Wölfe fangen. Je mehr du fickst, desto weniger denkst du nach und desto besser schläfst du. Was hältst du eigentlich davon, wenn wir heute Abend 'nen Wolf mit aufs Zimmer nehmen? Falls sie uns eher als geplant schnappen, sollten wir uns da nicht lumpen lassen. Ich möchte nicht eingelocht werden, ohne mir vorher 'ne gepflegte Magenverstimmung wegen 'ner Überdosis Wichse zu holen ... Ich würd gern 'n blonden Surfer abkriegen, ihm meine Knarre an die Schläfe halten, und wenn ich dann vor der Glotze döse, lutscht er mir verträumt die Möse.»

Manu ist sehr angetan von diesem Reim, leiert ihn in sämtlichen Tonlagen runter, bis Nadine sie unterbricht: «Ich hab aber keinen Bock auf 'nen sportlichen Supermacho ...»

«Du bist halt anders: Bist eher aufs Kanonenlutschen aus, da musst du natürlich andere Schwerpunkte setzen. Aber eigentlich hab ich das nur so zum Spaß gesagt. Ich kann Surfer nicht ausstehen. Übrigens, was hast du denn im Minitel über dich geschrieben?»

«Käufliches, aber fügsames Mädchen sucht strengen Herrn.»

«Okay ... Bei dem Spruch konnten dir ja nur superschräge Wölfe ins Netz gehen. Gehn wir?»

Nadine verlangt die Rechnung. Seit Beginn der Mahlzeit scheint ihr der Kellner sehr verbunden zu sein, weil er wohl meint, dass sie die Kleine ein wenig im Zaum hält und ihn bestimmt verteidigt, wenn die ganze Sache außer Kontrolle gerät.

Sie füllt ihren Scheck aus und denkt laut über Séverine nach: «Ich frage mich, ob man sie gefunden hat. Ich frage mich, ob das nicht allen am Arsch vorbeigeht.»

KAPITEL 5

Sie sitzen am Tresen einer Bar mit fahlblauer Beleuchtung und mustern die hereinkommenden Jungs, stellen ihnen schamlos nach.

Wenig später schmiegt sich Manu bereits an einen jungen Mann. Seine Hose sitzt auf den Hüften, und weil er ein Muscle-Shirt trägt, kann man seine nackten Schultern sehen ... Seine Muskeln sind prall, und man kriegt Lust, sie anzupacken, sie mit der Zunge zu schmecken. Er lächelt nur, während sie ihn voll labert, er wirkt angenehm geistesabwesend, scheint der Sache aber nicht abgeneigt. Man darf sich ruhig an ihn ranmachen und ihn anfassen, er lächelt einfach weiter. Umgänglicher Typ.

Nadine hört zu, wie der Junge, der ihr einen Arm um die Taille gelegt hat, von seiner Reise nach Thailand erzählt. Er ist nur in Frankreich, um ein bisschen Geld zu verdienen und dann wieder loszufahren. Er ist sehr von sich eingenommen, findet sich schön, tut gelassen und zwinkert den Mädels zu. Ein Frauentyp. Während er spricht, betrachtet sie seine Hände und denkt: «Bald werden mich diese Finger zwischen den Beinen berühren, werden sich zwischen meine Schamlippen schieben und ganz tief in mich eindringen.» Dicke, vorstehende Adern ziehen sich über seine Oberarme. Er küsst ihren Nacken, so zärtlich wie ein Cowboy. Sie hat Lust auf ihn, wirklich, nur schade, dass er so viel redet. Sie zupft Manu am Ärmel, sagt, dass sie nach Hause will. Sie gehen zu viert.

Unterwegs denkt Nadine wieder an die Fotos in den Zeitschriften, die sie an der Tankstelle gekauft haben. Wie das Mädchen rittlings auf einem Barhocker sitzt und dem Anzugtyp einen bläst, während der andere Kerl sie in den Arsch fickt. Sie fragt sich, was wohl abgehen wird, wenn sie erst mal auf dem Zimmer sind. Sie beobachtet Manu aus dem Augenwinkel. Die Kleine ist voll in ihrem Element: laut und unerträglich. Der dunkelhaarige Junge an ihrer Seite hört ihr aufmerksam zu, als erwarte er tatsächlich, wesentliche und wahre Dinge aus ihrem Munde zu vernehmen.

Der Typ, der neben Nadine hergeht, flüstert ihr in einschmeichelndem, kumpelhaftem Ton ins Ohr: «Starke Nummer, deine Freundin.» Der Vorfick wäre weniger anstrengend, wenn dieser Kerl seine Klappe halten könnte.

Sie streichelt ihm unterm T-Shirt den Rücken, fährt ihm mit den Fingerspitzen die Wirbelsäule entlang.

Im Hotel liegen die beiden Pärchen Bett an Bett.

Als ob man ihn unbedingt einweihen müsste, fragt der Typ, der es Nadine besorgen soll: «Macht ihr oft 'n flotten Vierer?»

Sie antwortet: «Ja, aber wenn du mal drauf achten würdest, bekämst du auch mit, dass das heute Abend mit 'nem flotten Vierer gar nichts zu tun hat.»

Sie gibt ihm einen Zungenkuss, holt seinen Schwanz raus, er stößt ihn ihr sofort so tief rein, wie er kann, und muss dabei noch nicht mal mit den Händen nachhelfen. Volltreffer. Er bumst sie gründlich durch, rackert sich ab und keucht dabei, sie spreizt die Schenkel, damit er noch tiefer in sie eindringen kann, umklammert ihn mit den Beinen, als er zum Endspurt ansetzt. Es hämmert ganz tief in ihrem Bauch, er hat abgespritzt. Er zieht ihn nicht sofort raus, sie bewegt sich sanft auf und ab, kostet den kurzen Rausch aus. Ein Stoß, und sie spürt, wie etwas in ihr kippt, Gelöstheit in ihrem Bauch, und ein Gefühl der Entspannung erfüllt ihren ganzen Körper. Gut gefickt. Sie rutscht von ihm runter und dreht sich auf den Rücken.

Nadine wendet den Kopf zum Nachbarbett. Manu reitet auf ihrem kleinen Kameraden, wiegt sich und scheint vor sich hin zu summen, sie bewegt geziert und anmutig die Hüften und lässt sich dabei gründlich durchnageln. Sie ist kaum wieder zu erkennen. Nadine schaut ihr zu und denkt: «Sie treibt das Böse aus.» Ein richtiger Exorzismus. Der Junge streichelt ihre Brüste und lässt sie machen. Manu schlingt ihm die Arme um den Hals und verzieht den Mund, als müsse sie heulen, mit den Händen reißt der Junge sie zu sich. Die Szene ist in einem komischen Schwarzweiß gehalten, den Farben der Nacht.

Der Junge befreit sich aus ihrer Umarmung und zwingt sie, sich auf den Rücken zu legen. Sie führt seinen Kopf zwischen ihre Schenkel. Sein Blick trifft auf den von Nadine. Große, ruhige, aufmerksame Augen.

Etwas später steht der Typ, mit dem sie es getrieben hat, auf, gießt sich was zu trinken ein, streckt sich und schlägt ganz ungezwungen und wie abgesprochen vor: «Was ja wirklich nett wäre, Mädels, wäre 'n fliegender Wechsel.»

Auf der Bettkante sitzend, zündet sich der andere Junge eine Kippe an, tut so, als hätte er nichts gehört und würde gar nicht bemerken, mit was für einem komplizenhaften Lächeln der andere ihn ansieht. Manu antwortet: «Ich hab keine Lust, dir die Zeit zu vertreiben. Um ehrlich zu sein, wär's mir lieb, du verpisst dich. Mir hat von Anfang an dein Geruch nicht gefallen. Du stinkst nach Scheiße, Arschloch, das ist unerträglich.»

Während sie das sagt, blickt sie zu Nadine, als wolle sie um die Erlaubnis bitten, ihn rauszuschmeißen. Auch er dreht sich zu Nadine um, wartet darauf, dass sie eingreift. Bei der Ladung, die er ihr reingeknallt hat, und der Begeisterung, die sie darüber gezeigt hat, erwartet er, dass sie ihn verteidigt. Nadine zuckt mit den Achseln. Sie würde morgen früh lieber nicht neben ihm aufwachen, hat aber auch keine Lust, jetzt lange herumzustreiten. Das sollen die unter sich ausmachen; sie hat bekommen, was sie brauchte, und will jetzt nur noch schlafen.

Er zögert eine Weile. Manu meint: «Na ja, Arschloch, so haben wir dich wenigstens einmal aus der Fassung gebracht, bist du also nicht umsonst gekommen.»

Sie findet das witzig und muss kurz lachen. Er macht auf großen Herrn, zieht sich eilig an und verschwindet, ohne noch ein Wort zu verlieren.

Nadine schnappt sich die Flasche und verkündet: «Aber ficken kann er, echt.»

Manu wiegt den Kopf und stimmt ihr zögernd zu: «Er war nicht schlecht. Aber deshalb muss er hier noch lange nicht rumnerven.»

Der Junge, der dageblieben ist, sagt nichts dazu, als wäre das alles vollkommen normal. Sobald sich Manu wieder zwischen seine Beine kniet und seinen Schwanz in den Mund nimmt, spielt er mit ihren Haaren, scheint auf seine Kosten zu kommen und dabei an etwas ganz anderes zu denken. Er hebt schließlich den Kopf und lächelt Nadine an, die gerade einschläft, ihnen aber zuschaut.

Später in der Nacht weckt er sie, indem er sanft mit den Fingerspitzen über ihren Rücken streicht. Das kribbelt bis in die Fußsohlen, sie hat kaum Zeit, sich zu besinnen, da macht sich seine kleine Zunge schon in ihrem Mund zu schaffen. Köstlich und behände. Sein Körper ist anmutig wie der eines Kindes, sein Geschlecht ist warm und flößt ihr Vertrauen ein, sobald er in sie eindringt. Sie ist ihm sehr dankbar, dass er so ist, wie er ist, er nimmt sie noch fester in die Arme, sie säuselt: «Du tust mir gut, wirklich.» Am liebsten würde sie so an ihn geschmiegt weinen.

Als sie am nächsten Morgen erwacht, ist er schon fort. Sie fühlt sich elend, letzte Nacht wohl zu viel getrunken. Sie geht zum Wasserhahn, trinkt so viel Wasser, wie sie schlucken kann. Manu macht einen Mordskrach, schläft mit offenem Mund quer auf dem Bett. Nadine nimmt ihren Walkman, geht runter, sich die Beine vertreten. *Touch me, I'm sick.* Sie geht ein paar Mal um den Häuserblock, setzt sich auf eine Bank und trinkt Orangensaft. Es ist schönes Wetter, die Sonne strahlt. *If I think, I'll think of you. If I dream, I will dream of you. I open my eyes but they cannot see.* Sie sieht wieder, wie Francis nach hinten geschleudert wird, es schnürt ihr die Kehle zu. Sie geht zurück ins Hotel, um Manu zu wecken.

KAPITEL 6

«Das ist echt unangenehm: Wir wissen nicht mal, ob sie nach uns fahnden.»

«Man sollte immer bedenken, dass Bullen vor allem strunzdumm sind.»

«Dabei darf man aber nicht vergessen, dass sie auch fleißig sind und wir nicht gerade vorsichtig waren.»

«Wir müssen auf jeden Fall den Wagen wechseln. Meine Mutter wird aus dem Urlaub kommen und ihn als gestohlen melden. Wäre ziemlich blöd, wenn wir uns wegen eines Autodiebstahls kriegen lassen. Und dann müssen wir uns Knete besorgen. In meiner Tasche ist bald nichts mehr. Verdammt, nicht zu fassen, wie schnell wir seine armen Kröten verbraten haben. Aber geil war's schon: Wir haben nichts entbehrt. Das ändert einiges, eigentlich alles.»

Morgens sind sie nach Quimper gefahren und haben ein riesengroßes Zimmer mit Fenstern bis zur Decke gemietet. Manu zahlt bar, zieht die Geldscheine gleich bündelweise aus der Tasche. Nadine hat an der Rezeption um Papier gebeten und sich im Schneidersitz auf ihr Bett gesetzt, um nachzudenken. Darüber, was Leute in ihrer Lage tun und lassen müssen. Doch sie malt Kreise und Dreiecke in allen Größen, zieht jeden Strich mehrfach nach.

Manu sitzt auf dem Fenstersims, baumelt mit den Füßen, hat die übliche Flasche Jack D. neben sich stehen. Sie isst

Bounties und lässt dabei die Straße nicht aus den Augen. Ihr Slip ist aus rotem Satin mit schwarzer Spitze, sehr im Westernlook. Von Zeit zu Zeit brüllt sie einem Passanten hinterher: «Ey, Arschloch, entspann dich, dich krieg ich schon noch. Ja, dich mein ich, spiel dich bloß nicht so auf.»

Sie muss über sich selbst lachen. Nadine steht auf, um sich ein Glas einzuschenken. Im Zimmer nebenan schnauzen sich ein Kerl und seine Freundin an. Nadine fragt: «Wie wollen wir das mit dem Geld machen?»

«Geile Großangriffe starten, bis zum get no. Blut fließen lassen, in Riesenströmen. Großes Spektakel, in allen Kleinstädten werden wir denen einen Aufstand bescheren. Wir werden Lebensmittelläden kaputtschlagen, kleine, alte Damen ...»

«Hast du eine Idee, wo wir anfangen sollen?»

«Natürlich nicht. Warum willst du unbedingt, dass ich besser als du weiß, wie wir an Geld kommen? Wir werden durch die Gegend ziehen, uns wird schon was einfallen. Du zerbrichst dir zu viel den Kopf, ist nicht nötig, die Dinge im Voraus zu planen; es kommt sowieso nie, wie man denkt. Da hat man keinen Einfluss drauf. Man muss seinem Instinkt folgen, sich auf sein Glück verlassen. So seh ich das jedenfalls.»

Nadine zuckt mit den Achseln. «Ich muss neue Batterien für meinen Walkman kaufen.»

«Und ich Rasierklingen für meine Beine. Siehst du, sofort schmieden wir wieder Zukunftspläne. Bleichst du mir die Haare?»

Manu sitzt, mit dem Gesicht zur Wand, auf einem Stuhl. Sie kaut ein Mars, hat den Mund dabei sperrangelweit offen und schmatzt laut. Nadine steht hinter ihr und verteilt die Bleiche. Die Kleine hat total dünnes Haar, stellenweise sieht man ihre Kopfhaut. Sie verteilt den weißen Schaum und streicht ihr über den Kopf, es gefällt ihr, sie zu berühren. Sie gibt sich Mühe, besonders sanft zu sein, massiert sie ganz vorsichtig. Sie möchte ihr etwas Gutes tun. Manu kräht: «Gibt's was ganz Spezielles, das du machen möchtest? Etwas, das du unbedingt noch sehen willst, bevor du krepierst?»

Nadine denkt lange nach und antwortet: «Sex mit einem Transvestiten, das würde mir gefallen. Aber wenn's halt nicht geht, ist das auch kein Drama.»

«Auf dem elektrischen Stuhl werden sie die Finesse deiner letzten Wünsche sicher zu schätzen wissen. Ich würde mir gern nochmal so 'n Jungen wie gestern ziehen. Lächelnd, ordentlich sauberer Schwanz, verständnisvoll und ruhig.»

Sie macht eine Rolle Smarties auf: «Verdammtes Bleichmittel, wie das stinkt, nicht zu fassen! Was für eine Scheiße! Und dann auch noch blond! Ich werd wie 'ne Kassiererin aussehen.»

Etwas später rasiert sich Manu die Beine mit einem gelben Bic, den sie zwischen ihren Sachen gefunden hat. Nadine liegt auf dem Bett und kokelt mit ihrer Zigarette das Bettlaken an. Sie sagt: «Trotzdem komisch: Ein kleiner Apotheker legt einen Kerl um, bloß weil der angeblich drogenabhängig ist. Und weil der Erschossene selbst verdächtigt wird, ein Mörder zu sein, regt sich keiner drüber auf. Total unlogisch, wie die denken.»

«Ist alles superschlecht organisiert, willst du sagen. Ein kleiner Ausrutscher genügt, brauchst nur jemanden umzulegen, und schon boykottieren sie dich. Ganz ehrlich, ich glaub, darauf muss man nichts geben, du solltest lieber noch 'ne Flasche aufmachen. Ich merk's doch; du hast nicht genug intus, und prompt bist du mies drauf.»

Nadine drückt ihre Kippe auf dem himbeerfarbenen Teppich aus, eine komische Farbe für einen Bodenbelag, als würde man in einem Zeichentrickfilm wohnen. Sie steht auf und betrachtet sich im Spiegel. Sie sieht eigenartig aus, mit diesen kastanienbraunen Haaren. Wie eine alte, aufgedunsene Hippietante. Sie drückt sich die schwarzen Mitesser auf den Nasenflügeln aus, es spritzen gleich mehrere auf einmal raus, wie kleine weiße Spiralen. Im Spiegel beobachtet sie Manu, die sich gerade die Schamhaare abrasiert. Sie lässt nur einen schmalen Streifen oberhalb der Schamlippen stehen. Nur eine leicht gekrümmte Linie. Nadine sagt: «So sieht das lächerlich aus.»

«Davon hast du keine Ahnung. Das ist cool so, für 'ne moderne Frau genau das Richtige.»

Nadine starrt lange in Richtung Badewanne und sagt: «So viel ist sicher, der Schuss kam ihm nicht ungelegen.»

«Scheiß-Rasierer, ich hab mich überall geschnitten, nicht zu fassen. Was für eine Scheiße ...»

«Dumm gelaufen, echt, wirklich dumm gelaufen. Er hätte dir bestimmt gefallen, wenn du ihn kennen gelernt hättest.»

«Das Vergnügen werd ich ja nun nicht mehr haben. Lass uns hier nicht den ganzen Tag rumhängen, wir haben nichts mehr zu trinken. Wir müssen raus, die Welt besichtigen.»

«Was machen wir jetzt?»

«Wir jagen unserm Glücksstern nach, lassen der Fuck-your-mother-side unserer Seele freien Lauf ... Keine Ahnung, was wir jetzt machen. Aber was dich angeht, wirst du mich ab sofort in Ruhe lassen und nicht alle zehn Minuten fragen, was wir jetzt machen. Du bist hier nicht im Ferienlager, versuch das mal in deinen Schädel reinzukriegen.»

KAPITEL 7

Sie stehen an einem Portal und rauchen eine. Am Bürgersteig gegenüber ist ein Geldautomat. Mehrere Leute stehen Schlange und wollen Geld abheben. Manu sagt unwirsch: «Ich weiß gar nicht, auf wen wir hier eigentlich warten; den Nächsten schnappen wir uns.»

Der Nächste, das ist eine Dame um die vierzig, noch verdammt gut in Form. Marineblaues, gut geschnittenes Kostüm, der Rock geht ihr bis zum Knie. Tadellos. Unter den gekonnt zum Knoten hochgesteckten Haaren sieht man ihren strengen, feingliedrigen Nacken. Die hohen Absätze straffen ihre Knöchel, die leicht und sexy zittern.

Manu stellt sich hinter sie, hält eine Karte in der Hand, als warte sie darauf, selbst an die Reihe zu kommen. Die Finger der Frau sind etwas kurz und gerötet. Trotz der perfekten Maniküre verraten ihre Hände die grobe Bäuerin.

Nadine hätte den Kode nicht ausspionieren können, weil sie zu kurzsichtig ist, also wartet sie ein Stück abseits auf die beiden.

Sie gehen hinter der Frau her, ihr etwas schwerer Hintern schwankt anmutig unter dem Rock. Sobald sie davon ausgehen kann, dass niemand sie beobachtet, packt Nadine die Frau bei den Haaren, zerrt ihren Kopf nach hinten und zwingt sie, schnell mit ihnen in einer Seitenstraße zu verschwinden. Die Dame sträubt sich kaum, sie hat keine Zeit, um zu verstehen, was mit ihr geschieht. Ihre Gesichtshaut ist wie ein sehr feines Tuch. Die Frau besinnt sich, protestiert und setzt sich zur Wehr. Nadine spürt, wie sie versucht, Widerstand zu leisten, ihr mit aller Kraft in die Seite boxt, riecht ihr schweres Parfüm. Es fällt ihr nicht schwer, die Oberhand über sie zu behalten, denn die abwehrenden Bewegungen der Frau sind unkontrolliert und kraftlos. Plötzlich nimmt sie es ihr übel, dass sie sich nicht wehren kann, aber trotzdem einen solchen Lärm schlägt, sie spürt, wie in ihr eine widerliche Lust aufsteigt, Böses zu tun. Sie packt das Gesicht der Frau mit beiden Händen und schlägt es gegen die Mauer, so fest sie kann und mehrere Male. Bis Manu sie mit der Schulter wegschiebt, der Frau die Knarre genau unters Gebiss hält und ohne zu zögern abdrückt. Nadine hebt die braune Ledertasche auf und wühlt darin, bis sie Karte und Brieftasche gefunden hat. Sie verschwinden.

Sobald sie wieder auf der Hauptstraße sind, spürt Nadine, wie die Angst ihr in Armen und Kehle hoch steigt. Bis zu diesem Moment hat sie überhaupt nicht nachgedacht, die Gesten ergaben sich einfach so, automatisch. Merkwürdige Gesten, von erschreckender Wirksamkeit. Automatisch.

Sie hat alle Einzelheiten genau registriert. Nach und nach fallen sie ihr beim Gehen wieder ein. Die Augen der Frau wollen nicht glauben, was passiert, ihre weit aufgerissenen Augen sagen: «Das ist nicht möglich.» Sie strengen sich an, blicken forschend, wollen verstehen. Die Haare der Dame sind seidig und duften, der Knoten löst sich, als Nadine sie schubst, damit sie vorwärts geht. Die schwarze, glänzende Knarre nähert sich ihrer hellen Kinnlinie, der Hals liegt frei, die Hände der Frau greifen suchend und unbeholfen um sich, wollen sie schützen und sich befreien. Dann der unglaubliche Knall. Szenenwechsel. Die unversehrten Augen springen aus einem zerstörten Gesicht, das Blut fließt in Strömen, wird aber vom Stoff des gut geschnittenen Kostüms aufgesogen. Die Haare sind aufgelöst und schmutzig, die Beine ganz verdreht.

Der Schuss saß so perfekt, dass er die Kinnlinie völlig zermatscht hat. Von der ganzen Frau ist nur noch Brei übrig.

Manu macht den Reißverschluss ihrer schwarzen Jacke auf, nimmt ihre Schirmmütze ab und schmeißt alles in die erste Mülltonne, an der sie vorbeikommen. Nadine tut es ihr nach, ihre Jacke sieht am Ärmel aus, als hätte ihr einer Blut drauf gekotzt. Wortlos gehen sie weiter. Endlich bricht Manu das Schweigen: «Na ja, das ist halt so, wie wenn der Film gut war, da ist man erst mal total von der Rolle ...»

«Eigentlich geht das alles viel zu schnell ...»

«Genau wie wenn man die Bühne betritt. Übrigens solltest du aufpassen, du warst viel zu nah an ihr dran, als ich geschossen hab, ich hätte dir einen Arm abreißen können.»

«Das lernen wir schon noch alles mit der Zeit.»

Nadine kommt sehr gelassen zu diesem Schluss. Manu lächelt nachdenklich und fragt, auffallend ruhiger als sonst: «Hat's dir gefallen?»

Achselzucken, doch Nadine zögert kaum, ehe sie antwortet: «Im Moment danach hab ich mich hundeelend gefühlt. Der Tunnelausgang war noch Kilometer entfernt, und am liebsten hätt ich mich hingesetzt und geheult, ziemliche Weltuntergangsstimmung. Doch jetzt fühle ich mich total gut und möchte nur ...»

«... das hier wieder in den Automaten stecken.»

Am Geldspucker holen sie Bargeld, bis die Maschine nicht mehr will. Nadine macht zwei ungefähr gleich große Bündel, Manu zerknüllt ihres in der Hand und stopft es sich in die Gesäßtasche.

Nadine möchte einen Luxuswalkman. Sie sagt, dass sie sich mit der Karte und dem Kode total viele Sachen kaufen können. Sie möchte auch das gleiche Kostüm wie die Frau haben.

Sie gehen in einen Laden mit einem Schaufenster voller Walkmans. Nadine bittet den Verkäufer, ihr fünf oder sechs verschiedene rauszuholen. Sie fühlt sich klasse, man könnte fast glauben, ihr Körper würde beständig Koks produzieren und sie total antörnen. Der Verkäufer sieht nett aus. Bürstenhaarschnitt, Ohrring. Kompetent und freundlich, mit einer Zahnlücke zwischen den Vorderzähnen. Er ahnt nichts. Zwischen ihr und den Leuten gab es immer diese Distanz, dieses schreckliche Etwas, von dem sie Angst hatte, sie könnten es entdecken, und das war lächerlich, denn sie hatte nichts zu verbergen. Jetzt hat sie allen Grund, ihre Indiskretion zu fürchten, allen Grund, ihre Freundlichkeit fehl am Platz zu finden. Dieses wohl bekannte Gefühl, es sei Hochstapelei im Spiel, sie würde die Gutgläubigkeit der Leute ausnutzen. Der Verkäufer bekommt nichts davon mit. Er leiert Einzelheiten über die jeweiligen Modelle herunter. Sehr freundlich und ohne sie übermäßig bescheißen zu wollen. Nadine probiert sie nacheinander aus, scherzt mit dem jungen Mann. Sie spürt vage, dass sie ihm gefällt. Das macht sie total an.

Manu hat die Hände in die Taschen geschoben, sich im Laden umgeschaut und kein Wort gesagt. Jetzt kommt sie an den Verkaufstresen und sagt:

«Nimm sie alle, was soll denn das Gelaber?»

Der Verkäufer findet die Bemerkung witzig, er lacht aufrichtig. Nadine stützt sich auf die Theke, beugt sich zu ihm hinüber. Er hat ein schönes Lachen, wie ein kleiner Junge. Als sie sieht, wie er mit einem Mal völlig den Gesichtsausdruck ändert, weicht sie instinktiv zur Seite, um Manu freie Bahn zu lassen. Ihr bleibt noch Zeit zu fragen: «Können wir das in Kugeln zahlen?»

Und mit einem blöden Grinsen öffnet sie ihre Tasche und wirft alle Walkmans hinein. Sie hebt den Kopf, als es knallt: Es hat ihm den Bauch genau in der Mitte zerfetzt, die Glasscheibe hinter ihm hat auch tierisch was abbekommen. Wie in einer schlechten Trickaufnahme, die Blutlache im Hintergrund. Sie lehnt sich über den Tresen und schnappt sich ein paar Batterien. Der Typ windet sich am Boden und schreit. Manu beugt sich auch hinüber und kommt zu dem Schluss: «Der hat mehr Schiss als Schmerzen.»

Sie steigt über den Tresen, klemmt mit ihrem Fuß seinen Kopf fest und beugt sich vor, um ihm die Knarre in die Frisur zu schieben und erneut zu schießen. Er wird von Krämpfen geschüttelt, dann entspannt er sich plötzlich.

Sie gehen hinaus und beeilen sich, die Gegend zu wechseln. Die Walkmans in der Tasche sind schwer und klappern komisch. Manu schnippt mit den Fingern und ärgert sich: «Verdammt, wir haben immer noch nicht kapiert, worauf es ankommt, wir sind einfach noch nicht schlagfertig genug.»

«Wir haben gut reagiert, das ist doch schon mal ein Anfang.»

«Ja, aber wo das jetzt hier meine Glanznummer ist, würd ich gern noch 'n bisschen dran feilen.»

Nadine antwortet nicht. Sie ist ein wenig enttäuscht, weil sie fand, dass sie schlagfertig wie zwei Profis waren. Die Kleine lässt sich nicht beirren: «Scheiße, gerade wenn's drauf ankommt, müssen doch auch die Dialoge stimmen. Weißt du, an Inhalt ohne Form, daran glaub ich einfach nicht.»

«Wir werden uns doch jetzt nicht vorher Sätze zurechtlegen.»

«Natürlich nicht, das würde meiner Moral widersprechen.»

Nadine wechselt das Thema: «Verdammt, die Straßen sind ja alle menschenleer. Ist dir eigentlich klar, wie einfach das war? Das hätte ich nie gedacht, sonst hätt ich's früher schon auf die Tour versucht.»

«Man muss seinem Instinkt folgen, und schon läuft's richtig. Manchmal denkst du dir was Superkompliziertes aus, und wegen eines doofen Details kriegen sie dich. Man muss Vertrauen haben, anders geht's nicht.»

Ihre Knarre hat sie sich zwischen Bauch und Hosenbund gesteckt. Sie spürt sie beim Gehen, weiß genau, dass der Lauf noch warm ist. Sie grummelt: «Allerdings darf ich nicht vergessen, dass ich nur acht Schüsse hab, eigentlich kann ich mir keine spektakulären Schießereien mehr leisten.»

«Genau, spiel dich bloß nicht zu sehr auf.»

«Locker bleiben, Dicke, und was zu trinken kaufen, bevor wir nach Hause gehen, darauf kommt's an.»

KAPITEL 8

Im Hotel wartet niemand auf sie. Der Portier hat gewechselt. Der neue unterhält sich mit ihnen, während sie auf den Fahrstuhl warten. Bevor sie einsteigen, sagt er: «Wenn Ihnen heute Abend langweilig ist, können Sie runterkommen und was mit mir trinken, ich hab Bier im Kühlschrank.»

Nadine dreht sich um und lächelt ihn an. Er hat große braune Augen. Als er hinter seinem Schreibtisch hervorkam, konnte sie seine nackten Knöchel in den flachen Leinenturnschuhen sehen. Matte Haut und ein blitzendes Lächeln. Sie sagt noch: «Bis später», dann schließt sich die Tür. Wäre cool, dieses Stück Wolfsfleisch zu vernaschen.

Sie trinken Whisky. Nadine vermischt ihn mit Cola, Manu meint missbilligend: «Ich finde diese Angewohnheit absolut barbarisch, es macht mich traurig, dich dabei zu erwischen.»

Nadine fällt keine Antwort ein. Sie fragt: «Findest du es nicht komisch, dass überhaupt nichts passiert?»

«Hör doch mal eine Sekunde auf, so einen Blödsinn zu quatschen ... Man kann doch nicht behaupten, es würde nichts passieren.»

«Nein, ich meine, dass wir nach alledem einfach im Hotel abhängen. Diese ganze Galgenfrist, man könnte fast meinen, alles wär erlaubt.»

«Taktisch unklug, daran zu denken. Da musst du dir dann

nämlich überlegen, wann sie dich wohl kriegen. Und das ist schlecht für den Kopf, raubt dir den Schlaf.»

Nadine findet den Ratschlag klug, denkt schweigend darüber nach. Sie schenkt sich noch was ein, und Manu fängt wieder an, gegen die Whisky-Cola-Mischung zu wettern.

KAPITEL 9

Manu zieht später nochmal alleine los. In einer Pinte bestellt sie sich einen Kaffee mit Cognac. Die Wände sind dunkelgelb gestrichen, die Decke und der Tresen aus dunklem Holzimitat. Typische Eckkneipe. Braune Tassen, grüne Untertassen, gelbe Plastikaschenbecher. Sie fühlt sich wie zu Hause.

Sie hat sich in einen Winkel gesetzt, der Spiegel, der rechts neben ihr hängt, ist schmierig und von einer Fettschicht überzogen, mit Fingerabdrücken und zermatschten Fliegen drauf. Blond sieht sie wie eine Billignutte aus, und mit dem Lippenstift hat sie auch nicht gerade gegeizt. Sie gefällt sich so, es steht ihr.

Sie zieht Schnuten, begafft sich im Spiegel beim Spannen der Lippen, dann lächelt sie albern und spielt mit ihrer Zungenspitze. Schwanzfresserin, sie findet sich in der Rolle sehr gelungen. Wenn sie ein Junge wäre, hätte sie Lust, den Schwanz bis ganz hinten in den Hals zu schieben, spielerisch mit der Eichel gegen den Schlund zu stoßen. Schade, dass Nadine nicht da ist, sie könnten sich übers Blasen unterhalten, ob mit oder ohne Lippenstift, macht nämlich viel aus.

Das Haar fällt ihr in weichen Locken auf die Schultern. Sie hat Lippenstiftabdrücke auf dem Zigarettenstummel und dem Glasrand hinterlassen. Lakim hat mal zu ihr gesagt: «Du gehörst zu den Mädchen, die auf allem, was sie berühren, Spuren hinterlassen», weil sie ihm gerade einen Joint mit Lippenstift am Filter gereicht hatte. Sie hat sich über ihn lustig gemacht, wegen der etwas unpassenden Romantik. Im Grunde war es nett von ihm. Dumm für ihn, dass sie nun mit seiner ganzen Knete durchgebrannt ist, man müsste eigentlich vor ihm den Hut ziehen, weil er so viel beiseite geschafft hat. Sie muss lachen. Wirklich dumm für ihn gelaufen, das kann man wohl sagen. Sie stellt sich vor, wie er wohl gucken würde, wenn er wüsste, wie sie seine armseligen Ersparnisse verjubelt haben. Wenn sie schon Spuren hinterlässt, dann aber auch richtig! Vor allem, weil die Radom Vis 35er, die sie sich von ihm geborgt hat, ihm ganz bestimmt schon einen Besuch der Bullen beschert hat. Dieser Kerl hat sie gut behandelt, er mochte sie gern. Und trotzdem hat's ihn erwischt, zu blöd. Zur falschen Zeit am falschen Ort, und mit der falschen Partnerin. Wie sollte es auch bei den miesen Umständen anders laufen?

Sie zündet sich eine Zigarette an, ein Kerl im Regenmantel starrt sie von der Theke eindringlich an. Entweder hat er gesehen, wie sie heute einen abgeknallt hat, dann sollte er sie lieber nicht so anstarren; oder er steht auf voll vulgäre Schlampen. Sie hat eine Schwäche für Jungs mit gutem Geschmack. Sie schiebt sich die Hand zwischen die Beine und sieht ihn dabei an, spreizt leicht die Schenkel, wandert mit der Hand zum Bauch hinauf, neigt den Kopf und bringt ihren Mund zum Glänzen, indem sie mit der Zungenspitze darüber fährt. Dann streicht sie sich mit der anderen Hand über die Brust, als wolle sie ihren Pullover zurechtziehen.

Sie lässt Geld auf dem Tisch. Er folgt ihr, als sie hinausgeht. Draußen ist es wirklich angenehm. Sie denkt: «Hoffentlich ist das kein Verrückter, wär dumm, mir ausgerechnet jetzt den Bauch aufschlitzen zu lassen.» Irgendwo in der Tasche hat sie ihre Knarre, aber er hätte genügend Zeit, sie totzuschlagen, bevor sie die findet. Schlechte Vorbereitung. Sie wackelt übertrieben mit dem Hintern, spürt ihn genau hinter sich. Sie geht langsamer, bleibt vor einem Schaufenster mit Haushaltsgeräten stehen. Er stellt sich hinter sie, streichelt mit der ganzen Hand ihren Hintern, ohne zu zögern, greift ihr fest entschlossen zwischen die Beine. Sie neigt sich leicht zurück, reibt ihre Arschbacken an seinem Schwanz, der sich schon ganz steif anfühlt. Er packt ihr von hinten an die Brust, knetet und drückt sie zusammen. Sie spürt, wie sie feucht wird, in warmen und nervösen Schüben. Ohne sie loszulassen, zerrt er sie in eine Ecke mit aufgestapelten Mülltonnen. Müllgestank, graue Betonmauern. Sie zieht ihre Strumpfhose bis zu den Knien runter, leckt zwei Finger an und schiebt sie sich in die Spalte, die sie großzügig aufreißt, damit er bequem in sie eindringen kann. Mit der anderen Hand stützt sie sich an der Wand ab. Anfangs führt er nur die Schwanzspitze ein, nennt sie seine kleine Drecksnutte und zieht sie dabei sanft an den Haaren. Doch dann presst er sie an die Wand und zerfetzt ihr fast die Nieren. Schwappendes Geräusch vom Rein-Raus, rasantes Tempo zweier Bäuche, die die gleiche Sprache sprechen. Sie gewöhnt sich an ihn, nimmt den Rhythmus auf und passt sich seinen Bewegungen an. Er geht in die letzte Runde und spritzt grunzend ab. Sie spürt, dass sie es noch einen Moment aushalten kann, und macht es sich mit den Fingern, ohne sich umzudrehen, während er sich wieder anzieht. Streckt sich, sobald sie kommt, sinkt auf die Knie, bis sie wieder klar wird. Sie hört ihn weggehen und rührt sich nicht gleich. Sie betrachtet die Straße und überlegt, was sie dort am liebsten praktiziert, Vögeln oder Abmetzeln. Während der Kerl es ihr besorgte, hat sie an die Szene vom Nachmittag gedacht, wie Nadine die Frau an der Wand zermatscht hat, wie sie dann von der Knarre zerfetzt wurde. Bestialisch, wirklich. So gut wie ein Fick. Oder ist es eher der Fick, den sie genauso wie das Massaker liebt? Sie zieht ihre Strumpfhose wieder hoch und geht zurück auf die Hauptstraße … Es ist echt unglaublich angenehm draußen, sie geht gemächlich zum Hotel zurück.

KAPITEL 10

Der Kerl am Empfang scheint sich zu freuen, als Nadine herunterkommt. Er bietet ihr ein Bier an, setzt sich neben sie vor den Fernseher. Sein Zimmer ist ganz klein, gleich hinter dem Tresen gelegen. Das blaue Licht des Bildschirms erinnert sie an den Alten aus der Casinogasse.

Er mustert sie diskret von der Seite, unterhält sich mit ihr. Sie sprechen über ihre Lieblingssendungen. Plötzlich fasst er ihr ans Kinn und macht ein blödes Kompliment, sie errötet, senkt den Blick. Er sagt: «Unglaublich, wie schüchtern du bist.»

Er küsst sie, lässt seine Zunge immer schneller in ihrem Mund herumwirbeln, als wolle er dadurch seine Erregung zum Ausdruck bringen. Er geht noch zwei Bier holen. Seine Laune ist gut, er freut sich, dass alles wie am Schnürchen läuft, und spricht mit ihr, als wären sie zwei Kinder, die sich auf dem Pausenhof verliebte Blicke zuwerfen. Er legt seine Hand auf ihre Schultern, streichelt sie im Nacken. Sie spürt, dass ein Schauer sie überkommt, es gefällt ihr, dass er so sanft zu ihr spricht und zärtlich ist. Er spricht mit ihr wie mit einem kleinen Mädchen. Als Kind zog sie sich immer auf dem Pausenhof die Unterhose aus, und gegen ein paar Karamellriegel durften die Jungs ihren Hintern betatschen. Bei solchen Séancen wurde es ihr im Unterleib immer ganz schummerig, sie wusste noch nicht, dass man den Finger gebrauchen muss, damit man etwas davon hat.

Sie küsst ihn lange, er traut sich nicht recht, sie zu befummeln, Nadine hat den Verdacht, er befürchtet, sie könne es krumm nehmen. Er hat fleischige Lippen und die Züge eines Kindes im Gesicht eines Mannes, eines arroganten und anspruchsvollen Kindes, das an sehr viel Liebe gewöhnt ist. Er hat die Augen halb geschlossen und lässt sich streicheln, sie spürt seinen Ständer unter dem Jeansstoff. Sie kniet sich vor ihn hin, holt seinen Schwanz raus, leckt ihm die Eichel und ist froh, dass er beschnitten ist. Wenn sie ihr Bestes gibt, versucht, ihn so zu berühren, wie er es mag, sich mit den Fingern ertastet, wie sie ihm an die Eier packen muss, wenn sie wirklich nichts unversucht lässt, dann wird sie ihn stöhnen hören. Sie hebt den Kopf und sieht ihn an, der berühmte Blickwechsel zwischen Lutscherin und Gelutschtem. Sein Geschlechtsteil ist zart und kurz, sie kann es ganz in den Mund nehmen und lange drin behalten und mit der Zunge bearbeiten, ohne dabei den Atem anhalten zu müssen. Diese Möglichkeit schöpft sie voll aus und tut ihm so viel Gutes, wie sie nur kann. Er streichelt ihr den Nacken, lässt sie machen und will noch nicht mal ihren Kopf führen. Sie spürt, wie angespannt er ist, als würde sie etwas sehr Wichtiges tun, sich dann wieder entspannt und kräftig ausatmet. Sie fordert ihn auf: «Hol dir hier vor mir einen runter» und sieht ihm dabei zu. Schließlich packt er sie bei den Haaren und spritzt in ihrem Mund ab. Es landet ganz tief in ihrer Kehle. Der Geschmack ist immer der gleiche, bloß die Menge ist bei jedem Jungen anders. Aber vielleicht achtet sie auch einfach nicht genügend drauf.

Hinterher ist es ihm ein wenig peinlich, doch er ist nach wie vor nett zu ihr und erzählt Geschichten. Sie sagt, ihre Freundin würde ein bisschen den Blues schieben und sie wolle lieber wieder zu ihr hochgehen. Er fragt sie, ob sie wiederkäme, sie zuckt mit den Achseln, sie wisse nicht, ob das gehen wird. Er wirkt verwundert und versucht, auf sie einzureden, sie soll unbedingt wiederkommen. Sie geht nach oben. Manu ist noch nicht zurück. Nadine holt sich die Whiskyflasche, duscht, reiht die Walkmans auf dem Bett auf, es sind insgesamt fünf. Sie probiert sie nacheinander aus und hat schnell raus, welcher der beste ist.

DEATH ROW. HOW LONG CAN YOU GO.

KAPITEL 11

Als Manu reinkommt, wird Nadine klar, wie betrunken sie ist, sie kann sich kaum hinsetzen, in ihrem Kopf dreht es sich bei der kleinsten Bewegung. Manu kräht: «Mach dir für mich keine Umstände», und tritt zu ihr ans Bett. Sie zieht sich aus und fragt: «Hat er dich zu einer glücklichen Frau gemacht?»

Sie hatten über den Portier gesprochen, bevor Manu losgezogen war. Nadine antwortet: «Ist alles so gekommen, wie es kommen musste.»

«So ist das ja oft beim Sex.»

«Du wirkst aber auch ganz schön aufgedreht, auch so richtig wie eine ‹beglückte Frau›.»

«Stimmt. Hast du den Whissi ausgetrunken?»

«Das würde ich dir niemals antun.»

Kaum dass die Kleine die Flasche am anderen Ende des Zimmers holen geht, schläft Nadine bereits den gerechten Schlaf der Betrunkenen. Manu macht den Fernseher an. Sie kippt eine Tüte Haribo-Erdbeeren aus und mischt sie mit M&Ms. Sie greift sich immer wieder eine Hand voll und sieht sich Videoclips im Fernsehen an. Von draußen hat sie kleine Pullen Bier mitgebracht, die sie unters Bett kullern lässt, sobald sie leer sind. Sie wartet darauf, komplett breit zu sein, um schlafen zu können. Sie denkt an ihre Mietrückstände, der bloße Gedanke schnürt ihr den Magen zu, aus Gewohnheit stellt die Angst sich ein. Es dauert ein bisschen, bis sie kapiert, dass ihr das inzwischen am Arsch vorbeigehen kann. Nur noch eine Lappalie, so wie die Dinge stehen. Sie lässt sich ganz tief in den Sessel sacken. Nadine liegt zusammengerollt auf dem Bett und schläft. Wenn sie sich gehen lässt, benimmt sie sich oft wie ein großes, geprügeltes Baby. An den Ellbogen ist ihre Haut leicht aufgeraut und grau. Manu drückt ihre Kippe auf der Sessellehne aus. Nicht zu fassen, wie geil die Videoclips im Fernsehen sind. Sie nimmt den Telefonhörer ab und verlangt an der Rezeption die Nummer ihrer Vermieterin. Sie weiß sie auswendig, weil sie schon so oft angerufen hat, um sich zu entschuldigen, dass sie schon wieder zu spät zahlen wird. Hat sich immer voll anschnauzen lassen müssen, weil die Vermieterin echt eine alte Fotze ist. Der Portier fragt, ob er sich «erlauben dürfte, darum zu bitten, mit Nadine sprechen zu dürfen». Manu antwortet: «Wenn ich du wäre, du Arsch, würde ich mir das lieber nicht erlauben.» Er soll sie endlich verbinden. Es dauert, bis die Alte abnimmt. Manu schreit in die Muschel: «Du alte Nuss, meine Mietrückstände, die kannst du dir in den Arsch schieben, die Kohle kriegst du nie, ist das klar?»

Sie legt auf und lächelt blöde vor sich hin. Nadine murmelt etwas, wälzt sich im Schlaf, wacht aber nicht auf. Manu macht noch ein Bier auf, wandert im Zimmer auf und ab, fuchtelt wild mit der Faust in der Luft herum und redet vor sich hin, völlig aufgekratzt und euphorisch: «Was bildest du dir eigentlich ein, du alte Nutte?»

Sie krümmt sich vor Lachen.

Nadine wird mitten in der Nacht wach, im Zimmer nebenan hört man Wasser laufen. Ihr Bettzeug ist nicht schweißnass. Sie hatte noch nicht mal einen Albtraum. Keinerlei Magendrücken. Es passiert ihr oft, dass sie ganz plötzlich wach wird, etwas Schweres auf sich liegen spürt, es will sie ersticken, ganz sanft, aber unausweichlich. Heute Nacht ist es nicht so, sie kriegt genügend Luft und atmet ganz ruhig. Nur müde ist sie nicht mehr. Sie setzt den Kopfhörer auf und versucht sich zu erinnern: «Heute vor einer Woche, so um diese Zeit, was habe ich da bloß gemacht?» Sie gibt es auf und steckt sich eine Kippe an. *We will pretend we were dead.* Die Kassette ist zu Ende, sie wühlt in ihrer Tasche, sucht nach etwas, das sie jetzt gerne hören würde. Dann denkt sie sich, am einfachsten wäre es wohl, die Kassette umzudrehen. Manu schläft, alle viere von sich gestreckt, auf der Bettdecke.

Nadine setzt sich aufs Fensterbrett, auf der Straße ist nichts zu sehen.

Her clit was so big, she didn't need no ball.

Manu grummelt im Schlaf und wird dann auch wach. Sie öffnet eine Dose Bier, steht auf und geht duschen. Sie beschließen, nach Bordeaux aufzubrechen. Und den Wagen zu wechseln. Es ist fast sechs Uhr. Alle Kneipen sind geschlossen. Sie gehen schweigend und begegnen unterwegs keiner Sterbensseele. Orangefarbenes Licht fällt auf den Bürgersteig, alles ist ruhig.

Dann streiten sie sich, weil Nadine lieber mit dem Zug fahren will und Manu nicht.

Ein paar Meter weiter zieht ein Typ in dunklem Anzug Geldscheine aus dem Automaten. Seinen grauen Range-Rover hat er davor geparkt, der Motor läuft. Das Motorengeräusch wird lauter, je näher sie kommen. Sie sehen die Umrisse von jemand, der im Auto wartet. Sicherlich die Nutte, die er gerade in der Disco aufgerissen hat und wegen der er sich Geld für ein Hotelzimmer holen gegangen ist.

Manu wühlt fieberhaft in ihrer Tasche, holt die Knarre raus, fummelt dran herum, um sie zu entsichern, streckt den Arm aus, ballert los und bleibt dabei noch nicht mal stehen. Ohrenbetäubender Lärm zerreißt die Morgenstille, ein Kontrast zu dem schönen, ausgesprochen sanften und langsamen Herabsegeln der Geldscheine, die lose über den Bürgersteig verteilt liegen bleiben. Nadine ist rechtzeitig am Auto, um das Mädchen abzufangen, das gerade eilig und verstohlen aussteigt, weil sie weiß, dass sie vielleicht noch nicht gesehen wurde und diskret veschwinden kann. Nadine drückt sie flach auf den Boden, und die Kleine jagt ihr aufs Geratewohl drei Kugeln in den Oberkörper. Bei jedem Knall zuckt ihr Arm anmutig.

Sie steigen in den Wagen und geben Gas. In mehreren Fenstern brennt Licht, neugierige Gesichter werden hier und da schüchtern hervorgeschoben, wollen verstehen, was hier wohl passiert ist. Nadine betrachtet schweigend die lange Reihe hell erleuchteter Dachfenster und sagt: «Wir sind von Zeugen umzingelt, der Lärm hat sie angelockt.»

«Total geil, dieser Lärm, echt. Und so langsam wachse ich auch in die Rolle rein, muss Spaß machen, mir zuzusehen. Nicht über die Autobahn, Dicke, das macht mich rasend, wenn's brenzlig wird, können wir nicht abhauen.»

«Verfolgungsjagden mit mir am Steuer, das kannste abhaken, da glaub ich nicht dran.»

«Manchmal bist du echt beschränkt; du kannst dir doch nicht die Actionszenen entgehen lassen? Bei dem bisschen, was wir zu verlieren haben, wirst du doch wohl bis zum letzten Moment alles geben ... Sonst können wir es nämlich auch gleich bleiben lassen ...»

Nadine schiebt eine Kassette ein: *When I wake up in the morning, no one tell me what to do,* und dreht die Lautstärke auf. Sie öffnet das Fenster und spricht sehr laut, um gegen den Heidenlärm anzukommen: «Verdammt, wir kriegen echt was geboten: *No red light, no speed limit.*»

«Ja, verdammt, wir haben's echt raus, hast du gesehen, wie wir dieses Arschloch kaltgestellt haben? Guten Tag und auf Wiedersehen, Herr Dreiteileranzug.»

Sie ahmt die Schüsse nach, lacht und fügt hinzu: «Wir müssen uns heute um Munition kümmern, Mordsschießereien verpflichten.»

«Wir werden uns ein ganzes Waffenarsenal zulegen, ich brauch nämlich auch ’n Revolver.»

Manu starrt sie mit weit offenem Mund an, gähnt genüsslich und legt dann los: «Natürlich brauchst du auch einen; Scheiße, daran hatte ich gar nicht gedacht. Geile Idee, dann können wir zwei uns noch traumhaftere Choreographien ausdenken! Weißt du, wo es nach Bordeaux geht?»

«Nein, ich seh auch die Schilder nicht, bin zu kurzsichtig. Sag mir halt rechtzeitig Bescheid.»

«Ist ja eigentlich auch egal, fahr einfach.»

I want it now, she said I WANT IT NOW.

KAPITEL 12

Sie verbringen den ganzen Sonntag auf ihrem Hotelzimmer. Manu hat sich die Nägel hellrosa lackiert, sie wedelt gewichtig mit den Händen, damit der Lack schneller trocknet. Nadine reißt aus Pornoheften Seiten raus. Der Walkman ist auf voller Lautstärke, es fetzt ihr fast das Trommelfell weg: *Here comes sickness.* Sie hat sich die Nackenrolle zwischen die Beine geklemmt, reibt sich daran und schaut dabei die Fotos an.

An der rasierten Blondine kann sie sich gar nicht satt sehen. Auf dem ersten Bild trägt sie ein langes Kleid mit hohem Schlitz, wie einen weißen Blitz sieht man darunter die Schenkel aufleuchten. Unter dem Stoff erahnt man die Rundungen ihrer Hüften und den Bauch. Ihre Mähne geht ihr wasserfallartig bis zum Po, der dadurch besonders gut zur Geltung kommt. In solchen Haaren möchte man seine Hände vergraben und den Kopf langsam nach hinten ziehen. Aufgeblasene Brüste, wie bei einer Zuckerpuppe aus dem Comic. Das ganze Mädchen ist so Hardcore pur, als würde aus ihren Poren Wichse dringen.

Auf dem folgenden Bild spreizt sie die Schenkel, lässig und lächelnd. Ihre äußeren Schamlippen sind unbehaart, dort scheint die Haut besonders weich zu sein.

Dann sieht man sie auf dem Rücken liegend, majestätisch und einladend. Die kleinen Schamlippen schmücken glänzende Steinchen, im Kitzler hängt ein Goldring. Ausgesprochen elegant. Zwischen ihren Beinen funkelt es wie auf der Werbetafel für einen Puff.

Grenzüberschreitung. Sie tut, was man nicht tun darf, und hat auch noch Spaß dabei. Vor allem wegen der ruhigen Gelassenheit, mit der sie die Hüllen fallen lässt, wirkt es verwirrend.

Nadine betrachtet sie lange, tief beeindruckt und andächtig, wie vor einer Ikone.

Nadine hat die Hefte ums Bett herum ausgebreitet. Sie nimmt sie der Reihe nach zur Hand, greift immer wieder zu dem mit der blonden Frau. Hin und wieder schaltet sie kurz ihren Walkman aus und erklärt Manu ein paar Einzelheiten. Über die Magie des Bildes oder die Worte, von denen dir ganz warm im Bauch wird. Dann setzt sie wieder ihren Kopfhörer auf und vertieft sich erneut in die Bilder der Freundinnen von jedermann. Anfangs genierte es sie, zu wichsen, während die Kleine direkt neben ihr sitzt, doch mit steigendem Alkoholpegel hat sie sich mit der Vorstellung angefreundet.

Die Kleine sitzt auf einem Stuhl, lackiert sich die Fußnägel und beobachtet, wie Nadine ihr Becken gegen die Nackenrolle reibt, erst unkonzentriert und langsam, dann immer schneller, bis sie plötzlich innehält und den Kopf zwischen die Arme sinken lässt. Gleich anschließend setzt sie sich anders hin, zündet sich eine Kippe an und beginnt zu reden. Als fühle sie sich verpflichtet, sofort wieder aufzutauchen.

Sie blättert wieder in ihren Zeitschriften, schaltet den Walkman ein und denkt an nichts Bestimmtes, während sie weiter Fotos aneinander reiht.

Gegen Abend faltet sie die Fotos der rasierten Blondine sorgfältig zusammen, steht auf und streckt sich. Manu hat sich einen ziemlich sonderbaren Haarschnitt verpasst.

Sie langweilen sich ganz locker und warten einfach ab, bis es vorbei ist. Sie gehen ein paar Mal zu McDo und wieder zurück, bis der Laden zumacht. Manu ist enttäuscht, weil sie sich mit einem noch gar nicht lange geschlechtsreifen Kellner aus dem McDo angefreundet hatte und dachte, er würde nach seiner Schicht im Hotel vorbeikommen. Aber er verabschiedet sich höflich und beeilt sich, den letzten Bus zu erwischen. Sie laufen zu Fuß nach Hause. Um was zu sagen, redet Nadine los: «Mir ist aufgefallen, dass die Jungs oft sehr taktvoll sind, wenn sie die Annäherungsversuche der Mädchen zurückweisen. Nicht immer, natürlich, aber im Allgemeinen geben sie sich Mühe. Der da zum Beispiel hat sich, so gut es eben ging, aus der Affäre ziehen wollen, ohne gleich verletzend zu wirken.»

«Dieses Arschloch hat mich wie eben ein Arschloch ficken geschickt. Mir ist nicht klar, inwiefern er dabei taktvoll gewesen sein soll; du hättest doch wohl nicht erwartet, dass er mir gleich in die Fresse spuckt?»

«Ich meine doch nur, dass er nicht unfreundlich war.»

«Er hat mich nicht ‹durchgeknallte Nutte› genannt, stimmt natürlich, hätte er durchaus tun können. Du redest echt nur, um den Mund aufzumachen.»

Bis zum Hotel sprechen sie kein Wort mehr, in den Armen tragen sie jede Menge McDo-Pakete voll Bier.

Schließlich wird Manu schlecht. Sie kotzt in hohem Bogen, kniet dabei vor dem Klo. Jedes Mal, wenn sie spucken muss, schüttelt es sie durch. Um auch noch den Rest in ihrem Magen loszuwerden, steckt sie sich zwei Finger in den Mund. Dann wäscht sie sich das Gesicht, spritzt dabei das ganze Zimmer nass. Ihr letztes Bier trinkt sie mit dem Strohhalm aus und legt sich dann ins Bett.

Nadine hat die Arme im Nacken verschränkt und blickt zur Decke.

Suicidal tendencies.

KAPITEL 13

Nadine hat sich heute Morgen ein marineblaues Kostüm und eine Aktentasche aus Leder gekauft. Sie hat sich die Haare schwarz gefärbt und zu einem Knoten hochgesteckt. Ihre Absätze machen einen Heidenlärm. Manu läuft hinter ihr her.

Die Größere betritt das Waffengeschäft als Erste. Sie hat Manu gebeten, einen Moment draußen zu warten.

Der Verkäufer ist ein kleiner, schwächlicher und fast kahler Mann. Nervös. Nadine und ihre Geschichte vom Gatten, dem Waffennarr, scheinen ihm zu gefallen, er führt ihr mit großer Begeisterung vor, was er hat, kramt nach Koffern und Katalogen. Sie hört zu, zieht die Augenbrauen zusammen und versucht ihm zu folgen. Ein bisschen übertrieben, diese Nummer der konzentrierten, braven Schülerin, aber sie kostet den Moment richtig aus. Sie betrachtet die Haare, die ihm in kleinen Büscheln aus der Nase ragen, sie wispert eher, als dass sie spricht. Sie spürt, wie sie vor Sympathie für diesen fetten, arroganten und von sich selbst eingenommenen Kerl überquillt. Sie beugt sich über den Verkaufstresen, damit er ihr gut ins Dekolleté sehen kann, geilt sich an ihm auf, weil sie ihn unerträglich findet und Manu und sie seiner Dummheit gleich ein Ende bereiten werden. Eine erfreuliche Aussicht.

Manu kommt herein. Rosa Regenmantel, orange Haare, weil die Färbung nicht nach Plan verlaufen ist, perlmuttfarbener Lippenstift, orangebraunes Make-up in dicken Schichten und blauer Lidschatten. Der Nuttenlook steht ihr gut. Der Verkäufer wirft ihr einen arg missbilligenden Blick zu und antwortet nicht auf ihren Gruß. Die Dame will er gern in seinem Laden haben, aber nicht diese Hure. Sie kramt in ihrer Tasche. Er erklärt, zu Nadine gewandt: «Die 10er-Automatik steht dieses Jahr in den französischen Verkaufslisten an erster Stelle. In ihrem Fall könnte die 40er-Smith-and-Wesson ganz gut passen. Wo ihr Mann doch Hobbyschütze ist ...»

Manu fällt ihm ins Wort: «Und wenn seine Frau Hobbyjägerin auf Arschlochfang ist?»

Er hebt den Kopf, seine Nasenlöcher weiten sich ein wenig, aber er bleibt sehr streng. Als Manu schießt, begreift er endlich, dass das, was sie da in der Hand hält, eine Knarre ist.

Sie geraten mehr als sonst in Panik, schmeißen eilig mehrere Knarren in die Aktentasche, greifen aufs Geratewohl nach Patronenschachteln.

Die Türglocke läutet. Sie zucken zusammen und drehen sich um. Zwei Typen mit rotem Gesicht betreten den Laden, irgendwie sehen sie sich ähnlich. Manu schießt ihnen in die Bäuche. Nach ein paar zögerlichen Tanzschritten sacken sie halbwegs synchron zusammen, insgesamt wenig überzeugend und mit dem gleichen dümmlich verwunderten Gesichtsausdruck. Die Kleine stellt sich auf sie drauf und schießt auf ihre Köpfe, man kann ja nie wissen.

Sie zieht Nadine am Ärmel, zeigt auf die beiden Leichen und sagt: «Guck sie dir an, die reinsten Witzblattfiguren, immer wenn dir so welche auf der Straße begegnet sind, hättest du sie am liebsten abgeknallt ...»

Nadine betrachtet ihre leblosen Körper, auf dem Boden liegend, so wie sie eben gefallen sind. Man könnte fast meinen, der Riss in ihren Bäuchen würde immer weiter aufklaffen, bis da ein Monster herausspringt. Weil so viel Blut rausfließt, wirkt die Wunde wie eine pulsierende Masse. Sie verzieht den Mund: «Alle gleich. Vor allem in diesem Stadium. Nur 'n Stück Fleisch, so 'n Mensch ...»

«Von wegen alle gleich, die da haben doch wohl ganz besonders eklige Fressen, wie Streifenbullen oder so. Der Typ grantiger Rassist, aggressiv und gefährlich. Was wir hier veranstalten, sind Blutbäder fürs Allgemeinwohl.»

Als sie das Geschäft verlassen wollen, bemerken sie, dass sich vor dem Schaufenster Leute versammelt haben.

Manu geht mit erhobener Knarre nach draußen, jagt die Schaulustigen auseinander und schreit: «Haut ab, ihr Arschlöcher.» Nadine folgt ihr, so gut sie kann, zieht die Schuhe aus und rennt barfuß weiter.

Sie haben Panik ausgelöst, einige ganz Eifrige wollen sie sogar verfolgen. Dann jedoch kommt ihnen gleich eine ganze Reihe günstiger Umstände zu Hilfe: Ein paar Autos fahren im richtigen Moment vorbei, ein paar Mal biegen sie genau richtig ab, und die Höllenangst hat ihnen Flügel unter die Füße geschraubt, lässt sie ihre Verfolger abhängen.

Sobald es den Anschein hat, dass ihnen wirklich keiner mehr an den Fersen klebt, werden sie langsamer. Nadine bluten die Füße, und ihre Seidenstrümpfe haben sich bis zu den Knöcheln in nichts aufgelöst. Bevor sie überhaupt wieder richtig zu Atem kommt, brüllt Manu schon: «Wie wir den abgehängt haben, diesen großen Haufen elender Arschlöcher, nicht zu fassen. Die haben sich doch wohl nicht eingebildet, sie könnten es mit uns aufnehmen?»

KAPITEL 14

Nadine steht im Badezimmer, schneidet sich Haarsträhnen ab und überlegt, was man wohl machen muss, damit es ganz normal aussieht. Im Zimmer nebenan hockt Manu auf dem Boden zwischen ausgebreiteten Zeitungen und ist ganz aus dem Häuschen: «Verdammte Scheiße, es ist überall auf der Titelseite! Terror in der Stadt, total.»

«Meinst du, dass jeden Tag viele Leute erschossen werden?»

«Was weiß ich. Einige. Ich werde die Artikel lesen, vielleicht kann ich dir dann mehr darüber sagen.»

«Sind unsere Gesichter abgebildet?»

«Nein, verdammt, das sind echt keine Leuchten, es gibt nur superschlechte Phantombilder, du hast 'n Gesicht wie 'n Boxer und ich, als wär ich fünfzehn und zum ersten Mal von zu Hause abgehauen. Ganz im Ernst, bei den Bilden kann uns niemand wieder erkennen. Die haben rein gar nichts mit uns zu tun. Man sieht nur, dass wir zwei Mädchen sind, und eine größer als die andere sein muss.»

Nadine beugt sich über die beiden Phantombilder. Die sind ziemlich gut getroffen. Sie sagt: «Das ist gar nicht gut für uns.»

Manu steht auf, um ins Klo zu rotzen, sie sagt: «Man sollte sich da nichts vormachen. Deine Nuttenfresse in der Zeitung, da wird es nicht mehr lange dauern. Und bei der Show, die wir heute bei dem Waffenfritzen abgezogen haben, kann ich mir vorstellen, dass sie mit ihren Phantombildern bald große Fortschritte machen. Das passiert uns zum ersten Mal, dass wir so viele Überlebende zurücklassen ...»

Sie setzt sich wieder und blättert die Zeitungen durch, ohne sie zu lesen. Nach einer Weile fügt sie hinzu: «Das wird jetzt wirklich schwieriger für uns, so viel ist sicher. Von nun an sind wir in Hotels eigentlich nicht mehr zugelassen. Und schon bald auf der Straße auch nicht mehr.»

Nadine fängt wieder an, sich da, wo es angebracht erscheint, Haare abzuschneiden, hinter ihrem Rücken liest die Kleine laut das Horoskop.

Sie setzt sich aufs Bett, stellt fest, dass die Flasche leer ist und verkündet: «Wir müssen auf jeden Fall bis zum 13. durchhalten. So lange haben wir noch genügend Tricks drauf, wir werden schon klarkommen. Frauen veranstalten dermaßen unmögliche Dinge mit ihrem Körper, dass wir uns verkleiden können, ohne irgendjemandem aufzufallen. Außerdem gibt es ja auch gar keinen Grund, warum die Leute, die uns über den Weg laufen, sich gleich fragen sollten, ob das nicht wir sind, die Stadt ist schließlich riesengroß. Ich hab mir die Haare geschnitten, sieht komisch aus, was?»

Manu sieht sie an, den Mund weit offen, hinten sieht man die Kronen. «Du siehst ganz anders aus. Vorher war dein Gesicht verdeckt, die Haare immer davor. Jetzt guckt man dir direkt auf die Augenringe. So siehst du depressiv aus. Das wird ein Test. Wenn die nächsten Bilder, die sie veröffentlichen, zwei dicke schwarze Flecken mit ein wenig Gesicht drum herum sind, dann haben die 'ne gute Technik.»

«Oder wir haben zu viele lebende Zeugen zurückgelassen. Was meinst du, wie die das mit den Verhören machen?»

«Hab nie bei den Bullen gearbeitet. Aber ich glaub, sie gehen die Nachbarn besuchen. Die erzählen dann totalen Schwachsinn ... Ich weiß nicht, wie sie verhören. Das ist echt ein Paradox, diese Typen; einerseits hast du üblere Hirnis noch nie gesehen. Und andererseits gibt es welche mit Köpfchen. Darin liegt eigentlich ihre Stärke, du weißt nie, mit wem du's zu tun hast. Meiner Meinung nach besteht die einzige Lösung darin, sie alle für Idioten zu halten, sonst haut es dir die Schuhe weg.»

«Wir haben heute noch 'n paar Kilometer abzureißen.»

«Wir müssen unsern Arsch zeigen. Alle Leute, die uns über den Weg laufen, dürfen nur unsern Arsch zu sehen kriegen und sonst nichts.»

«Wir müssen auch Brillen aufsetzen. Und Hüte.»

«Jau, wir brauchen Accessoires. Wir müssen tun, was getan werden muss, damit der Spaß weitergeht. Das war das letzte Mal, dass wir in ein Hotel gegangen sind. Von nun an lassen wir uns nur noch privat unterbringen.»

«Denkst du an jemand Bestimmtes?»

«Nein. Ich denke an das erstbeste Haus auf unserem Weg. Wir gehen rein, schießen und machen es uns gemütlich.»

«Geil.»

Manu isst Schokolade mit Mandeln drin, sie beißt direkt in die Tafel. Nadine hat die Knarren auf dem Bett nebeneinander aufgereiht. Sie nimmt sich eine im Westernlook, mit Zylinder, eine Taurus. Sie dreht und wendet sie in alle Richtungen.

«Gleich geht sie mir genau vorm Gesicht los.»

Sie weiß nicht, wie sie die Knarre öffnen soll, sie spielt vor dem Spiegel damit.

Sie schnappt sich ihren Walkman und geht runter, Waffenzeitschriften kaufen. *Is she pretty on the inside, is she pretty from the back, is she ugly on the inside, is she ugly from the back?*

Weil sie ihre Bilder in den Zeitungen gesehen hat, ist sie nervöser als noch ein paar Stunden zuvor.

Im Zeitungsladen fühlt sie sich unwohl. Sie blättert in *Action Guns* und im *Cahiers du pistolier et du carabinier.* Sie hat sich nie für Waffen interessiert. Doch jetzt rücken sie in greifbare Nähe und verheißen jede Menge Spaß. Man muss ihr nur noch genügend Zeit lassen. Die Dame an der Kasse bietet ihr eine Tüte an, als würde sie Pornohefte kaufen.

Sie macht in einem Getränkeladen Halt. Die Flaschen werden wie Verlobungsringe beim Juwelier feilgeboten. Die Verkäuferin ist rundlich, äußerst freundlich und nett anzusehen. Gold an fast jedem Finger und sehr dünne, gezupfte Augenbrauen, enorm dicke, ordentlich verpackte Titten. Zwischen denen kann sie den Jungs bequem einen runterholen. Nadine kauft Whisky und richtig teuren Wein in Kisten mit Stroh drin. Sie muss ihr Geld auf den Kopf hauen, wäre blöd, sich mit vollen Taschen kriegen zu lassen. Sie ist sehr freundlich zu der Verkäuferin, die voll darauf eingeht. Während sie ihr die Flaschen verpackt und dabei über Côteaux de Provence redet, versucht Nadine, sie sich beim Ficken vorzustellen. Ob sie wohl versaute Sachen sagt, ob sie dauergeil ist? Sie scheint zu den gutbürgerlichen Vollblutschlampen zu gehören. Das Gegenteil wäre auch schade für sie.

Sie wechseln ein höfliches «Auf Wiedersehen».

When I was a teenage whore, I gave you plenty, baby, you wanted more?

Die Kassette ist mitten im Song zu Ende, sie holt ihren Walkman raus, um sie umzudrehen. Ein Kind pfeift anerkennend: «Geiler Walkman.» Sie hebt den Kopf, er scheint zum anständigen Pöbel zu gehören. Etwas Freches liegt in seinem Lächeln, garantiert ein Junge, der den kleinen Mädchen den Kopf verdreht. Auf jeden Fall gefällt er ihr. Er kommt auf sie zu und fragt: «Ich will ja nicht aufdringlich sein, aber was hörst du, schöne Frau?»

Er spricht zu ihr wie der härteste Aufreißer unter der Sonne und hat dabei wahrscheinlich noch nie einen geblasen bekommen. Sie holt ihre Kassette raus, stammelt: «Nichts Interessantes, aber willst du den Walkman haben?»

Sie drückt ihm das Gerät in die Hand und haut ab. Er holt sie ein. «Danke, der ist superklasse ... Aber ich würde dich echt total gern auf'n Kaffee einladen.»

Sie lehnt die Einladung ab, darüber muss er lachen und sagt: «Trifft sich eigentlich gut, dass du ablehnst, ich hab nämlich noch nicht mal genügend Geld für 'n Kaffee ... Ich bin zu arm, um 'ne Frau auszuhalten, das ist ja gerade mein Problem.»

Sie geht zurück zum Hotel. Da hat sie noch einen Walkman. Manu hat die drei anderen weggeschickt, in Geldscheine eingewickelt, damit sie beim Transport nicht kaputt gehen, an einen kleinen Jungen, den sie kennt und dem man Schwefelsäure ins Gesicht gekippt hat. Manchmal lässt sie den Pfadfinder raushängen und steckt Nadine damit an.

KAPITEL 15

Als sie ins Zimmer kommt, sieht sie Manu in einer Ecke hocken. Sie hat nur ihre Stöckelschuhe an, die sich leicht in den Teppich bohren. Sie beobachtet aufmerksam, wie zwischen ihren Beinen Blut hervorläuft, und bewegt ihren Hintern hin und her, damit man die Spuren gut sieht. Die dunkelroten Flecken bleiben einen Moment auf der Oberfläche, wie scharlachrote, glänzende Blasen, dann werden sie von den Fasern aufgesogen und breiten sich auf dem hellen Teppich aus.

Nadine kauert sich vor Manu hin, betrachtet mit prüfendem Blick die dünne Spur sehr dickflüssiger roter Pisse, die mal stärker und mal schwächer aus ihr hervorquillt. In dem Rinnsal befinden sich kleine, ein wenig dunkler gefärbte Klumpen, wie die Haut auf der Milch, wenn man sie mit dem Löffel rausfischt. Manu spielt sich mit den Händen zwischen den Beinen herum. Bis zu den Brüsten hat sie sich mit Blut beschmiert. Die Kleine sagt: «Riecht Klasse da unten, also, das ist natürlich Geschmackssache.» Dann zeigt sie mit der Hand auf den Packen Tageszeitungen und kräht: «Drecksbande, diese Journalisten. Einfach lächerlich. Hast du zu trinken mitgebracht? Das ist prima. Du hast ganz schön lange gebraucht, Dicke … Ich mach mir immer gleich Sorgen, wenn du dich verspätest. Stört dich doch nicht, dass ich dir alles mit Blut voll schmiere? Am ersten Tag blute ich immer wie 'n Schwein. Aber das dauert nur einen

Tag. Als ich 'ne Göre war, hab ich immer extra alles vollgesaut, um meine Mutter zu nerven. Die gehört noch zur alten Schule und hatte für so was nichts über. Wenn man das abschaffen könnte, sie wäre dafür. Es hat sie regelrecht krank gemacht. Aber mir ist auch später nicht der Geschmack daran vergangen. Das ist doch 'n Riesenspektakel, verdammte Scheiße, macht Spaß, das zu sehn.»

«Vor allem deinen Freunden.»

«Für so was hab ich mich immer verdrückt, hab das auf'm Klo gemacht. Ich hatte mitbekommen, dass nur ich Spaß dran hab. Aber du bist durchtrieben und tolerant, da brauch ich mich nicht zu verstellen. Und so viele Kerle waren's ja auch gar nicht, die's lange mit mir ausgehalten haben.»

«Kein Wunder.»

Nadine ist aufgestanden, starrt aber weiterhin die Flecken auf dem Teppich an. Manu dreht sich auf den Rücken. Sie liegt auf dem Boden und zappelt mit den Beinen in der Luft. Ihr Schamhaar ist relativ hell, sodass sich das Blut gut abhebt.

In den Heften, die Nadine gekauft hat, zeigen sie auf Fotos, wie man eine Knarre zum Reinigen auseinander nimmt. Die einzelnen Teile werden benannt. Sie liegen sich gegenüber, jede an einem Bettende, und verbringen einen Gutteil des Tages damit, die Knarren von allen Seiten zu inspizieren. Manu hat sich nicht wieder angezogen, wo sie sich hinsetzt, hinterlässt sie Blutspuren. Sie erzählt von Schießszenen, die sie im Kino gesehen hat, beim Sprechen zielt sie auf Gegenstände im Zimmer.

Es ist, als sei ihre Hand dazu geschaffen, eine Knarre zu halten. Metall auf ihrem Handballen. Klarer Fall. Genau das hat dem Arm gefehlt.

KAPITEL 16

Die Sonne knallt noch immer, obwohl es schon spät ist. Manu hockt auf einem Hydranten und sagt, dass sie Auto fahren lernen will: «Das muss prima sein. Zumal es uns scheißegal sein kann, was mit dem Auto passiert: Sollten wir die Kiste in die Luft jagen, besorgen wir uns halt 'ne neue.»

Nadine zuckt mit den Achseln, sagt, dass sie es ihr beibringen kann. Sie setzt hinzu: «Aber ich fänd's scheiße, wenn ich am Ende zwischen verbogenem Blech eingeklemmt auf Polizei und Rettungswagen warte.»

«Hättest du keinen Bock, an einer Wand zu zerschellen?»

«Hast du schon die Schnauze voll? Der 13. ist übermorgen, bis dahin würde ich lieber noch durchhalten ...»

«Ich auch. Aber am 14. können wir gegen eine Wand donnern.»

Sie gehen durch die Stadt, besichtigen den Bahnhof, drehen eine Runde durch die Fußgängerzone, machen in einer Kneipe Halt und spielen Flipper, knacken mehrmals hintereinander den Jackpot und schließen daraus, dass die Sterne für sie günstig stehen. Dann gehen sie weiter, die Stadt ist klein und merkwürdig gebaut. Sie treffen immer wieder auf die gleichen Straßen und wissen nicht, wieso.

Die Leute, denen sie begegnen, achten nicht auf sie. Wie viele Menschen es wohl gibt, die spazieren gehen, so wie sie, und unter ihren Mänteln schmutzige Geheimnisse verbergen. Dreckige Gedanken, die sie heimlich nähren.

Mit einem Mal wird es dunkel, sie kommen an einer sehr schicken Teestube vorbei, die noch geöffnet hat. Korbtische, Fensterscheiben astrein sauber, polierte Goldverzierungen. Kulisse für brave Muttis. Eine Vitrine mit lächerlich kleinen Kuchen, bunt gefärbt und voller rechter Winkel oder makellos runder Früchte.

Sie gehen hinein, weil Manu den Laden geil findet, suchen ungefähr zehn Stück Kuchen aus, die Manu sich fast alle auf einmal in den Mund stopft und sich dabei umschaut. Eine Großmutter mit ihrem Enkel wendet den Blick ab. Eine ältere Dame, gängiges Modell, lichtes weißes Haar, sorgfältig dauergewellt. Sie trägt ein strenges Kleid, in Grautönen gehalten, mit V-Ausschnitt. Würdevoll. Tiefe Falten von den Nasenlöchern bis zu den Mundwinkeln, nicht so ganz die Art, die man von zu viel Lachen bekommt. Auch an ihrem Nacken legt sich die bleiche Haut in Falten.

Die Alte versucht, die Aufmerksamkeit des Kindes abzulenken, das zum Nebentisch starrt. Es ist von Manu fasziniert, die schlecht und zu viel auf einmal isst. Wenn sie kaut, sieht man deutlich, wie sich die Farben vermischen, denn sie lässt den Mund weit offen. Tapfer schlägt sie sich in der Rolle des durchgeknallten Elefanten in der Puppenstube.

Die beiden Verkäuferinnen blicken sich an, erzürnt und etwas fassungslos, nicht daran gewöhnt, dass man ihren feinen Laden mit einer Zirkuscafeteria verwechselt.

Eine der beiden hat hellbraunes, lockiges Haar. Das zarte Rosa ihrer Wangen wird durch die dünne Puderschicht betont. Ihre Augenbrauen scheint sie nie zu zupfen, sie bilden ein großes «V» auf ihrer Stirn. Dadurch wirkt sie sehr wachsam, als sei sie bereit, jeden Moment loszuschnauzen. Ihr Mund ist klein, zart und rosa wie ihre Bluse. Die Oberlippe ist schön geschwungen, die Unterlippe etwas wulstig. Nadine stellt fest: «Bestimmt die geborene Schwanzbläserin», so laut, dass alle es hören können.

Das andere Mädchen ist rundlicher, dunkle Haare, Pagenschnitt. Hat sehr weiße Zähne, wie aus Porzellan. Sie trägt mehrere Armreifen am Handgelenk, silberne Kreise, die beim Abräumen der Tische klimpern. Ein angenehmes Geräusch.

Sie tragen beide die gleichen rosa Blusen mit weißem Kragen und flache, helle Leinenschuhe, ohne Flecken und ordentlich geschnürt.

Nadine sagt, sie habe keinen Appetit. Ohne dass sie wüsste warum, weckt dieser Ort ihre Unruhe. Das dritte Auge öffnet sich, die böse Stimme mischt sich ein. In einer solchen Umgebung und mit solchen Leuten um sich glaubt sie automatisch, dass man ihr misstraut und sie nicht akzeptiert. Plötzlich sieht sie sich mit deren Augen und bekommt Selbstmitleid. Manu zieht weiterhin mit dem Kleinen ihre Show ab und kriegt nichts mit. Nadine beißt die Zähne zusammen und starrt auf die Tischplatte. Sie möchte nicht, dass es sie schon wieder packt. Sie sitzt zusammengekauert im hinteren Teil eines Käfigs, verschanzt sich in einer Ecke. Blinde, unsichtbare Hände wollen nach ihr greifen, in der Dunkelheit spürt sie, wie sie sich regen. Sie ist verwundbar und starr vor Angst. Diese Arme, die ihr Böses wollen, muss man abhacken. In ihrem Innern lebt eine Spinne und wartet auf sie, ihre Geduld ist grenzenlos.

Aus dem Augenwinkel beobachtet sie die beiden Verkäuferinnen. Sie haben Angst. Diese Erkenntnis verdrängt das Gefühl der Bedrückung wie durch ein Wunder.

Die beiden Mädchen haben Angst. Noch tun sie großspurig und wienern ihre Theke. Doch sie krepieren vor Angst.

Nadine überlegt: «Vielleicht haben diese Schlampen uns erkannt und bei den Bullen angerufen.»

Aber das kann sie sich nicht vorstellen.

Manu und sie haben etwas an sich, das sie beunruhigt.

Nadine spürt, dass es sie fasziniert, dieses Gefühl, dass alle vor ihnen zittern.

Die Großmutter steht auf, verärgert über Manus kleine Zirkusnummer. Sie sucht ihre Sachen zusammen, kleidet das Kind an und geht zur Kasse, um zu bezahlen. Der Kleine zieht eine Schnute, er möchte noch nicht gehen. Er will noch ein Eis und wird laut. Er muss ungefähr fünf Jahre alt sein.

Nadine denkt an die Zeitungen im Hotel und an Kindsmörder. Sie denkt an die Schlagzeilen und die Sprüche am Tresen, wenn ein Kind ermordet wurde. An den Eindruck, den das auf die Leute macht. Selbst ihr würde es schwer fallen, so was zu tun.

Sich von der Welt ausschließen, die letzte Grenze überschreiten. Das Schlimmste sein, was es gibt. Einen Abgrund zwischen sich und dem Rest der Welt aufreißen. Die Trennung endgültig machen. Sie wollen was für die Titelseiten, Nadine kann es ihnen geben.

Sie holt ihre Knarre raus, eine Bewegung folgt der anderen, ohne Nachdenken. Sie atmet tief durch, lässt das Kind nicht mehr aus den Augen. Das Kind, das schmollt und auf nichts hören will. Der Revolver verlängert ihren Arm, funkelt im Vordergrund, mitten im Gesicht des Kleinen. Unmittelbar vor dem Knall schreit die Alte los, wie ein Trommelwirbel zur Ankündigung des Solos.

Nadine hat kaum einen Moment gezögert. Es gab kein Zurück.

Beim ersten Schuss stiert sie den Kleinen an. Treffer. Genau über den großen braunen Augen, die er verdrießlich zusammenzieht, weil er schmollt. Ihm bleibt keine Zeit, den Gesichtsausdruck zu ändern. Ihm bleibt keine Zeit, zu verstehen. Im Sturz reißt er einen Korb um, der mit bunten, in glänzende Papierchen gewickelten Bonbons gefüllt ist.

Nadine ertappt sich dabei, wie sie bedauert, dass sie das Bild nicht in Zeitlupe sieht, und dann feststellt, dass sie diese Reaktion von Manu abgeguckt hat.

Die Kellnerin mit den Locken verschanzt sich hinter der Theke, von nervösen Schluchzern geschüttelt, schutzsuchend hält sie sich die Hände vors Gesicht. Nadine schießt auf die Hände, packt sie dann bei den Haaren, steckt ihr die Knarre in den Mund und drückt ein zweites Mal ab.

Währenddessen hat Manu sich um die beiden anderen gekümmert. Der Kopf der Alten ist unter einen Tisch gerutscht, ein ekliges Blutpüree beschmiert ihren Mund und breitet sich allmählich auf den schimmernden Fliesen aus. Die andere Kellnerin liegt etwas abseits, um sie herum ist schon alles rot.

Nadine steht auf der Türschwelle, als sie sich ein letztes Mal umblickt. Sie weiß, dass sie sich die Szene eingeprägt hat und sie später genüsslich abspulen kann. Wie ein Blutrelief mit grotesken Einzelheiten.

Als sie hinausgehen, sehen sie, wie einige Leute blitzschnell den Kopf einziehen. Sie rasen los, Manu fasst die Dicke bei der Hand, damit sie schneller mitkommt. Sie biegen in eine kleine Seitenstraße, Nadine hört sich lachen, wie man vor Schwindel lacht, ehe die Achterbahn wieder ganz tief hinuntersaust. Die Kleine wird langsamer und blickt zurück. Sie lassen sich auf den Bordstein fallen. Nervös und aufgedreht lachen sie los. Sie beruhigen sich wieder, schauen sich an und müssen wieder lachen.

An der nächsten Kreuzung fragen sie einen Typen in einem grauen BMW nach dem Weg. Er kramt einen Stadtplan hervor, um ihnen zu zeigen, wo sie gerade sind. Manu öffnet die Wagentür und zieht ihn am Jackenkragen aus dem Auto. Er klammert sich an sie, sie versetzt ihm einen kräftigen Tritt gegens Schienbein, und als er stürzt, noch einen ins Gebiss. Nadine wundert sich, dass sie seine Zähne krachen hört, denn eigentlich ist sie ziemlich weit von ihm entfernt.

Nadine setzt sich ans Steuer und fährt langsam im Kreis um den Typ herum, der am Boden kriecht. Plötzlich tritt sie voll aufs Gaspedal und überfährt ihn. Manu hat ihre Scheibe runtergekurbelt und versucht auf ihn zu zielen. Sie schießt ihr Magazin leer.

Wegen des Lachanfalls in der Seitengasse hat die Kleine zwar immer noch feuchte Augen, ist aber quietschvergnügt, schlägt sich mit der Faust auf die Hand und kräht: «Verdammt, ist das geil, wie synchron wir zwei sind, nicht zu fassen. Als hätten wir nie was anderes gemacht. Nicht zu fassen.»

«Was meintest du, wo fahren wir hin?»

«Nach Marseille. Da gibt's Männer.»

Nadine schiebt eine Kassette ins Autoradio.

Come on, get in the car. Let's go for a ride somewhere. You make me feel so good. You make me feel so crazy.

Manu kriegt sich absolut nicht mehr ein, sie zappelt auf ihrem Sitz herum und redet ohne Punkt und Komma: «Haste gesehn? Das ist wie beim Videospiel, wenn du auf dem absoluten Hardcore-Todeslevel ankommst. Die Angreifer kommen von allen Seiten, aber du machst sie platt, bist einfach zu stark. Die Sache eben war riskant. Superspannend. Ein Kind, das geht echt zu weit. Jetzt mal ganz ehrlich, ich hätte das nicht getan. Aber du hast Recht: Man muss zu weit gehen. Und was zu trinken kaufen. Um diese Zeit ist der Durst groß. Gut, aber eins sag ich dir lieber gleich: Wir werden zum Einkaufen bei 'nem Araber halten, und da möchte ich kein Gemetzel. Du bist nämlich total skrupellos und willst auf alle schießen.»

«Die Araber sind mir scheißegal. Ich dachte, man muss zu weit gehen.»

«Ja, das muss man. Aber nicht dauernd. Es gibt da 'n gesundes Mittelmaß.»

«Du ödest mich an mit deinen Arabern. Hättest ja aus deinem Leben was machen können, Erzieherin oder Sozialarbeiterin, bei deinen Mega-Vorräten an Mitgefühl.»

«Wenn man mich gelassen hätte, wär für alle 'ne Menge bei rausgesprungen. Eigentlich ist nämlich Mutter Teresa 'ne Riesenschlunze, im Vergleich zu mir. Aber die Leute sind zu schlapp, sie sind mies, du hast keine Chance, wenn du für sie was Gutes tun willst. Die denken nur an ihren eigenen Vorteil, lassen sich gehen und sind ständig am Jammern. Das nervt. Und vor allem haben sie keinerlei Werte. Ich kann nichts für sie tun.»

Weil sie auch was sagen will, meint Nadine: «Wenn die wüssten, was sie verpassen.»

Und schon legt die Kleine wieder los: «Verdammt, hab ich 'n Durst. Also wie du das eben gemacht hast, ich krieg mich gar nicht mehr ein. Ich wollte gerade aufs Klo, mich 'ne Runde auskotzen, ganz in Ruhe, um dann wieder loszulegen, noch mehr Kuchen essen ... Der war echt gut, wirklich, wie konnten wir nur vergessen, uns welchen mitzunehmen, wir werden nachlässig. Du hast deine Knarre rausgeholt, und ich hab sofort gefeuert, ohne nachzudenken. Wie Artisten am Trapez, da gibt's nichts. Das ist echt 'ne Taufe, Dicke, brauchst dir nicht vorzuwerfen, nur halb bei der Sache zu sein.»

Sie kramt Schokoladenstücke aus ihrer Westentasche, entfernt mit den Fingerspitzen die kleinen Fäden, die darauf kleben geblieben sind. Sie bietet Nadine welche an.

Am Steuer fühlt sich die Dicke unendlich ruhig. Sie fährt gut, bloß viel zu schnell. Die Kleine hat Recht, alle beide machen sie das verdammt gut.

Angels are dreaming of you.

Das Gefühl, die Straße regelrecht aufzufressen, alles auf einmal in den Mund zu stecken. Sie überlegt laut: «Die werden sich morgen freuen im Hotel. Blut, Knarren und ein Walkman.»

«Die werden die Presse herbeitrommeln, und die holen sich dann einen drauf runter, diese Pressewichser. Ich wette, dass die Bullenschweine sich über jede einzelne Kippe von uns 'n Kopp machen. Verdammt, es lebe der morgige Tag, damit wir das alles in der Zeitung lesen können!»

«Ich verstehe nicht, wie du dir das durchlesen kannst, mich macht das viel zu nervös.»

«Du nimmst alles zu ernst, du quälst dich gern, und deshalb ist dir jeder Vorwand recht. Ich dagegen, allein bei der Vorstellung, wie die Leute aus dem Viertel sich das durchlesen, muss ich mich totlachen. Ich würde da gerne mal vorbeischauen, denen auf die Schulter klopfen: ‹Na Kids, wie läuft's denn so mit den alltäglichen Sorgen? Alles so traurig wie immer?›»

«Willst du, dass wir da hinfahren?»

«Nein. Dahin will ich nie mehr zurück.»

KAPITEL 17

Sie fahren ziemlich lange, begegnen einem Kerl, der gerade in ein Feld pinkelt. Kugel ins Knie, Kugel in den Nacken. Fahrzeugwechsel, könnte ja sein, dass ...

Sie diskutieren, ob sie wohl per Hubschrauber gesucht werden, wie sie das regeln könnten. Nadine durchwühlt ihre Tasche und ihre Kleidung, ohne dabei die Straße aus den Augen zu lassen.

«Scheiße, ich hab meine Kassette in dem anderen Auto vergessen, bin ich bescheuert!»

«Das wird 'ne Klasse Werbung für die Band.»

«Dazu haben die mich nicht nötig, Mann, bin ich bescheuert!»

«In diesem Wagen gibt's keinen Rekorder, kann dir also scheißegal sein.»

Sie ändert den Tonfall: «Da ist eine Bullenwanne. Scheiße, das ist eine verdammte Bullenwanne, sicherlich eine Straßensperre, was für eine Scheiß-Straße!»

Manu spricht sehr schnell, aber ohne Hektik. Die Straße ist kaum beleuchtet, Nadine stiert angestrengt in die Nacht. Einige Meter weiter steht tatsächlich eine Bullenwanne am Straßenrand geparkt. Ein altvertrautes Gefühl stellt sich ein: Herzrasen. Wirkt wie eine Droge. «Jetzt geht es also los.»

Manu bleibt ganz ruhig, als sie weiterredet, es ist das erste Mal, dass sie kein bisschen mehr herumalbert: «Sobald sie

Stunk machen, gibst du Gas. Ich schieße. Auf alles, was sich bewegt. Vergiss nicht, dass wir ein unschlagbares Team sind. Wir versuchen, an ihnen vorbeizukommen. Denen machen wir Feuer unterm Arsch, so was haben die noch nicht erlebt. Aber stellen werden wir uns nicht.»

Sie kommen auf der Höhe des Kastenwagens an. Aus dem Augenwinkel erhascht Nadine ein grimmiges Lächeln von Manu. Sie legt ihre Hand in die von Manu, schämt sich aber noch im selben Augenblick für ihre Geste. Manu jedoch krallt sich sofort an Nadines Fingern fest und umklammert ihren Handballen, fast zerbricht sie ihr dabei das Handgelenk. Sie sind ineinander verschlungen und aneinander geklammert. Unbesiegbar, obwohl sie nicht die geringste Chance haben.

Sie fahren an dem Kastenwagen vorbei. Es ist niemand drin. Mit einem Mal kann Nadine den Ausdruck «das Herz droht ihr in der Brust zu zerspringen» sehr gut nachvollziehen. Und es gibt überhaupt keinen Zweifel, dieser Kitzel gefällt ihr. Irgendwie möchte sie sogar, dass man ihnen den Weg versperrt. Um das Spiel bis zu Ende zu spielen, um ihr Glück zu versuchen.

Ein paar Meter vor ihnen fällt ihr Scheinwerferkegel auf zwei Bullen, die vor einer Wand ein Mädchen filzen. Manu presst zwischen den Zähnen hervor: «Nicht zu fassen. Hier geht es gar nicht um uns.»

Als sie auf ihrer Höhe sind, verpasst das Mädchen einem der Bullen eine Kopfnuss, er weicht ein paar Schritte zurück, sie rennt davon, der andere Bulle greift sich an den Gürtel. Manu schreit: «Halt an!», die Bremsen quietschen, und das Auto gerät durch das abrupte Manöver leicht ins Schleudern. Manu schießt, bis die Bullen umkippen, für Einwände bleibt ihnen keine Zeit. Betont gelassen geht sie dann zu ihnen rüber, jagt jedem noch ein paar Extrakugeln rein und murmelt: «Sicher ist sicher.»

Das Mädchen ist ein paar Meter weiter stehen geblieben. Einen Moment lang überlegt sie, dann kehrt sie langsam um.

Stan-Smith-Schuhe und schwarze Bomberjacke, sehr langes, schimmerndes Haar. Schon allein ihre Art zu gehen, flößt Respekt ein. Überzeugender Auftritt als Großstadtamazone.

Mit der Fußspitze dreht sie die eine der beiden Leichen auf den Rücken. Dann tritt sie gegen den Kopf, als sei er ein Fußball, nimmt dazu ein wenig Anlauf. Sie betrachtet aufmerksam die andere Leiche. Dann das Auto, und erst dann schaut sie Manu an. Sie erklärt: «Ich habe noch nie Tote gesehen» und zeigt auf die beiden Bullen. Man sieht ihr nicht an, ob es ihr schwer fällt, dermaßen die Ruhe zu bewahren. Es scheint eine klare Trennung zwischen dem zu geben, was sich in ihrem Kopf abspielt und was auf ihrem Gesicht zu lesen ist. Der Anlass ist nicht außergewöhnlich genug, als dass sie sich gehen lassen würde.

Manu lächelt und beugt sich über den Bullen.

«Ist immer wieder ein Vergnügen, ein paar von denen kaltzumachen.»

Mit einer Kinnbewegung weist sie auf Nadine und fügt dann hinzu: «Sie findet, es wäre immer das Gleiche, egal, wen man umlegt. Aber bei mir gibt's für Bullen stets 'ne Special Dedication.»

Nadine ist im Auto geblieben. Sie mustert das Gesicht des Mädchens, das sie bisher keines Blicks gewürdigt hat. Außergewöhnlich ebenmäßige Gesichtszüge, das Auftreten einer Prinzessin. Angeborene Eleganz. Sie sagt: «Ich war gerade dabei, Scheiße zu bauen.» In einem so neutralen Tonfall wie möglich.

Manu holt ein Päckchen Zigaretten raus, bietet dem Mädchen eine an, tritt auf sie zu, um ihr Feuer zu geben. Das wirkt wie eine Zeremonie, eine Kontaktaufnahme nach genau festgelegten Regeln. Das Mädchen zieht den Reißverschluss ihrer Weste wieder zu und sagt: «Ich wohne nicht sehr weit von hier, mit meinem kleinen Bruder zusammen. Ganz ruhige Gegend. Vielleicht braucht ihr ja für heute Nacht eine Unterkunft.»

Manu wendet sich zu Nadine, beugt sich an der Wagentür zu ihr runter und fragt: «Was hältst du davon?»

«Passt mir ausgezeichnet.»

Das Mädchen hat sich ein paar Schritte entfernt, raucht ihre Kippe, schaut auf die Straße und lässt sie in Ruhe beratschlagen. Nadine fügt noch hinzu: «Hier kommen zwar nicht pausenlos Leute vorbei, wäre aber trotzdem klüger, gleich da hinzugehen.»

Und weil Manu einen Moment zögert, als wollte sie noch etwas sagen und als würden ihr ausnahmsweise mal die Worte fehlen, beschwichtigt Nadine sie schroff: «Ich hab schon kapiert, dass wir nicht auf Araber schießen. Und auf die hier erst recht nicht, nehm ich doch mal ganz stark an.»

Manu schüttelt den Kopf und sagt lachend: «Nimm's mir nicht übel, Dicke, aber du gehst dermaßen schnell zu weit, dass ich das lieber vorab klären wollte.»

Sie ruft dem Mädchen zu: «Ich heiße Manu und sie Nadine. Wär cool, wenn wir heut Abend in kein Hotel müssten. Aber du könntest echt Riesenärger kriegen, wenn wir bei dir absteigen.»

«Ich heiße Fatima. Zu mir geht's geradeaus, dort drüben lang.»

Sie flößt Respekt ein, wie selbstverständlich. Nadine mustert sie im Rückspiegel. Soweit sie sich erinnern kann, hat noch nie ein Mädchen sie so abweisend und distanziert behandelt, zumindest ohne dabei lächerlich zu wirken. Angestrengt überlegt sie, was sie wohl zu ihr sagen könnte, und beschließt dann, ihr nicht auf den Wecker zu gehen.

Manu reißt einen Marsriegel auf, zerteilt ihn in Stücke und bietet den beiden anderen Schokoladenpampe an. Da sie ablehnen, steckt sich die Kleine alles in den Mund und schmatzt lautstark. Anscheinend ändert das für sie überhaupt nichts, dass sie jetzt zu dritt sind. Nachdenklich erzählt sie: «Ich und meine Freundin, wir hatten schon gedacht, der Kastenwagen wär für uns. Vor Angst wären mir fast sämtliche Gedärme geplatzt. Verdammt, haben wir ein Schwein, wir sind gerade dabei, innerhalb von ein paar Tagen ein ganzes Leben nachzuholen ... Meine Freundin und ich, wir gewinnen jedes Mal, ist ziemlich unglaublich, was wir erleben.»

Sie sinkt tiefer in ihren Sitz und betrachtet schweigend die Straße, ihr dümmstes und zufriedenstes Lächeln auf den Lippen. Nadine hat ein Lächeln in der gleichen Preislage drauf, eines, das für ihre Verhältnisse am ehesten an den Zustand vollkommener Zufriedenheit heranreicht.

Fatima meldet: «An der nächsten Kreuzung müssen wir links ab.»

Manu kratzt sich wie besessen am Kopf und erklärt: «Wir können nicht bei dir vorm Haus parken. Ich meine, natürlich könnten wir das, wär aber nicht gerade schlau. Klüger wär's, irgendwo anzuhalten und die Kiste zu verbrennen.»

«Wir haben zu Hause eine Garage, mein Bruder ist dran gewöhnt, Autos auszuschlachten, wäre besser, wenn er sich drum kümmert.»

Nadine hat sie lächeln sehen, als Manu davon sprach, die Karre in die Luft zu jagen. Bei ihr wirkt so ein flüchtiges Lächeln wie ein Ausbruch der Begeisterung.

Sie wird nicht müde, sie im Rückspiegel zu betrachten. Zum ersten Mal in ihrem Leben hat Nadine Mitleid mit Jungs, die sich allein der Augen wegen unsterblich in ein Mädchen verlieben.

Sie sagt sich, dass es lächerlich sei, dass dieses Mädchen vielleicht die dümmste Kuh der Welt ist und nur zur Tarnung in dieser unverschämt geilen Hülle steckt. Hilft alles nichts. *Could you be the most beautiful girl in the world?*

Sie parken vor einem großen grauen Haus, in der Tat sehr abgelegen, an einem einsamen Wegesrand. Nicht die Art von Haus, in dem man wohnt, solange man jung ist. Fatima steigt aus, um die Garagentür zu öffnen. Nadine sagt: «Die ist hyperseltsam, die Neue.»

«Ja, noch so 'ne Stimmungskanone. Wär Klasse, wenn die keine Moslems sind und es da was zu trinken und zu rauchen gibt. Ohne Scheiß, hab ich 'n Durst!»

KAPITEL 18

Die Regale an den Garagenwänden sind voll mit Motoren, Autoradios, Fotoapparaten, Videorecordern ... Zwei Gitarrentaschen und ein Verstärker liegen in eine Ecke gefeuert, neben einer Vespa, einem Mountainbike und einem halb ausgeschlachteten Motorrad. Kaum fallen hinter ihnen die Türen ins Schloss, wird Fatima spürbar menschlicher. Sie erklärt Manu: «Das gehört alles meinem kleinen Bruder. Weil wir genügend Platz haben, handelt er mit heißer Ware.»

Die Kleine schaut sich um; in der Tat sind die Gerätschaften nach ihrem Zweck geordnet, es gibt eine Audioabteilung, eine Soundabteilung und eine Ecke für Zweiräder. Mit der Miene eines Experten meint sie bewundernd: «Scheiße, ist ja ein richtiger Lagerverwalter, dein kleiner Bruder!»

Die Reaktion klingt wie die Nachwirkung eines «Sesam-öffne-dich!», Fatima lacht kurz und laut auf, sichtlich erfreut, dass sie die Organisationstalente ihres kleinen Bruders zu schätzen weiß. Sie erklärt: «Er ist gerissen. Und außerdem wird er das nicht allzu lange machen, er wird nicht abwarten, bis es Ärger gibt, ehe er die Branche wechselt. Im Moment kommt uns das sehr gelegen, und außerdem kriegen wir so zusammen, was wir selbst brauchen. Wir haben inzwischen echt alles. Aber er macht das nur, bis es so weit ist.»

«Bis was so weit ist? Werdet ihr das Jahrhundertding drehen und dann nach Australien durchbrennen?»

Fatima bemerkt nicht, dass die Frage ironisch gemeint ist und gibt ausführlich Antwort: «Wir gehen nach Los Angeles. Du lässt dich erwischen, sobald du nicht mehr aufpasst. Wenn du zu lange im gleichen Business bleibst. Oder wenn du zu hoch pokerst. Man braucht ein handfestes Ziel und darf es nicht aus den Augen verlieren. Bis es so weit ist, muss man dichthalten und wachsam sein. Die richtige Gelegenheit abpassen, dann tschüs, und du fängst dein Leben anderswo von vorne an. Du lässt die Kohle für dich arbeiten, drehst nur noch legale Dinger. Machst dir halt 'n schönes Leben ...»

Da Fatima sie überhaupt nicht beachtet, kann Nadine sie so viel beobachten, wie sie will. Sie hat das schon x-mal gehört, kleine Gauner, die ihre wasserdichten Pläne darlegen. Und jedes Mal wäre sie jede Wette eingegangen, dass die sich noch im gleichen Jahr ihren Kumpels im Knast anschließen würden. Fatima hingegen lässt keine Bedenken zu. Sie kann ruhig eine schon tausendmal gehörte Erklärung wiederkäuen, sie trifft genau den richtigen Ton, damit es sich ganz anders anhört. Sie hat echt Klasse. Manu erlaubt sich trotzdem, leise Zweifel anzumelden: «Ich will dir ja nicht auf die Füße treten, aber du schienst mir nicht gerade aufzupassen, als wir dich getroffen haben.»

«Eben. Ich wollte wieder damit anfangen, ohne groß zu überlegen. Und da der Himmel mir noch eine zweite Chance gegeben hat, werde ich in Zukunft mein Hirn einschalten.»

«Weshalb wollten sie dich mitnehmen?»

«Ich hatte Shit dabei, kaum genug für einen Joint. Diese Schweine hatten noch nicht mal das Recht, mich zu durchsuchen ... Kaum bin ich raus, lochen sie mich schon wieder ein. Hast du schon mal gesessen?»

«Nein.»

«Seit ich raus bin, benehme ich mich anständig, ordentlich und überhaupt. Ich bin ernsthaft auf Arbeitssuche, ich gehe nicht aus, halte mich von meinen alten Bekannten fern. Das war das erste Mal, dass ich was weiterverticken wollte, um dringende Probleme zu lösen. Damit sich nicht immer mein Bruder um alles kümmern muss. Ich war echt super genervt, als sie mich kontrolliert haben. Ich hatte den letzten Bus verpasst, bin ganz in Ruhe die Straße entlanggegangen. Die haben angehalten, Papiere raus und der ganze Mist. Ich wollte nicht, dass sie mich durchsuchen, Kerle dürfen das nicht. Sie haben gesagt, sie würden mich mitnehmen, langes Palaver. Als der andere Arsch den Shit zwischen die Finger bekommen hat, hab ich ihm eine Kopfnuss verpasst, und dann seid ihr gekommen. Gerade rechtzeitig.»

Nadine murmelt der Kleinen verstohlen ins Ohr: «Wenn man sich mal überlegt, wie lange du schon einer gerechten Sache dienen wolltest …»

Allmählich ist sie beleidigt, weil Fatima sie nicht ein einziges Mal beachtet hat. Manu klopft ihr leutselig auf die Schulter: «Du wirst doch wohl jetzt nicht schmollen, nur weil du mal die zweite Geige spielst. Setz doch einfach deinen Kopfhörer auf, solang sich die Erwachsenen unterhalten.»

Sie lacht ihr ins Gesicht, ihre Hand ruht noch immer auf Nadines Schulter. Die Große geht als Erste die Treppe hinauf, über die Fatima soeben verschwunden ist. Beim Raufgehen machen sie Rabatz, prusten vor Lachen laut los, wie dumme Gänse im Badezimmer während einer Party.

KAPITEL 19

Das Haus ist groß. Kahle Wände, nichts liegt herum. Spartanische Einrichtung, alles perfekt aufgeräumt. Imposante, riesengroße, nüchterne Möbel. Keine Einrichtung für junge Leute, so ohne Schnickschnack. Dabei wirkt die unerbittliche Strenge des Hauses nicht im Geringsten schwerfällig. Eher fühlt man sich dort ganz und gar willkommen, gut aufgehoben.

Fatima setzt Kaffee auf, fragt, ob sie etwas essen möchten. Sie bemüht sich wie eine Hausfrau, wie eine Mutti. Exakt sitzende Handgriffe, oft wiederholt. Sie fragt Manu, ob sie einen Joint bauen kann, legt ein Stück Dope auf den Tisch, Blättchen und Camels. Nadine ist nach wie vor Luft für sie.

Sie setzt sich zu ihnen, zieht mit kräftigen Zügen am Joint, inhaliert lange. Dann bricht sie das Schweigen: «Habt ihr vorher auch schon Leute umgebracht?»

«Kam schon mal vor, ja.»

«Ein Überfall, bei dem was schief gelaufen ist?»

«Ganz und gar nicht. Eines Tages hab ich einem Kerl in den Kopf geschossen, statt mir restlos die Kante zu geben. Dann haben wir uns kennen gelernt, uns gegenseitig positiv beeinflusst.»

Nadine mischt sich ein, fest entschlossen, nicht mehr nur stumme Statistin zu sein: «Irgendwie hat es mit den ganzen Sachen zu tun, die schief gelaufen sind. Alles, was du machen wolltest, und nie klappt was. Das erinnert mich an das Märchen von der kleinen Meerjungfrau. Das Gefühl, ein riesengroßes Opfer gebracht zu haben, um Beine zu bekommen und sich unter die anderen zu mischen. Und bei jedem Schritt dieser unerträgliche Schmerz. Was den anderen mit beunruhigender Leichtigkeit gelingt, kostet dich unglaubliche Anstrengungen. So kommt der Zeitpunkt, wo du's bleiben lässt.»

Nadine lächelt, als wolle sie sich dafür entschuldigen, so lange geredet zu haben. Heimlich wirft sie Fatima einen besorgten Blick zu. Sie hat den Eindruck, das Mädchen habe verstanden, dass sie all das in erster Linie gesagt hat, um ihr zu zeigen, dass sie auch noch da ist. Manu bringt den Aschenbecher zum Überquellen, indem sie den bis zum Filter aufgequalmten Joint darin ausdrückt. Sie fügt hinzu: «Was die Regeln angeht, ändert das im Grunde nichts, wer zuerst kommt, macht den andern platt. Nur dass wir uns diesmal auf der richtigen Seite der Knarre befinden. Und das ändert einiges.»

Ein Junge betritt die Küche, ohne dass sie ihn hätten kommen hören. Er ist groß, der Schädel glatt rasiert, auf den ersten Blick so verschlossen wie seine Schwester. Er begrüßt sie mit einem leichten Kopfnicken, als Fatima sie vorstellt. Dann schenkt er sich Kaffee ein, ohne sie weiter zu beachten. Setzt sich an den Tisch und dreht einen neuen Joint, ohne den Mund aufzumachen.

«Das ist Tarek, mein kleiner Bruder.»

Sie sagt ihm etwas auf Arabisch, er hört ihr zu, ohne zu antworten, den Kopf zu heben oder auch nur mit der Wimper zu zucken. Den letzten Satz sagt sie auf Französisch: «Deshalb habe ich ihnen gesagt, dass sie hier übernachten können. Übrigens, wenn ihr etwas länger bleiben müsst, das hier ist ein gutes Versteck, und ihr stört niemanden. Tarek, gib mir die Schlüssel von der Vespa, ich will Cola und was zu essen kaufen.»

Als er ihr die Schlüssel reicht, fragt er, ob sie sich ganz sicher sei, dass die Bullen keine Zeit hatten, ihre Personalien aufzunehmen. Sie fragt ihn zurück, ob er sie für bescheuert hielte. Damit ist die Unterredung beendet, sie zischt ab.

Die Augen des Jungen sind klar und tief liegend, und er hat dichte, buschige Augenbrauen. Selbst ein flüchtiger Blick von ihm wirkt dadurch besonders ausdrucksvoll. Die Konzentration des Kriegers, der ein gegnerisches Dorf beobachtet und überlegt, ob er es in Brand stecken soll.

Er lässt den Joint herumgehen, dann fragt er: «Wart ihr in Quimper?»

«Ja, kürzlich.»

Er vertieft sich in seine Gedanken. Manu verzieht das Gesicht und erkundigt sich: «Nervt es dich, dass wir hier sind?»

Er schüttelt den Kopf, steht auf und verlässt die Küche. Dann macht er kehrt, lehnt sich gegen den Türrahmen.

«Fatima hat mir gesagt, ich müsste mich um die Karre kümmern. Das werde ich jetzt gleich erledigen.»

«Wirst du sie in kleine Stücke schneiden?»

«Nein, aber ich werde das Nötige tun.»

«Sollen wir dir helfen?»

«Nein.»

Offenbar ist er nochmal umgekehrt, um sie sich richtig anzuschauen. Er mustert sie ganz ungeniert, als gehe er davon aus, das könne sie nicht im Geringsten stören. Dann sagt er: «Für zwei Mädels auf der Flucht wirkt ihr nicht gerade ängstlich.»

Manu antwortet: «Das liegt daran, dass wir keine Phantasie haben.»

Über die Antwort muss er lächeln.

«Du pokerst hoch. Aber jeder hat Angst zu sterben. Oder sein Leben im Knast zu beenden. Selbst die total Verzweifelten.»

Er klopft sich auf die Brust: «Hier drin spielt sich das ab, dem kann sich keiner entziehen.»

«Wenn es so weit ist, bekommen wir schon noch Angst. Doch noch ist der Kaffee gut, und die Joints killen das Hirn, was will man mehr? Außerdem sind wir zu zweit, das macht viel aus, man lenkt sich ab.»

Er schüttelt den Kopf. Tut jetzt besonders feierlich, als habe er etwas sehr Trauriges mitzuteilen.

«Ich möchte mir kein Urteil erlauben, weil ich die Geschichte nicht kenne. Im Fernsehen haben sie gesagt, ihr hättet auf eine Frau und einen Familienvater geschossen, just for fun.»

«Hättest du es moralischer gefunden, wenn wir es für Geld getan hätten? Es gibt für uns keinerlei mildernde Umstände, du weißt gut genug Bescheid, um das zu beurteilen.»

«Es fällt mir schwer zu glauben, dass ihr das gewesen sein sollt; ich wär da nie drauf gekommen, wenn ihr mir einfach so im Bus begegnet wärt.»

Manu nickt nachdenklich. «Genau in dem Punkt sind wir ganz schön gerissen, deshalb kriegen sie uns nicht. Solltest du heute Abend fernsehen, werden sie neue Dinger erzählen. Wir haben auf ein Kind geschossen, ich weiß, das ist nicht sehr populär. Also, wenn du ein Problem damit hast und wenn du willst, dass wir abhauen, dann sag es, bevor du die Karre anpackst.»

Er antwortet, ohne zu zögern, in einem Tonfall, der weder Sympathie noch Feindseligkeit verrät.

«Fatima hat euch eingeladen. Ihr seid hier willkommen.»

Er geht hinaus. Sie bleiben zurück, sitzen sich gegenüber, und allmählich wird ihnen klar, wie zugekifft sie sind, das Dope ist wirklich gut. Nadine senkt den Kopf und wird von einem Lachanfall gepackt. Sie meint: «Wirklich nett, die beiden, aber machen echt zu viel Druck ...»

Manu macht es sich bequem, lehnt sich zurück und spreizt die Beine. Sie trägt einen Slip aus rotem Satin, und man kann die Haare sehen, die seitlich hervorlocken. Sie bemerkt: «Der kleine Bruder will sich einfach nicht vernaschen lassen, er ist zu scheu. Schade.»

«Du kannst es ja trotzdem versuchen ... Frag sie doch einfach ganz unschuldig: ‹Wann wird gebumst?›»

Sie geben sich alle Mühe, mit dem Lachen aufzuhören, als sie Fatima zurückkommen hören.

Sie machen die Wodkaflasche auf, die Fatima mitgebracht hat, weil es dort, wo sie einkaufen war, keinen Whisky gab. Auf den Gläsern sind Roboter abgebildet, Manu betrachtet sie schweigend. Die Große verteilt spielerisch mit der Fingerspitze einen Saftfleck. Sie sagt: «Er erinnert an einen Prinzen, dein kleiner Bruder. Schimmert wie ein Diamant. Uns gegenüber ein bisschen kurz angebunden, ich hoffe, wir stören nicht.»

Da sie gesprächig wird, sobald es um ihren Bruder geht, lässt Fatima sich dazu herab, ihr zu antworten: «Er ist edel, wesentlich klüger als die anderen, das sage ich nicht, weil er mein Bruder ist. Er ist ein Beobachter, hat genau mitbekommen, was um ihn her vorging, und hat zu verstehen versucht, warum. Er hat kapiert, was mit mir passiert ist, mit meinem Vater und meinem anderen Bruder. Und er wird es nicht genauso machen. Nicht dass er uns verachten würde, aber er hat aus unseren Abenteuern etwas gelernt.»

«Ihr werdet doch wohl nicht alle gesessen haben?»

«Doch, alle drei. Mein älterer Bruder muss noch 'ne Weile. Ein fehlgeschlagener Überfall, und dann haben sie Panik gekriegt. Er wurde wegen Totschlag eingelocht, dabei war er's noch nicht mal, der geschossen hat.»

«Und dein Vater?»

«Drinnen gestorben, gleich nachdem sie ihn eingelocht hatten. Das war kein Brutalo, mein Vater, absolut kein Harter. Sie haben ihn massakriert, ganz am Anfang, er hatte noch nicht mal Zeit, seine Zelle zu besichtigen.»

«Weshalb haben sie den eingelocht?»

Auch wenn es kaum auffällt, zögert Fatima kurz: «Wegen Inzest. Das ist rausgekommen, weil ich schwanger geworden bin. Ich habe nie darüber gesprochen. Nicht aus Angst oder weil es mir peinlich gewesen wäre. Aber ich wusste, dass es besser war, nicht darüber zu sprechen. Ich war dreizehn Jahre alt, als sie ihn verhaftet haben. Niemand wollte mir zuhören. So sind sie. Sie wissen besser als du, was bei dir los ist. Ich hatte eine Abtreibung, kann mich nicht erinnern, darum gebeten zu haben. Für die lief das alles wie am Schnürchen, aber ich fand ... Sie haben mich an dem Tag ausgeschabt, an dem mein Vater gestorben ist. Kein belangloser Zufall. Mir kam das komisch vor. Zumal ich allen Grund zum Trauern hatte, aber nicht so, wie es mir spontan kam. Über bestimmte Sachen durfte ich nicht traurig sein, das haben sie mir klipp und klar gesagt.»

Sie spricht leise, äußerst ruhig und regelmäßig. Monoton und mit tiefer Stimme, vertrauensvoll und beschämt zugleich. Das mildert das Bestialische ihrer Erzählung, ohne sie jedoch zu beschönigen. Es ist, als läge Metall am Grunde dieser monotonen und tiefen Stimme. Während sie spricht, hält sie meistens den Blick gesenkt, um dann plötzlich den Kopf zu heben und ihre Gesprächspartnerin eindringlich anzusehen. Sie ist aufmerksam, bereit, in der Seele des anderen zu lesen und darin die geringsten Anzeichen von Ekel oder Hinterhältigkeit zu entlarven. Ohne darüber zu urteilen oder sich zu wundern. Als könne sie jeden durchschauen. Sie erinnert an eine äußerst leidgeprüfte Herrscherin, der von ihrem Schmerz nichts als unerschöpfliche Weisheit und grenzenlose Kraft geblieben sind. Sie wirkt auf erhabene Weise resigniert, ohne jede Spur von Bitterkeit.

Selbstsicher gibt sie sich preis. Zeigt ihnen offen, dass sie beschlossen hat, ihnen zu vertrauen. Und vor nichts zurückschreckt.

Nadine sucht nach Worten, die einer solchen Geste des Vertrauens würdig wären. Manu macht es sich einfacher, sie gießt die Gläser voll und bemerkt, ohne dass es ihr irgendwie peinlich wäre: «Na, du nimmst ja auch kein Blatt vorn Mund. Hattest du es schon lange mit deinem Vater getrieben?»

«Anfangs muss ich so elf Jahre alt gewesen sein, ich weiß nicht mehr. Meine Mutter ist gleich, nachdem sie Tarek bekommen hat, abgehauen. Wir haben nie so richtig verstanden, warum und wohin. Ich und mein Vater, wir waren die ganze Zeit zusammen, da hat sich das ganz selbstverständlich ergeben, war nur eine Frage der Zeit. Ich glaub, ich war's, die sich auf ihn gelegt hat. Ich weiß, dass ich dazu wirklich Lust hatte, ich erinnere mich, dass ich mich schon sehr lange danach sehnte. Und als ich dann schwanger war, hat mir der Arzt, zu dem ich gegangen bin, Ärger gemacht. Er hat mir gesagt, er stünde unter, ich weiß nicht welcher, Schweigepflicht, hat mich eingelullt. Ich hab ihm alles erzählt, er hat sich in unsere Angelegenheiten eingemischt. Ich schätze, der hatte nichts Besseres zu tun.»

Sie hält inne, um die Blättchen anzulecken, zusammenzukleben und den Shit draufzuhäufen. Dann fährt sie fort: «Deshalb ist es mir scheißegal, ob ihr Leute umgebracht habt, Leute, die ihr noch nicht mal kanntet. Unschuldige. Ich kenne sie, diese Unschuldigen.»

Manu zerreißt das malvenfarbene Papier einer Tafel Schokolade. Sie leert ihr Glas und verkündet: «Das Schlimmste an unseren Zeitgenossen ist noch nicht mal ihr Schmalspurhirn, sondern ihr Hang, auch das des Nachbarn möglichst klein zu halten. Es darf bloß keinen geben, der zu viel zu lachen hat, das bringt sie aus der Fassung. Erzählst du deine Story oft?»

«Nein. Seitdem rede ich nicht viel, ich hab meine Lektion

verstanden. Mir laufen aber auch nicht alle Tage Bullenkiller über den Weg.»

Da die Atmosphäre gerade so vertraulich ist, lässt Nadine eine wichtige Frage einfließen: «Und mit den anderen Jungen, wie ist das so?»

«Ich hab's nie mit einem anderen Jungen gemacht. Hatte nie Bock darauf.»

Manu lässt sich auf ihrem Stuhl nach hinten fallen, verkündet feierlich: «Scheiße, was muss das geil sein, es mit seinem Vater zu treiben!»

Fatima macht augenblicklich einen Rückzug. Sie macht die Schotten dicht und gibt keine Antwort. Manu beugt sich zu ihr rüber, atmet schwer und fügt erklärend hinzu: «Verdammt, wenn du meinen Vater sehen würdest, könntest du verstehen, warum mich deine Geschichte vom Hocker haut. Ich kann mich nicht daran erinnern, dass dieser Arsch mich auch nur ein einziges Mal geküsst hat. Dieser Hurensohn nannte mich Emmanuelle. Ich heiße seit je Manuelle, aber so wie ihn das alles interessierte, hat er das glatt vergessen. Wirklich unter aller Kanone, dieser Mann. Der Ehemann meiner Mutter halt. Meine Mutter, selbst wenn du auf Schafe stehst, hättest du keinen Bock, es mit ihr zu treiben, so doof ist die, echt. Aber ist jetzt ja auch egal. Also, kleine Mädchen, die in ihren Papa verliebt sind, das haut mich vom Hocker.»

Sie blickt Fatima an, füllt die drei Gläser nach und schließt mit den Worten: «Für mich ist ab jetzt jeder Moment kostbar, deshalb kann ich es mir nicht leisten, meine Zeit mit diplomatischen Schachzügen zu vertun.»

Kurzes Schweigen, Fatima entspannt sich ein wenig und fragt: «Gibt's für euch noch 'ne Möglichkeit, euch aus der Affäre zu ziehen?»

«Es besteht die Möglichkeit, dass wir diese Nacht überleben, denn wenn man uns aufgespürt hätte, wüssten wir inzwischen davon. Danach, schwer zu sagen, ich glaube, das bleibt dem Zufall überlassen.»

«Warum versucht ihr nicht, das Land zu verlassen?»

«Das ist uns zu doof. Wenn du was ausprobierst, kannst du dabei auch auf die Schnauze fallen; wir dagegen haben's jetzt eher mit der Devise: ‹Wenn dir der Daumen wehtut, hack dir die Hand ab.› Und was sollten wir auch anderswo anfangen?»

Nadine gibt zu bedenken: «Ich glaube nicht an ein Anderswo.»

Die Kleine pfeift anerkennend. «Du bist ja schon total zugedröhnt, Dicke.»

Fatima lässt nicht locker: «Aber man kann doch nicht einfach so krepieren. Ohne Wut, einfach so. Das geht nicht.»

«Dein Bruder hatte damit auch Probleme», antwortet Manu. «Wahrscheinlich gehört ihr zu einer Familie von Kämpfern. Es passiert so viel, und man glaubt gar nicht, dass man das alles ertragen kann. Aber man gewöhnt sich dran. Ich habe in meinem Leben noch nie so viel zu lachen gehabt, so viel ist mal klar.»

Nadine spinnt den Gedanken weiter: «Das sind ja auch zwei ganz unterschiedliche Dinge: du und der Gedanke, dass sie dich kriegen werden. Aber es ist schwer, das zu kapieren. Manchmal versuche ich, mir vorzustellen, woran ich wohl genau in dem Moment denken werde.»

Manu bricht in schallendes Gelächter aus. «An einen riesengroßen Schwachsinn, da bin ich mir absolut sicher. Etwas total Belangloses, so in dem Stil, als ich neulich den Bus verpasst hab und zu Fuß nach Hause gegangen bin, nur so ein ganz armseliger Blödsinn. Deine Eingeweide tropfen auf den Bürgersteig, und du denkst an die Wäsche, die du vor dem Weggehen in die Maschine gesteckt hast. Na ja, das werden wir schon noch früh genug erleben, aber so stell ich mir das jedenfalls vor.»

«Falls ihr eure Ansichten noch ändert, falls ihr doch noch

euer Glück versuchen wollt, dann hab ich einen Plan für euch. Ganz hier in der Nähe. Ein Architekt, bei dem ich gearbeitet habe, ich hab bei ihm geputzt. Er lebt ganz allein, ihr müsst ihn nur zwingen, seinen Tresor aufzumachen. Und mit dem, was da drin ist, könnt ihr hinreisen, wo ihr wollt.»

«Warum drehst du das Ding nicht selbst?»

«Mich kennt er, und Tarek möchte ich da nicht hinschicken. Wenn das was für euch ist, erkläre ich es euch genauer. Ist blöd, dass niemand was davon haben soll. Dieser Tresor ist voll gestopft mit Diamanten. Und außerdem ist es doof, wenn ihr nicht mal was Ernsthaftes probiert, wo ihr doch nichts zu verlieren habt.»

Manu protestiert energisch: «Wir und nichts zu verlieren haben, das ist leicht gesagt. Was ist denn mit unserm Seelenfrieden?»

Nadine setzt noch einen drauf: «Solche Nummern drehen wir nicht. Wir stehen mehr auf geschmackloses just for fun ... Aber es ist cool von dir, uns davon zu erzählen.»

«Jau, echt, Scheiße, supernett von dir, wirklich. Aber du hast schon genug für uns getan, ganz im Ernst, wir brauchen weiter nichts.»

KAPITEL 20

Sie haben mehrere Stunden lang zusammengesessen. Nadine wirft die zerknitterten Verpackungen und leeren Schachteln in eine Plastiktüte. Dann kratzt sie mit der Nagelspitze an einem Fleck. Die Aschenbecher quellen vor Pappfiltern über, alle wie Akkordeons zusammengedrückt. Manu hinterlässt auf allen die gleichen roten Spuren, sie kramt regelmäßig ihren Stift hervor und zieht sich die Lippen nach; seit sie zugekifft ist, malt sie auch mal ein wenig über. Wenn sie spricht oder lachen muss, wirkt die Wunde inmitten des blassen Gesichts lebendig. Die blutrote Stichwunde dehnt sich, verformt sich. Zu einem Lachen, einer Beleidigung, zu energischem Widerspruch. Man sieht nur ihren Mund, der ununterbrochen in Bewegung ist. Die Fingernägel sind drumherum in Aktion, fesseln das Auge und sorgen für Unterhaltung. Umherhüpfende rote Flecken mit Dreckrand als Spaßmacher des Abends.

Nachdem Tarek sich zu ihnen gesellte, hat Fatima ihn heimlich beobachtet, ängstlich auf seine Reaktion gelauert. Zunächst vermied er es, die beiden Fremden direkt anzusprechen. Dann ließ er sich immer mehr gehen. Er mag Leute nicht, die trinken, lächelte aber nur, als er mitbekam, in was für einen Zustand sie sich versetzt hatten. Er blieb bei ihnen, viel länger, als er eigentlich vorgehabt hatte, ließ sich in den Bann von Manus roten Spaßmachern ziehen. Was sie auch macht, ernst wirkt es nie. Nur die Knarre, die sie vor den Bullen ausgepackt hat, mit Feuergeschossen für deren Magengruben, die war echt. Fatima hat nicht gesehen, wie Manu abgedrückt hat, denn in dem Moment lief sie gerade weg. Vage hat sie vor Augen, wie die Kugeln aus Manus Mund sprudeln, je mehr sie kifft, desto deutlicher wird das Bild. Immer wenn sie in schallendes Gelächter ausbricht, spuckt die Kleine Kugeln, tötet ... im Ernst.

Nadine ist zurückhaltender, anfangs war sie Fatima wirklich unsympathisch. Sie beobachtet viel zu viel, macht sich Gedanken und sagt niemandem was davon. Manu gibt offen zu, was ihr durch den Kopf geht, Nadine überlegt, was andere denken könnten, und verschweigt lieber, was sie für unaussprechbar hält. Fatima verdächtigt sie, schreckliche Dinge zu verbergen. Sie wirkt wie jemand, der eine Demütigung nicht verkraftet hat und trotzdem vorgibt, er sei sehr sanft geblieben. Leicht schizophren. Sie bewahrt einen höflichen Ton, gute Manieren. Sie spricht mädchenhaft, täuscht ihre Umwelt. Wer wäre schon misstrauisch gegenüber dieser großen, etwas farblosen, fast einfältigen Frau? Fatima traut sich nicht, die beiden zu fragen, ob sie miteinander schlafen. Genau das denkt man, wenn man sie sieht. Sie fassen sich nie richtig an, achten aber aufeinander, als würden sie ständig nacheinander suchen. Wenn sie lachen, so immer aus dem gleichen Grund, und sehr oft berühren sich ihre Körper. Wenn sich eine von ihnen eine Zigarette ansteckt, hält sie ihrer Gefährtin auch eine hin, ohne sich zu unterbrechen, wie selbstverständlich. Sie fallen sich ständig ins Wort oder sprechen gleichzeitig. Sie füllen immer beide Gläser nach. Ohne es zu merken. Ihre Worte und Ausdrücke sind die gleichen. Man spürt das Einverständnis zwischen ihnen. Sie ähneln einem zweiköpfigen, eigentlich recht verführerischen Ungeheuer. Fatima kann kaum glauben, dass sie sich erst seit einer Woche kennen. Es fällt ihr schwer, sie als Individuen zu betrachten, sich die eine ohne die andere vorzustellen.

Die Sonne geht auf, als Fatima sagt, dass sie schlafen geht. Nadine sammelt die Gläser vom Tisch und stapelt sie im Spülbecken, leert einen Aschenbecher aus und wischt den Tisch ab. Die anderen sehen ihr zu. Sie drückt den Schwamm aus und legt ihn auf den Spülbeckenrand, und während sie sich die Hände abtrocknet und ihnen den Rücken zudreht, sagt sie: «Das Ding mit den Diamanten, von dem du uns erzählt hast, wenn du willst, können wir die Kiste drehen. Wenn es wirklich reicht, bei diesem Typ ins Haus zu gehen und ihn zu überzeugen, er solle den Tresor öffnen, das kostet uns ja nichts.» Sie fährt sich mit der Hand durchs Haar, wartet offensichtlich darauf, dass die Kleine sich zu dem Thema äußert, und da nichts kommt, fährt sie fort: «Wir setzen ein Opfer mehr auf die Rechnung, geben dir die Diamanten, und du siehst zu, wie du klarkommst. Wo wir eh nichts zu tun haben, verpassen wir auch nichts. Und du ersparst dir, zwischen zwei Bullen eingekeilt die Doofe spielen zu müssen. Im Gegenzug gehst du dann zu der Verabredung am Bahnhof von Nancy, ich weiß, dass ich dir vertrauen kann. Und für uns ist es riskant, mehrere Tage auf einem Bahnhof zu warten. So hat jeder was davon.»

Manu wankt zu ihr, die paar Schritte machen ihr Mühe, weil sie wirklich abgefüllt ist, und was sie sagt, ist schwer zu verstehen, aber sie spricht mit großer Überzeugung: «Das ist eine prima Idee. Wir gehen die Diamanten holen. Du fährst nach Nancy. Also, so ein geiler Plan. Dass ich da nicht selbst drauf gekommen bin.»

Nadine schubst sie, und weil die andere nicht mehr gut stehen kann, knallt sie auf den Tisch. Die Große hilft ihr wieder auf und fasst sie um die Hüfte.

Fatima sagt: «Es gibt keinen Grund, warum ihr das tun solltet.»

Manu protestiert, übertrieben heftig: «Ja, aber es gab auch keinen Grund, uns diesen Plan vorzuschlagen, es gab keinen

Grund, die bösen Polizisten umzubringen, und auch keinen, dass du uns mit zu dir nimmst. Es sind nie die guten Gründe, die zu den besten Taten führen, also gehen wir da hin. Aber jetzt wird erst mal geschlafen, und wir reden morgen drüber.»

Fatima denkt nach. Sie kann das Angebot auch ausschlagen. Doch wenn sie es ablehnt, wird sie die beiden nie wieder sehen. Sie wird noch eine Weile im Fernsehen von ihnen hören, bis zu dem Tag, an dem sie abgeknallt werden. Vielleicht bei dieser Verabredung am Bahnhof. Sie fragt: «Warum liegt euch so viel an dieser Verabredung, ihr habt doch gesagt, dass ihr dieses Mädchen eigentlich gar nicht richtig kennt?»

Manu ereifert sich mit niederbrechender Wortgewalt: «Was denn jetzt noch? Willst du vielleicht, dass wir zur nächsten Polizeistation gehn? Wir haben's versprochen, haben wir dir doch gesagt, wir haben's Francis versprochen. Ich dachte, du gehörst zu den Mädchen, die verstehen, dass über so was nicht diskutiert wird.»

Fatima bohrt lieber nicht weiter nach, obwohl sie weiß, dass Manu diesen Francis niemals kennen gelernt hat.

Manu und Nadine schütteln traurig den Kopf, gucken ganz betrübt, schauen einander dabei an und finden sich sehr lustig. Sie lachen und lassen dabei ihre Zähne sehen, Kariesruinen, bei beiden.

Fatima weiß, dass sie ihre Meinung sowieso nicht mehr ändern. Sie werden zu dieser Verabredung gehen, wenn sie es nicht macht. Selbst wenn es reiner Selbstmord ist, mehrere Tage am selben Bahnhof zu bleiben. Selbst wenn dort ein ganzes Bullenbataillon auf sie wartet. Sie werden hingehen. So sind sie halt drauf.

Fatima beschließt, auf den Deal einzugehen. Der Gedanke, die beiden in ein paar Stunden für immer zu verlassen, gefällt ihr nämlich überhaupt nicht.

Tarek und sie verlassen die Küche. Nadine und Manu bleiben noch einen Moment dort, lehnen sich aneinander und lachen.

Beim Hinausgehen überlegt Fatima: «Die beiden schlafen bestimmt nicht miteinander. Besser könnten sie gar nicht zeigen, dass sie Schwestern sind.»

KAPITEL 21

Manu sitzt am Küchentisch, wartet, dass die Färbung einzieht, und schimpft über die Zeitungen, die Tarek morgens mitgebracht hat.

Er hat sich geweigert, ihnen was zu trinken zu kaufen, sie seien doch gerade erst aufgestanden und könnten ruhig ein wenig warten, bevor sie sich wieder besaufen. Manu nennt ihn bei jeder Gelegenheit «Papa».

An einer Tischecke zeichnet Fatima einen Plan vom Haus des Architekten, setzt mehrfach neu an, weil sie immer was vergisst. Mehrfach fällt sie Manu ins Wort, will ihr noch zusätzliche Informationen oder weitere Ratschläge geben. Manu nennt sie bei jeder Gelegenheit «Mama».

Nadine ist schon lange im Bad und zupft ihre Augenbrauen. Sie ist absolut überzeugt, das wäre ein besonders wichtiges Detail und würde sie radikal verändern. Mal entfernt sie links ein wenig mehr, damit es so wie rechts aussieht, dann umgekehrt. Schließlich geht sie mit der Klinge über alles, was noch steht.

Sie schminkt sich die Augen grün. Sie hat sich Selbstbräuner ins Gesicht geschmiert, im Laufe des Vormittags fast eine ganze Tube. Das verleiht ihrer Haut einen orangefarbenen Teint.

Auf der Badewanne sitzend, schaut Tarek ihr zu. Dann stellt er sich hinter sie, küsst sie auf die Schulter und geht hinaus. Sie lächelt ihm im Spiegel zu. Das Gefühl, über Nacht seine kleine Cousine geworden zu sein.

Manu kommt ebenfalls herein, beugt sich über die Badewanne, um die Haare auszuspülen, schmiert alles voll Farbe und spricht dabei, den Mund voll Wasser: «So siehst du nicht mehr ganz so wie auf den Zeitungsfotos aus, aber irgendwie furchterregend. Wölfe abzubekommen wird jetzt schwieriger für uns ... Scheiße, die Zeitungsartikel heute, du hast Recht, wenn du nichts davon hören willst. Nichts als Scheiße. Für unsere Heldensage brauchen wir mit denen nicht zu rechnen.»

Manu reibt sich wie wild den Kopf, spritzt Schaum an die Wände und fährt fort: «Verdammt, diese Leute haben vor nichts Respekt, geben sich erst gar keine Mühe zu verstehen!»

Nadine versucht, sich Ohrringe anzustecken. Manu setzt sich in die Badewanne und schlägt vor: «Und wie wär's, wenn wir mal bei ein, zwei Journalisten vorbeischauen, wir suchen uns die schlimmsten raus, gehen hin und erzählen denen was.»

«Ich will davon nichts hören. Ich hab dir gesagt, ich will davon nichts hören. Diese Leute existieren nicht mehr.»

«Ja, aber sie dürfen sich nicht erlauben, so über uns zu sprechen; ich meine, das ist doch nicht normal, denen ist anscheinend nicht klar, dass unsere Knarren auch ihnen gelten.»

«Mach das Badezimmer sauber, wenn du fertig bist, du hast alles voll schwarze Farbe geschmiert.»

«Leck mich am Arsch, fette Nutte.»

Dann versucht Nadine, Fatima zu beschreiben, wie Noëlle aussieht. So genau wie möglich. Übergibt ihr den Umschlag und die Papiere. Sie wiederholt, dass es sehr wichtig sei. Sie wiederholt es nur ein einziges Mal, denn ihr ist klar, dass Fatima längst verstanden hat.

Nadine borgt sich ein paar goldene Armreife von ihr, die sie alle ums gleiche Handgelenk legt, und freut sich, dass man damit Krach machen kann.

Sie verabreden sich für den 14. auf dem Parkplatz vor einem

Supermarkt, weil sie finden, das sei der ideale Ort für ein heimliches Treffen.

Als sie gehen, reicht Fatima ihnen die Hand. Ihr Gesicht ist noch undurchdringlicher als sonst. Tarek hingegen fährt Manu lachend mit der Hand durchs Haar und zieht dann Nadine sanft an sich, um sie zum Abschied auf die Wange zu küssen, er sagt, dass er doch schwer hoffe, sie wieder zu sehen, dass er vielleicht einmal mit seiner Schwester vorbeischauen wird.

Während sie sich von ihm abwendet, fragt sich Nadine, ob sie es ist, die immer nur an das eine denkt, oder ob er für sie doch anders empfindet als für eine Cousine. Obwohl, bei der Familie … Vielleicht liegt es genau an der familiären Atmosphäre, wenn da die Libido mit ins Spiel gekommen ist.

KAPITEL 22

Tarek hat ihnen den Motorroller überlassen, damit sie bis in die nächste Stadt fahren können. Manu fährt schlecht, sie rast und schimpft über jedes Auto, das ihnen gerade noch ausweichen kann. Sie halten beim erstbesten Händler auf ihrer Route. Nadine steigt ab, um was zu trinken zu kaufen.

Sie kommt wieder heraus, eine Flasche Four Roses in der Hand, schraubt den Deckel auf, bleibt neben dem Roller stehen. Allein schon die Farbe ist schön anzusehen, goldgelb tanzt sie durchs Glas. Vertrautes und angenehmes Brennen beim ersten Schluck. Kitzelt auf der Zunge und brennt in der Kehle, bevor es für einen kurzen Moment das gesamte Innere erwärmt. Sie zieht die Nase kraus und schüttelt den Kopf, reicht Manu die Flasche und sagt sehr ernst: «Zur Hand gehört 'ne Knarre, 'ne Flasche und der Schwanz.»

Der Alkohol verwischt alle Ecken und Kanten, weckt die Lust zu lachen. Raubt einem gnädig den Verstand.

Die Sonne knallt, zu viel Licht, brennt in den Augen.

In der Innenstadt gehen sie in einen McDo. Aggressiv schreit Manu den Kellner im grünen Anzug an: «Ich möchte Fleisch und keine toten Katzen in meinen Hamburgern.» Dann beruhigt sie sich wieder, und während er sie bedient, beschäftigt sie sich damit, an ihren Brustwarzen zu fummeln, bis sie sich unter dem T-Shirt abzeichnen.

Zwei Kinder lümmeln vor dem Fastfood herum, die Kleine schenkt jedem von ihnen fünfhundert Franc, «damit sie ein bisschen Spaß haben». Dann erzählt sie von einem schwarzen Schauspieler, der in einem Film auch so was in der Art macht. Sie ärgert sich über sich selbst, weil sie solche Männer nie abbekommen wird: «Von so einem Typ durchgevögelt zu werden muss cool sein. Und mal ganz ohne Scheiß, ein Mädchen wie ich hätte das durchaus verdient. Du übrigens auch. Bei Schwänzen hätten wir eigentlich nur vom Feinsten verdient. Ganz ohne Scheiß.»

Sie bekleckert ihr ganzes T-Shirt mit Soße, verschlimmert es immer mehr, als sie es wegwischen will. Sie schmeißt ihren Hamburger auf den Bürgersteig und flucht auf ihre Mutter.

Eine Dame um die fünfzig, die eine runde Brille mit Goldgestell und goldfarbene Sandalen trägt, bleibt stehen und sagt zu ihr in spitzem Ton, dass sie «ihren Müll ruhig in die dazu vorgesehenen Behälter werfen könnte». Die Kleine schiebt ihre Sonnenbrille ein Stückchen runter, um sich die Frau richtig anzusehen, und fragt: «Machst du den Bürgersteig sauber, Alte?»

Die Dame nennt sie eine Drecksnutte. Das verschlägt Manu die Sprache. Mit so einer Antwort hat sie nun gar nicht gerechnet. Die Dame wird richtig wütend und beschimpft sie mit sehr modernen Ausdrücken. Nadine hört ihr eine Weile zu und sagt dann: «Wirklich erstaunlich.»

Sie versetzt der Frau eine schallende Ohrfeige. Dann packt sie Manu beim Arm. Die Kleine sträubt sich ein wenig, sie würde gerne noch bleiben. «Nicht zu fassen. Ich finde, sie hatte keine Ohrfeige verdient. Hast du ihr mal zugehört?»

Es ist wirklich heiß, warmer Schweiß durchnässt ihre T-Shirts.

Sie machen an einem Lebensmittelladen Halt, um Bier zu kaufen, das aus dem Kühlschrank kommt und das sie echt schnell trinken, weil es gut tut.

Wieder 'ne Nummer breiter, ihr Lachen wird immer unbefangener.

Sie kommen an einer Grünfläche vorbei, Manu besteht darauf, dass sie dort Halt machen: «Ganz im Ernst, das ist der geilste Platz der Welt, lass uns das Bier hier austrinken.»

«Ist viel zu gefährlich, hier anzuhalten, wir riskieren 'ne Ausweiskontrolle.»

«Nein. Und selbst wenn, dann tun wir einfach, als hätten wir uns nichts vorzuwerfen, und schon kaufen die uns das ab. Riskier mal 'ne Backe mehr, Dicke, dreh bloß nicht durch. Wir werden uns da jetzt hinsetzen, in Ruhe abwarten, und alles wird bestens.»

Sie setzen sich auf eine Bank im Schatten der Bäume. Die Temperaturen sind angenehm, und das Bier ist noch nicht zu warm. Manu streckt sich. «Perfekt. Verdammt, was war der Junge vom ersten Abend geil. Wäre klasse, wenn wir so einen nochmal treffen. Wäre überhaupt klasse, Jungs zu treffen.»

«Ich würd mal gerne 'n Halbwüchsigen abkriegen. So einen wie den, dem ich den Walkman geschenkt hab.»

«Lustig, dass du das sagst, hab ich auch gerade dran gedacht. Noch ein ganz junger, unerfahrener.»

KAPITEL 23

Riesengroßes, ziemlich schickes Bierlokal. Kellner in schwarzweißen Anzügen. Die beiden sitzen auf hohen Barhockern am Tresen, vor ihnen stehen Cognacgläser, übertrieben groß, für das bisschen, was drin ist. Manus Rock ist so knapp, dass man, sobald sie sitzt, meinen könnte, sie hätte gar keinen an. Saum auf Mösenlänge, Bluse aufgeknöpft, darunter einen dieser vielfarbigen BHs, die nur sie zu tragen versteht.

Unterwegs haben sie die Augen offen gehalten, aber alle jungen Männer, die ihnen über den Weg gelaufen sind, waren absolut indiskutabel.

Ein schmerbäuchiger, fast glatzköpfiger Typ in blauem Anzug setzt sich neben sie. Stumpfsinniges Lächeln. Manu schaut Nadine kurz fragend an, die erwidert: «Überzeugt bin ich nicht. Wäre 'ne Geschmacksverirrung der übelsten Sorte. Aber ich bin dabei.»

Manu beugt sich zu ihm rüber, sobald er sie anspricht. Klagt über die Hitze, lässt den Ausschnitt ihrer Bluse tiefer rutschen und fächelt sich wie eine Besessene Luft zu. Er macht ihr Komplimente über ihr Lächeln. Lüstern. Er muss sich ziemlich häufig den Nacken trocken reiben, weil er stark schwitzt, wie alle Dicken. Er atmet schwer, grinst sie dümmlich an, wobei er schamlos seine gelben und fleckigen Zähne entblößt. Tollpatschig, trottelig und grotesk, aber bereit, den Königstiger zu spielen. Muss sie wohl wirklich für etwas beschränkt halten, sonst würde er doch nicht wagen, sie zu becircen. Oder er checkt es einfach nicht.

Anzüglichkeiten der billigsten Art, feiste Grimassen. Dermaßen daneben, dass man es schon wieder liebenswürdig findet, alles eine Frage der Gewöhnung.

Hitzewellen packen ihn, sobald Manu ihn auch nur flüchtig berührt. Und dabei berührt sie ihn gar nicht flüchtig, schmeißt sich vielmehr an ihn ran, lässt ihn ihren Bauch spüren, reibt ihre Schenkel gegen den Stoff seines Anzugs und fädelt es so ein, dass er ihr andauernd auf die Unterwäsche glotzen muss.

Ihr Alkoholpegel ist tierisch hoch, und es erregt sie sichtlich, sich an ihn zu schmiegen, obwohl sie ihn widerlich findet.

Nadine ziert sich und blickt beschämt zu Boden, als er ihr das erste Mal den Arm um die Taille legt. Da sie zimperlicher und kratzbürstiger als ihre Kollegin tut, macht sie ihn noch mehr an.

Manu schaut sich das an, bittet den Monsieur, nochmal das Gleiche zu bestellen, und während er sich abmüht, die Aufmerksamkeit des Kellners auf sich zu lenken, schiebt sie eine kurze Erläuterung ein: «Je dümmer man wirkt, desto mehr Eindruck macht man. Hat lang gedauert, bis ich das geglaubt hab …»

Nadine seufzt, zuckt mit den Achseln und antwortet: «Man muss sich mal in deren Lage versetzen. Ist schier unmöglich, dass sie die Dinge so sehen, wie sie sind.»

Als der Typ es geschafft hat, seine Bestellung aufzugeben, hört er wieder interessiert zu und wirft fröhlich in die Runde: «Na, was erzählt ihr, Mädels?»

Manu starrt ihn an, ist gar nicht mehr zum Flirten aufgelegt und schnauzt los: «Dass du aus dem Maul stinkst!»

Monsieur geht davon aus, nicht richtig verstanden oder was

verpasst zu haben. Nadine lacht. Manu packt ihn am Arm und sagt ausgelassen: «Du scheinst 'n toleranter Kerl zu sein; deshalb werden ich und meine Freundin nicht lange um den heißen Brei herumreden. Wir suchen einen verständnisvollen Partner, wir gehen ins Hotel, wir bumsen, wie es sich gehört, und verabschieden uns dann. Ist das okay für dich?»

Nadine hakt sich an seinem anderen Arm unter, erklärt sehr freundlich: «Wenn du nichts dagegen hast, Liebling, ficken wir lieber, statt uns zu unterhalten: Da haben wir mehr Chancen, uns zu verstehen.»

Er stottert rum, gluckst wie eine Jungfer in Versuchung, nur dass er in den Mundwinkeln weiße, dickflüssige Spucke hängen hat. Wie Mundrotze. Was Nadine da vorschlägt, verwirrt ihn völlig. Er muss sich redlich Mühe geben, um seine Sinne beisammen zu halten.

Jedenfalls hat er den Zusammenhang zwischen ihnen und den beiden Mädchen aus den Nachrichten nicht erkannt. Er ist zwischen verschiedenen Gefühlen hin und her gerissen: Er ist außer sich vor Freude, weil er sie alle beide vögeln wird, und zu dem Schlag ganz besonders Lüsterner gehört, die jedoch nicht genug Schotter haben, um zu Profis zu gehen. Aber er ist auch etwas außer Fassung, weil sie so direkt sind. Das alles gratis serviert zu bekommen, da ist doch was faul. Er beschließt, einfach davon auszugehen, dass heute sein Glückstag ist. Ein wenig enttäuscht ist er ja schon, weil es geiler gewesen wäre, wenn er sie ein bisschen hätte bequatschen müssen, wenn er den Eindruck gehabt hätte, ein bisschen Druck ausüben zu müssen. Aber er sagt sich, dass nun mal nichts perfekt ist.

Er nimmt es ihnen ganz und gar nicht übel, dass sie sich komisch benehmen; das Einzige, was er deutlich mitbekommt, ist, dass sie Mädels sind. Und dass er sie alle beide vögeln wird.

Er zahlt das Hotelzimmer. Er weist die Empfangsdame, eine rosige Polin, die ihn nichts gefragt hat und ihm kaum zuhört, darauf hin, dass es sich bei den beiden um seine Nichten handle. Denn es ist ihm schon peinlich, zu dritt nach oben zu gehen, um es zu treiben. Manu und Nadine beobachten ihn, sagen nichts, sind über so viel Dummheit etwas bestürzt.

Im Fahrstuhl betatscht er Manu, nur ganz leichte, jähe Berührungen, als wolle er sich vergewissern, dass alles wirklich wahr sei und sie sich nicht wehrt. Noch nicht mal der Form halber. Die Erregtheit lässt seine Neuronen durchbrennen und weitet seine Nasenflügel. Er ist hochrot angelaufen und nicht eben schön anzusehen. Er hat Stielaugen bekommen und kann seine Hände nicht mehr ruhig halten, er wirkt wie besessen, in Trance versetzt. Er gehört zu den Kerlen, die sich nur noch schwer beherrschen können, wenn sie erst einmal geil sind. Nadine beobachtet ihn, wie er hechelt und die Spucke runterschluckt. Ihm fallen fast die Augen raus. Nie wäre ein Mädchen allein wegen des Gedankens an Sex so erregt. Bei ihr löst der Gedanke Lust und auch einen gewissen Ekel aus.

Manu lässt sich gerne von ihm streicheln, ohne jedoch seine Zärtlichkeiten zu erwidern. Sie mag das Gefühl, dass er sich an sie ranmacht, und sieht ihn gern in diesem Zustand.

Als der Fahrstuhl oben ankommt, erklärt sie: «Scheiße, was schwitzt man bei der Hitze, dieser fette Arsch klebt total.»

Zu Nadine gewandt hat sie das gesagt. In einem so selbstverständlichen Ton, dass er nicht darauf eingeht. Er scheint mit seinen Gedanken woanders zu sein.

Nadine betrachtet Manus Hand auf dem blauen Hosenstoff. Man errät darunter die Form des angeschwollenen Geschlechtsteils. Soweit es da was zu erraten gibt, natürlich. Sie beobachtet, wie die Finger den Reißverschluss hochwandern. Das Handgelenk, das sich eifrig rauf und runter bewegt. Die Hand des Monsieur, wie er die Brüste kräftig durchknetet. Die Kleine beugt sich weit nach hinten, damit er sie in aller Ruhe befummeln kann.

Das Hotelzimmer ist mit orangen Blümchen tapeziert. Dadurch wirkt alles gleich vertraut, es sieht aus wie in jeder billigen Absteige. An einigen Stellen löst sich die Tapete, die rosa Tagesdecke hat braune Brandflecken.

Manu steht vor Monsieur und zieht sich aus, hält den Blick auf ihn gerichtet, obwohl er ihr niemals in die Augen sieht. Ihre Bewegungen sind mechanisch und sicher, übertriebene Erotik einer Professionellen. Gar nicht nötig, sich besonders viel Mühe zu geben, damit es seine Wirkung tut. Er ist buchstäblich hypnotisiert.

An die Wand gelehnt, schaut Nadine ihnen gebannt zu.

Monsieur zieht Manu an sich, vergräbt sein fettes Gesicht in ihrem Bauch, leckt sie voller Eifer und nennt sie «meine kleine Blume». Er hält sie bei den Hüften, ein fettes Panzerkettchen glitzert an seinem Handgelenk, an den Fingern ist er ein wenig behaart. Seine eckigen Nägel wachsen ihm ins Fleisch. Er schiebt ihre Schamlippen mit seiner Nase auseinander und dringt dort ein.

Einen Moment lang beobachtet ihn die Kleine abwesend, streichelt nachdenklich seinen Kopf. Als sei sie überrascht, ihn dort zu sehen, und leider außerstande, daran Gefallen zu finden. Zu dem Zeitpunkt will sie ihm nichts Böses, empfindet keinerlei Verachtung für ihn.

Nadine macht sich's mit den Fingern. Behutsam reibt sie sich an den Nähten ihrer Jeanshose, lässt die Hände, die sich nervös an Manu zu schaffen machen, nicht aus den Augen.

Die Kleine schiebt ihn sanft weg und stützt sich auf die Kante des kleinen Tischs. Sie fasst sich an die Schenkel, spreizt sie weit auseinander. Lackierte Fingernägel spielen zwischen den Beinen um die Spalte herum. Dann verweilen sie dort und verschwinden darin. Sie dreht sich um, ohne dabei von sich abzulassen, lässt einen Finger vom After zur Scham gleiten. Von der Seite her beobachtet sie Nadine, die sich an der Wand in die

Hocke hat gleiten lassen. Keine der beiden lächelt, sie sind mit etwas sehr Ernstem und Wichtigem beschäftigt. Sie denken an nichts Bestimmtes.

Der Monsieur ist sitzen geblieben, die Augen weit aufgerissen. Er wühlt in seiner Jacke, kramt ein Kondom hervor, steht auf und stellt sich hinter Manu. Ehe er in sie eindringt, macht er Anstalten, es über sein Geschlechtsteil zu ziehen. Manu dreht sich um und fasst ihn am Handgelenk.

«Nur deinen Schwanz. Sonst nichts.»

Er versucht ihr zu erklären, sie sei nicht auf dem Laufenden. Dass es idiotisch wäre, auch für sie, es ohne Kondom zu machen. Sie geht ganz dicht an ihn ran, reibt ihren Po gegen seinen Körper. Er leistet spärlichen Widerstand, lässt sich wichsen und protestiert halbherzig. Er fängt an, ihr den Hintern zu streicheln, und wiederholt dabei unaufhörlich, dass er genau da in sie eindringen möchte, ihr seinen ganzen Saft reinspritzen möchte.

Plötzlich setzt sich Manu hin. Sie sagt: «Schlapp, wie du bumst. Das macht mich müde.»

Sie holt die Flasche aus ihrer Tasche, trinkt ein paar Schluck, hält sie Nadine hin. Dann steckt sie sich eine Kippe an. Dem Typ ist es schließlich doch unangenehm, dass sie so komisch drauf sind. Er überlegt, ob er abhauen soll, aber seine Libido lässt ihn nicht: So eine gute Gelegenheit!

Er setzt sich neben sie, fängt schüchtern von vorne an, wenn es sein muss, kann er natürlich auch anders: «Ich versteh nicht, was hier abläuft. Vielleicht könntest du … mit dem Mund?»

Er hat sich in den Kopf gesetzt, dass er sich ja ohne Kondom einen blasen lassen könnte. Er findet sich ganz schön gewitzt.

Sie drückt ihre Zigarette aus und antwortet: «Du hast Glück, dass ich meine Frauenrolle so ernst nehme und was über hab für ordentliche Arbeit. Sonst hätt ich nämlich nicht übel Lust, dich rauszuschmeißen.»

Und ohne Übergang nimmt sie seinen Schwanz in den Mund und macht sich tapfer daran zu schaffen. Der Monsieur wendet sich zu Nadine, auf der Suche nach ein wenig moralischer Unterstützung. Er hat sich in den Kopf gesetzt, sie sei netter als die Kleine, sei bereit, sich für ihn einzusetzen.

Sie betrachtet ihn ohne Wohlwollen. Etwas an ihm ist übertrieben, zu dick aufgetragener Schwachsinn.

Manu kniet zwischen seinen Beinen. Sie saugt an ihm mit großer Sorgfalt, und aus Gewohnheit streichelt sie ihn zwischen den Schenkeln. Er sagt: «Das machst du gut, siehst du, gleich kommt's», und spielt dabei mit ihren Haaren. Dann packt er sie fester und schiebt ihn ihr bis zum Anschlag in den Rachen. Sie versucht, sich loszumachen, aber er hat sie gut im Griff und richtig Lust, mit seiner Eichel auf ihre Mundhöhle einzuhämmern. Sie kotzt ihm zwischen die Beine.

Keine drei Sekunden später liegen Manu und Nadine kichernd auf dem Rücken, und es dauert, bis sie sich endlich wieder einkriegen.

Er ist im Bad, macht sich sauber und flucht.

Sie ersticken fast vor Lachen, als sie ihn so wütend sehen. Er gerät außer sich: «Ich verstehe nicht, was daran lustig sein soll. Ihr seid wirklich ...»

Er sucht nach Worten, während sie unermüdlich wiederholen: «Falschrum geschluckt», die Formulierung hat bei ihnen großen Erfolg.

Er mault in seiner Ecke vor sich hin, schimpft sie degenerierte, kleine Drecksnutten und zieht sich wütend an. Als er das Badezimmer verlässt, hört Manu zu lachen auf und versperrt ihm den Weg.

«Degenerierte, kleine Drecksnutten, da bist du gut drauf gekommen, und das trifft's genau. Aber nicht du hättest darauf kommen sollen, du Arschloch. Und wir haben dir auch nicht gesagt, dass du gehen sollst.»

Er widerspricht, sie hätten ihm nichts davon gesagt, dass er bezahlen müsste, er habe kein Geld bei sich, und es sei ohnehin ziemlich anmaßend von ihr, nach dem, was sie gemacht habe, auch noch Geld von ihm zu verlangen. Manu haut ihm mit der Faust auf die Fresse, so fest sie kann, sie schnauzt ihn mit gedämpfter Stimme an. Ihre Züge sind vor Wut entstellt, ihr Mund vor Anspannung verzerrt, als sie mit ihm spricht, aber sie achtet darauf, nicht allzu viel Lärm zu machen.

«Hab ich was von Geld gesagt?»

Er reagiert nicht. Er hat nicht damit gerechnet, dass sie ihn schlagen würde. Es sieht nicht so aus, als könne er mit Gewalt umgehen, er ist wie gelähmt. Er versucht noch nicht mal, sein Gesicht zu schützen, und macht keinerlei Anstalten, sich zu verteidigen. Nadine haut ihm die Nachttischlampe an die Schläfe. Ein heiseres Röcheln entfährt ihr, als sie zum Schlag ansetzt, wie bei einer Tennisspielerin. Er schwankt, Manu springt ihm an die Kehle und knallt ihn zu Boden. Sie ist nicht halb so schwer wie er, aber sie macht das so überzeugend, dass sie ihm haushoch überlegen ist. Sie setzt sich rittlings auf ihn, presst ihm die Kehle zu. Als er zu schreien beginnt, schnappt sich Nadine die Bettdecke, deckt sein Gesicht zu und setzt sich drauf. Sein Körper bewegt sich, aber sie sitzen fest auf ihren Posten. Manu flüstert: «Weißte, Kerl, was uns an dir nicht gefallen hat, das war der Präser. Dein entscheidender Fehler war der Präser. Wir haben dich entlarvt, Kerl, und du bist nur ein Arsch mit Präser. Man geht nicht einfach mit fremden Mädchen mit, Kerl. Das musste dir auch mal jemand klarmachen. Man muss aufpassen. Weißt du nämlich, mit wem du es in diesem Fall zu tun hast, Kerl? Mit verdammten Arsch-mit-Präser-Umlegerinnen.»

Zuckende Bewegungen. Frenetisch schlägt er mit der Hand auf den Boden. Vielleicht hat er als Kind Judo gemacht, und diese Geste fällt ihm wieder ein, einfach so.

Nadine hat sich aufgerichtet und deckt ihn mit Fußtritten ein, so wie sie das bei Fatima und dem Bullenschädel gesehen hat. Je mehr und je heftiger sie zustößt, desto häufiger spürt sie, wie sich da Dinge lösen. Sie tritt so heftig, dass sie spüren kann, wie ihre Oberschenkelmuskulatur arbeitet.

Sie mühen sich alle beide so lange ab, bis er unter ihren Schlägen absolut reglos wird.

Als sie aufhören, sind sie schweißgebadet und ganz außer Atem. Manu hebt die Bettdecke ein wenig hoch, macht ein angewidertes Gesicht und steht auf.

In seiner Jacke finden sie ein wenig Geld.

Seite an Seite waschen sie sich die Hände, tragen den Lidschatten neu auf. Sie lachen noch immer ganz nervös und wiederholen dabei: «Falschrum geschluckt» und «Arsch mit Präser».

Als sie das Hotel verlassen, spricht sie niemand an. Sie waren so diskret wie möglich.

Nadine besteht darauf, dass sie mit dem Zug fahren.

Auf der Straße bekommen sie wieder einen Lachanfall, Nadines Rücken schmerzt, und sie muss stehen bleiben, um sich wieder einzukriegen. Manu schüttelt den Kopf.

«Scheiße, kaum zu glauben. Dieser Arsch hat gedacht, ich würde seine ganze Wichse schlucken, und ich hab ihm auf den Pimmel gekotzt. Pech für ihn. Am falschen Ort, zur falschen Zeit ...»

KAPITEL 24

Sie laufen durch den ganzen Zug und suchen ein Raucherabteil. Sie finden einen Platz, aber Manu geht gleich wieder los, um sich im Speisewagen Bounties zu kaufen. Nadine setzt den Kopfhörer auf, vertieft sich in die Landschaft. Der Zug ist so gut wie leer, und die Klimaanlage funktioniert nicht. *Sans les envies, c'est tellement plus facile. Surtout la nuit.*

Manu zieht sie am Ärmel. «Da, wo wir hinfahren, das ist gar nicht weit von Colombey. Wenn du willst, schauen wir auf dem Rückweg bei der Apotheke vorbei.»

«Sollten wir die Diamanten schnappen, fahren wir direkt nach Nancy zu Fatima, wäre blöd, sich erwischen zu lassen, bevor wir ihr die geben. Und außerdem kann uns die Apotheke scheißegal sein, ich wüsste nicht, warum wir da nochmal hin sollten. Oder möchtest du zu deiner Mutter?»

«Er hat deinen Freund umgebracht.»

«Wenn er es nicht gemacht hätte, dann sein Bruder.»

«Schade, ich hatte mir so 'nen coolen Spruch überlegt. Wir wären reingegangen, hätten die Bonbons angeguckt, uns auf den Tresen gelehnt, 'n bisschen wichtig gemacht und gesagt: ‹Das war 'n Kumpel von uns, du Arsch.› Und fertig.»

«Das nennst du cool?»

«Ja. Einfach, aber wirksam. Perfekt, sozusagen.»

«Mir ist da was eingefallen: Wir müssen so viele Zeugen wie möglich zurücklassen. Das ist noch schlimmer, als einen umzunieten, einen Überlebenden zu hinterlassen. Einen richtigen Zeugen, und der muss dann zusehen, wie er damit fertig wird. Er hört nicht mehr auf, davon zu sprechen, er wird nachts davon wach. Immer wenn er seinen Leuten Stress machen will, fällt es ihm wieder ein, und er ist so klein mit Hut. Hat die Angst im Arsch sitzen und weiß partout nicht, wann sie rauskriecht, um ihm die Backen abzubeißen. Da ist uns ein riesengroßer taktischer Fehler unterlaufen: Wir hätten haufenweise Zeugen zurücklassen müssen.»

«Hast du noch viel Munition?»

«Nein. Reicht noch für zwei Tage. Hängt davon ab, wie wir es uns einteilen.»

«Sobald wir an Fatima abgedrückt haben, was wir ihr schuldig sind, würde ich gerne wieder in die Bretagne zurück. Da gab's verdammt geile Ecken, Schluchten, zum Abstürzen scharf... Ich hab da schon drüber nachgedacht, ob wir ins Leere springen oder uns lebendig verbrennen, aber sich opfern, das ist zu anmaßend. Nach der Verabredung in Nancy bin ich also für den Bungeesprung ohne Gummi ... Es ist eh ein Wunder, dass man uns nicht schon längst aus dem Verkehr gezogen hat. Mir wär es lieber, alles so gut zu beenden, wie es angefangen hat, und den Scherz endlich auffliegen zu lassen. Bevor sie uns umstellen, sollten wir uns lieber selbst eine richtig geile Ecke aussuchen.»

«Okay. Mich wirst du schubsen müssen, damit ich springe. Ich glaube nicht, dass ich dazu den Mut hab. So eiskalt bin ich nicht.»

«Sei unbesorgt, ich werde dich schubsen.»

Manu macht eine Bierdose auf, die sie aus dem Speisewagen mitgebracht hat, und setzt hinzu: «Fatima ist auf den Diamanten-Deal eingegangen, weil sie uns hinterher helfen will. Sie will die Beute verticken und uns überzeugen, wir sollten wenigstens versuchen, uns abzusetzen. Die sind nicht wie wir, die beiden, das sind Verlierer, aber von der Sorte mit Gottvertrauen. Deshalb möchte ich, dass wir gleich hinterher den Schlussstrich ziehen, ohne große Diskussion.»

«Das ist noch längst nicht alles. Wir müssen auch noch eine Nachricht für die Presse zurücklassen: ‹Sie sind ohne Gummi gesprungen›, damit sie nicht wieder so 'ne Scheiße schreiben.»

«Gute Idee.»

Nadine macht den Walkman wieder an: *every day, the sun shines*, trotzdem ein ganz schöner Brocken im Hals, die Vorstellung, es sei das letzte Mal, dass sie dieses Stück hört.

Aber nichts zu machen, sie ist weder traurig noch ängstlich. Manu trägt eine rosa Seidenbluse voller Schokoladenflecken, bis zum Bauchnabel aufgeknöpft, und darunter sieht man diesen unglaublichen BH. Sie lackiert sich die Nägel nach, in Rosa.

Nadine nimmt sich insgeheim vor, sich im letzten Moment zu konzentrieren und sich Manu so vorzustellen. Das wäre klasse, so als Schlussbild.

KAPITEL 25

Die Sonne knallt immer noch.

Im hinteren Teil eines großen, gepflegten Gartens befindet sich das Haus des Architekten, mit Fenstern überall. Graue Steintreppe, sich schlängelnde Pfade, und übertrieben viele leuchtende Blumen. Wie auf der Zeichnung eines ausgeglichenen Kindes. Ein Modellhaus inmitten einer Modellanlage. Fatimas Beschreibung hätte nicht genauer sein können. Trotzdem hat Nadine es sich ganz anders vorgestellt.

Sie sind zu Fuß gekommen, haben den Weg problemlos gefunden. Nadines Turnschuhe brennen unter den Sohlen. Sie braucht Socken und zwar ganz schnell. Sie schwimmt in ihrem eigenen Saft, spürt ihn im Nacken und am Hintern.

Manu kaut Kaugummis, stopft sich gleich mehrere auf einmal rein und schmatzt laut. Ihre goldenen Pumps sind schon ganz breit getreten, sie hält sich beim Laufen schief und macht die Schuhe dadurch noch mehr kaputt.

Nadine meint: «Witzig, wie schnell man wie eine Pennerin aussieht. Man könnte meinen, du hättest schon seit Monaten kein Zuhause.»

«Das ist mein wahres Ich, das zum Vorschein kommt.»

«Entweder das oder du hast dir mit dem Lack keine Mühe gegeben.»

«Im Gegensatz zu anderen. Ziemlich geil, seine Arschlochbaracke.»

Nadine klingelt. Sie haben beschlossen, dass sie sprechen soll, weil man zu ihr viel eher Vertrauen hat. Sie werden sagen, dass sie eine Umfrage machen. Für den Fall, dass er sie absolut nicht empfangen will, hat Manu ihre Knarre gleich griffbereit, und sie müssen sich eben so Zugang verschaffen. Alles Weitere wird sich dann schon ergeben.

Ziel der Übung ist, dass er am Ende diesen Tresor aufmacht. Könnte schwierig werden, weil er ja keinen Grund hat, das zu tun. Er hat übrigens keinen Grund mehr, überhaupt noch irgendwas zu tun, ist ein schlechter Tag für ihn.

Damit er tatsächlich den Tresor aufmacht, muss er entweder bescheuert genug oder sie müssen sehr gerissen sein. Wenn er bescheuert genug ist, brauchen sie nicht gerissen zu sein.

Bei dieser Übung geht's um Spaß, nicht um Leben und Tod. Und beweisen müssen sie auch niemandem was.

Was sie machen sollen, wenn er nicht allein ist. Sie haben nach einer zufrieden stellenden Antwort gesucht, nichts gefunden und die Sache fallen lassen. Manus Meinung war: «Der beste Plan ist immer, erst gar keinen zu haben.» Und dabei sind sie geblieben, ist auch 'ne Taktik.

Hoffentlich ist er allein. Allein und sehr bescheuert, das wäre die ideale Kombination.

Der Monsieur, der ihnen aufmacht, ist mittelgroß, hat ein eckiges Kinn, ist gründlich rasiert und an den Schläfen leicht ergraut. Genauso gepflegt und vorzeigbar wie sein Garten.

Er erkundigt sich sanft: «Was führt Sie zu mir?» Die Stimme ist tief und gesetzt, man muss sofort an Sex in einem halb dunklen Raum und sehr sanfte, schlüpfrige Bewegungen denken. Nadine antwortet, dass sie für ein Marktforschungsinstitut arbeiten und wegen einer Umfrage über den Haushaltskonsum im Bereich Kultur kommen. Die Auskunft klingt ein wenig ungereimt, aber das scheint ihn nicht zu schocken.

Schon wieder jemand, der den Zusammenhang zwischen

ihnen und den beiden aus den Zeitungen nicht sieht. Er bittet sie rein und tritt einen Schritt beiseite, um sie vorbeizulassen. Manu grummelt: «Wozu auf der Titelseite sein, wenn einen trotzdem keiner erkennt?»

«Um Unschuldige umzulegen, halt die Klappe.»

Der Herr des Hauses weiß, wie man Gäste empfängt, er bittet sie, sich zu setzen, und fragt, ob sie eine Tasse Kaffee möchten. Das Sofa ist bequem, das Zimmer hell. Gleich dahinter erstreckt sich der Garten, fast ein Feld. Voller Blumen. Ekel erregend abgeschmackt, aber durchaus gelungen. Da bekommt man Lust, die Idylle zu stören, ein ordentliches Gemetzel und aus der Traum von majestätischer Ruhe.

Die Wände sind mit Büchern gepflastert. Wo noch Platz ist, hängen Drucke von Gemälden. Ob das wirklich Drucke sind? Der Mann hat Geschmack. Und es ist ihm wichtig, dass man das auch sieht, er will dabei aber nicht übertreiben, bloß nicht ins Vulgäre verfallen.

Bei so viel Eleganz glaubt Nadine, literweise schwitzen zu müssen und viel zu laut zu atmen. Sie fühlt sich fehl am Platz und durch ihr Unwohlsein persönlich angegriffen.

Während er den Kaffee zubereitet, stellt er verschiedene Fragen über den Beruf der Marktforscherin. Zugänglich und aufgeschlossen. Tiefe, rassige Stimme, einschmeichelnder Tonfall. Nadine gibt möglichst ausweichende Antworten. Sie ist sich sicher, dass er sie hässlich und schlampig findet, aber viel zu gut erzogen ist, um es durchblicken zu lassen. Während er sich in der Küche zu schaffen macht, lässt Manu ihrer Vorfreude freien Lauf: «Scheiße, der Boden ist ja ganz weiß, das wird 'ne geile Riesensauerei, wenn wir ihn abschlachten.»

Er kommt zurück, stellt ein Tablett mit Kaffee auf einen niedrigen Rauchglastisch. Kaum vorstellbar, dass er etwas verschüttet, eine falsche Bewegung macht. Ein solcher Mann verliert nicht die Kontrolle. Auf seiner Haut steht groß geschrieben: «Ich respektiere meinen Körper, ich ernähre mich seit meinen zartesten Kindertagen gesund, ich bumse gut, am liebsten erstklassige Weiber, die ich beim Vögeln oft zum Schreien bringe, ich habe eine Arbeit, die mich erfüllt, das Leben meint es gut mit mir. Ich bin schön.» Von der Sorte, die sich schon nach dem Wachwerden sehen lassen kann, entgegen allen Gesetzen des Verkatertseins. Zu allen gängigen Regeln bildet er die Ausnahme. Mag der Balanceakt auch manchmal schwierig sein, er steht über den Dingen. Lässig und eingebildet.

Nadine wundert sich, wie Fatima einen so wichtigen Punkt einfach verschweigen konnte. Warum hat sie ihnen nicht gesagt, dass sie es mit einem Superhelden aufnehmen müssen?

Als er sich setzt und zu ihnen wendet, bereit für den Fragebogen, holt Nadine ihren Smith and Wesson hervor und zielt auf ihn. Sie weiß immer noch nicht, nach welcher Strategie sie vorgehen soll. Sie zieht die Augenbrauen zusammen und geht ein wenig dichter heran, damit sie möglichst gut sehen kann, wie sich dieses Gesicht bei dem Anblick einer Knarre verändert. Er schaut sie fragend an. Angst und Panik sind für ihn derart fremde Empfindungen, dass er spontan gar nicht darauf kommt.

Manu gießt sich eine Tasse Kaffee ein, füllt noch eine zweite, schiebt sie Nadine hin und fragt Monsieur höflich, ob er nicht trotz allem auch eine wolle. Er nickt kleinlaut, sie schüttelt den Kopf.

«Du kannst mich mal, Arschloch, du kriegst nichts.»

Sie lacht herzhaft, zieht die Knarre aus der Gesäßtasche, hält sie nur mit einer Hand, während sie mit der anderen trinkt, ohne ihn direkt ins Visier zu nehmen. Sie lässt ihn nicht aus den Augen und sagt zu Nadine: «Den hier kann so schnell nichts erschüttern. Jetzt verstehe ich besser, was du mit angstverzerrten Gesichtern gemeint hast. Bei dem hier bin ich ganz schön ungeduldig zu sehen, wie seine Augen riesengroß werden und er sein Hemd voll Eingeweide schmiert.»

Sie bricht ab und starrt ihn schweigend an. Ihr Gesichtsausdruck ist verzerrt, krankhaft und finster. Nachdenklich stößt sie mit der Zunge gegen den Lauf ihrer Knarre. Der Monsieur hat sich nicht bewegt, nicht einmal mit der Wimper gezuckt. Ihr fällt ein, dass sie aufpassen muss; sollte der Schuss losgehen, dann direkt in ihren Mund. Doch den Lauf zu lecken ist auch eine vollkommen neue, sehr verlockende Idee. Sie sagt mit lauter Stimme: «Ich hätte total Bock, es mir mit dieser Knarre zu besorgen. Vielleicht lebst du ja noch lange genug, um das zu sehen, du Wichser.»

Nadine überlegt, dass sich aus dem Gegensatz zwischen Manu, die das Tierische heraushängen lässt, und ihr selbst, die sich eher als die Dame vom Protokoll aufführt, echt was machen lässt. Vielleicht ein wenig zu simpel. Aber etwas Besseres fällt ihr nicht ein. Sie steht auf, inspiziert die Bücherregale, fest entschlossen, die Rolle der sympathischen Neurotikerin leicht zu überziehen. Manu hält ihm aus nächster Nähe die Knarre unter die Nase.

Nadine schickt ein Stoßgebet gen Himmel, Manu möge doch kapieren, dass sie ihr Spiel auf dem Kontrast aufbauen möchte, es mit der Bullentaktik versuchen will.

Vorsichtig nimmt sie ein Buch aus dem Regal. *The Stand.* Schweigend blättert sie darin. Sie muss loslegen, zu sprechen anfangen. Kommt immer gut, sich Zeit zu lassen, damit die Angst Gestalt annimmt. Aber nur wenige Sekunden zu viel, und die Sache ist ausgereizt. Man kommt nicht einfach zu den Leuten ins Haus und setzt ihnen die Knarre auf die Brust, wenn man ihnen nichts zu sagen hat. Sie stellt das Buch an seinen Platz zurück. Aus der unteren Regalreihe zieht sie *Der Idiot* und fragt mit abwesender Stimme, als sei sie ganz in die Lektüre des Klappentextes vertieft: «Haben Sie schon von uns gehört?»

«Ich fürchte ja.»

«Wie meine Kollegin schon sagte, gefällt mir beim Morden vor allem der Gesichtsausdruck der Opfer. Dieser entsetzte Blick. Es ist unglaublich, wie weit ein Mund aufgerissen werden kann, wenn er schreit. Faszinierend, was der Schrecken noch aus dem langweiligsten Gesicht machen kann.»

Sie macht eine Pause, stellt das Buch an seinen Platz zurück. Sie weiß nicht genau, worauf sie hinauswill. Er hört ihr aufmerksam zu, hat sich nicht einmal bewegt.

Sie hat mal gelesen, dass Serienkiller töten, weil sie nicht kapieren, dass ihre Opfer Menschen sind; wenn ihnen klar wäre, dass sie einen Namen und eine Identität besitzen, könnten sie nie so kaltblütig töten. Bei den Unmengen an Schwachsinn, die in seiner Bibliothek stehen, hat er garantiert schon mal was über die Psychologie des Serienmörders gelesen. Mit etwas Glück war die Beschreibung sogar recht treffend. Eine plumpe Falle. Etwas Besseres fällt ihr jedoch nicht ein, also gibt sie sich damit zufrieden und fährt fort: «Sie haben Geschmack. Vor allem, was Literatur angeht, soweit ich das beurteilen kann. Es fällt mir schwer, einen Mann zu hassen, der Ellroy im Original liest und die Gesamtausgabe von de Sade besitzt. Auf jeden Fall ist es sonderbar, wie Sie sich von unseren bisherigen Bekanntschaften unterscheiden.»

Sie setzt sich ihm wieder gegenüber und lächelt. Nicht so, als sei er ihr ausgeliefert, sondern sehr erfreut, ihn kennen zu lernen.

Er erwidert ihr Lächeln. Sie ist überzeugt, dass er sie grotesk findet, es sich aber nicht anmerken lässt. Schließlich muss man sich hüten, an den empfindlichen Stellen bewaffneter Leute zu rühren. Vielleicht will er sie auch besänftigen. Sie weiß nicht, wie sie sein Verhalten deuten soll. Sie weiß nicht wohin mit ihrem Körper, wenn sie ihm so gegenüber sitzt. Riskante Sache. Bloß nicht zeigen, dass er sie aus dem Konzept bringt. Letztendlich befindet sie sich ja doch auf der richtigen Seite der Knarre.

Warum ist er nur so entspannt? Vielleicht spürt er, dass sie Panik bekommt, und amüsiert sich innerlich darüber.

Er sieht sie eindringlich an, nach wie vor lächelnd. Er ist intelligent genug, um zu spüren, dass sie umschmeichelt werden möchte. Das möchte sie wirklich. Sie möchte seine Anerkennung und fürchtet zugleich, sie nicht zu verdienen.

Sie hat Lust auf ihn.

Sie spricht sanft und ruhig, als habe sie die Situation vollkommen im Griff:

«Es gibt da noch einen zweiten Unterschied zwischen unseren bisherigen Opfern und Ihnen, auch dieser recht schwerwiegend. Wir haben noch nie jemanden des Geldes wegen getötet. Manchmal haben wir uns auf die Schnelle bedient, weil es sich anbot und um die Unkosten zu decken. Ich finde es erschreckend vulgär, ein Motiv zum Töten zu haben. Das ist eine Frage der Ethik. Darauf lege ich Wert. Großen Wert. Die Schönheit einer Geste, ich messe der Schönheit einer Geste sehr große Bedeutung bei. Sie muss selbstlos bleiben. Doch zu Ihnen sind wir wegen einer Geldangelegenheit gekommen. Wir haben vor zu verreisen, meine Kollegin und ich. Spontan haben wir Lust bekommen, uns die Welt anzuschaun.»

Manu, die sich aus der Szene ausgeklinkt hat, um die Bar zu durchwühlen, mischt sich unvermittelt ein: «Und den Eingeborenen die Hoden zu erleichtern.»

Nadine lächelt nachsichtig und schaut zu ihr hinüber. Als habe sie sich daran gewöhnt, mit einer geistig Zurückgebliebenen zu reisen. Dann lächelt sie Monsieur an, als wolle sie sagen: «So ist sie nun einmal, aber trotzdem eine Seele von Mensch, machen Sie sich nichts draus.» Er erwidert ihr Lächeln mit Nachdruck. Sie verstehen sich. Entweder spielt er seine Rolle wirklich gut, oder er hört ihr tatsächlich aufmerksam zu und meint, die Hauptfigur voll zu verstehen. Phantastisch und köstlich brutal, sehr literarisch eben.

Sie kommt zum Schluss, selten hat sie sich so bemüht, gelassen und selbstsicher aufzutreten. Als wolle sie aus allen Poren ihrer Haut Friedenswellen ausstrahlen.

«Das Problem ist sehr einfach. Im hinteren Teil des angrenzenden Zimmers haben Sie einen Tresor. Sie haben ihn hinter einem Bild von Tapiès versteckt. In diesem Tresor befinden sich Edelsteine. Sie verfügen nämlich über so viel Geschmack, sich für Edelsteine zu interessieren. Ein Mann mit Ihren Qualitäten würde sich niemals damit zufrieden geben, an der Börse zu spekulieren ...»

«Ich liebe die Schönheit, das haben Sie anscheinend verstanden.»

Sie ist verdutzt. Das war seine erste Äußerung, und er hat sie wie ein perfekter Gentleman vom Stapel gelassen. Salongespräch, man plaudert. Unter Leuten, die sich verstehen und einander zu schätzen wissen.

Daher fährt sie im nämlichen Plauderton fort: «Diese Diamanten interessieren uns aus sehr prosaischen Gründen, sie ermöglichen uns nämlich eine Reise. Und nebenbei auch, unsere Haut zu retten. Wir wissen nicht, wie man Tresore öffnet. Wir sind also darauf angewiesen, dass Sie es tun. Lassen Sie uns also einen Pakt schließen: Sie überlassen uns die Steine, und wir tun Ihnen nichts. Ich gebe Ihnen mein Ehrenwort. Wie viel das wert ist, müssen Sie selbst beurteilen.»

Sie hat ihr Bestes getan. So viel geblufft, wie eben ging. Sie hat Lust abzuhauen. Sie ist überzeugt, dass es nicht so ablaufen wird, wie sie es sich wünscht.

Er schlägt die Beine übereinander, denkt einen kurzen Moment nach. Manu kommt wieder ins Zimmer, eine Flasche Glenn Turner in der Hand, die sie am Flaschenhals hält. Sie bringt es auf den Punkt: «Wenn du deinen Scheiß-Tresor jedoch nicht aufmachst, du Arsch, dann ist es mir scheißegal, ob du was weiß ich wen gelesen hast, und ich werde mir einen Spaß daraus machen, dir deine reglose Schwachsinnsfresse in Stücke zu reißen.»

Sie dreht sich zu Nadine und fügt hinzu: «So wird niemand behaupten können, wir hätten ihn für Geld umgelegt, wenn es das ist, was dir Sorgen bereitet. Die Ehre bleibt also unangetastet.»

Nadine stimmt ihr zu, der Architekt wirft ihr einen besorgten Blick zu. Kaum merklich, denn er ist noch weit davon entfernt, in Panik zu geraten.

Schließlich hebt er zum Zeichen seiner Machtlosigkeit die Arme und sagt: «Ich glaube, Sie lassen mir keine andere Wahl. Wenn Sie mir bitte folgen würden.»

Manu hängt sich an ihn dran, die Waffe berührt seine Schulterblätter. Nadine bildet das Schlusslicht. Er wendet sich an sie, als ob niemand Weiteres zwischen ihnen stünde. Sehr mondän. Er hat keine Angst. Jedenfalls lässt er es sich überhaupt nicht anmerken.

«Ich lese sehr wenig Zeitung und habe keinen Fernseher. Ich nehme an, Sie verstehen es, dass man sich weigert, Fernsehen im Haus zu haben.»

Sie versteht nichts. Vor allem nicht, worauf er hinauswill. Er versucht, sie einzulullen, er hat einen Plan im Hinterkopf. Er spinnt den Gedanken weiter: «Aber von Ihnen beiden habe ich gehört, das hat mich neugierig gemacht ... Ich hatte Sie mir anders vorgestellt ... Um ehrlich zu sein, hatte ich nicht damit gerechnet, Ihnen zu begegnen.»

Sie gehen in das Zimmer nebenan. Nadine beobachtet, wie er das Bild an der Wand zur Seite schiebt. Hat sie es sich jemals von einem solchen Kerl der Spitzenklasse besorgen lassen? Als Nutte ist sie schon zu den Eleganten gegangen, um sich in den Arsch ficken zu lassen. Aber keiner von denen hat sich ihr gegenüber je so verhalten, hat sich Mühe gegeben, sie zu verführen. Das ewige, große Spiel. Dieser Typ da möchte ihr gefallen. Jedes Mal, wenn sich ihre Blicke begegnen, achtet er darauf, dass es glühend und leidenschaftlich aussieht, genau dieses Gefühl will er vermitteln.

So einfach kann es doch nicht sein. Irgendetwas wird schief gehen. Sie klammern sich an ihre Waffen, angespannt und konzentriert. Haben alle beide nur einen Gedanken im Kopf: «Was fällt ihm ein, so aus der Rolle zu fallen, was steckt dahinter?»

Der Tresor sieht genauso aus, wie sie es sich vorgestellt haben: sehr dunkles Grau mit kleinen, im Dreieck angeordneten Zahlenrädchen. Ehe er einen der Knöpfe betätigt, mustert er Nadine und sagt: «Mir ist noch nie eine Frau begegnet, die Ihnen ähnelte. Ganz bestimmt gibt es überhaupt niemanden, dem Sie ähneln. Was Sie machen, ist ... schrecklich brutal. Sie müssen sehr viel gelitten haben, um in solche Extreme zu verfallen, so mit allem zu brechen. Ich weiß nicht, welche Wüste Sie durchquert haben, ich weiß nicht, was mich dazu treibt, Ihnen zu vertrauen. In der Tat, der Handel, den Sie mir vorschlagen, ist einfach, und ich vertraue Ihnen blind. Sie erscheinen mir so wunderschön, bis in Ihr Innerstes.»

Er lacht, ein kleiner, schrecklich raffinierter Lachanfall, und schüttelt dabei den Kopf: «Was sind Sie doch für eine Persönlichkeit! Wir kennen uns kaum, aber für mich ist es wirklich eine einzigartige Begegnung. Ich kann mir nicht versagen ... fürchterlich fasziniert zu sein. Es gibt da noch andere Pakte, die ich sehr gerne mit Ihnen schließen würde.»

Er dreht an den kleinen Knöpfen, ganz ohne Eile, in Gedanken versunken.

Nadine hat nicht mal mit der Wimper gezuckt. Er kokettiert. Sie traut ihren Augen nicht. Wird er am Ende vorschlagen, ihr mal schnell mit der Zunge durch die Spalte zu fahren, so für unterwegs? Er ist dazu in der Lage. Er ist verrückt. Ganz in seinen Flirt mit einer gefährlichen Frau vertieft, in sein Geplauder mit einer Killerin.

Nadine betrachtet seine Hände. Weiß und feingliedrig, die Finger leicht gekrümmt, durch die Haut kann man die Adern sehen. Geschickte, wachsame Hände. Sie stellt sich vor, wie diese Hände in sie eindringen. Wie sich dieses Gesicht, so makellos und ebenmäßig, über sie beugt. Er trägt eine Kette aus sehr feinem Gold. Dieser Mund auf ihrer Haut.

Bei ihm würde sie sich für ihren Körper schämen. Unter den Zärtlichkeiten eines Liebhabers von diesem Kaliber würde ihre Haut fettig wirken, voller Haare, wie bei Küchenschaben, ihr ganzer Körper runzelig und rot. Ekel erregend.

Er fragt: «Ich habe mich übrigens gar nicht erkundigt, wie Sie auf mich verfallen sind.»

«Ihnen ist doch wohl klar, dass diese Frage unpassend ist.»

Manu stößt ihn zur Seite, sobald der Tresor einen Spalt breit offen steht, greift mit beiden Händen hinein und brüllt: «Scheiße, der ist ja voller Klunker, nicht zu fassen, wie er rumgemacht hat, statt es sofort aufzumachen, sein Dingsda.»

Der Monsieur steht vor Nadine, streckt ihr beide Hände hin: «Der Zeitpunkt, mich zu fesseln, ist gekommen, glaube ich.»

Er hat keine Angst. Er hat sich in den Kopf gesetzt, dass sie ihn fesseln wird. Nadine muss darüber lächeln, im Grunde wundert sie das bei ihm nicht. Er würde es sicher sehr zu schätzen wissen, wenn sie ihn richtig fest zusammenschnürte.

Er denkt nicht eine Sekunde daran, dass sie ihm etwas antun könnten. Er streckt seine Handgelenke hin und denkt, der Tag sei wirklich aufregend.

Ob er wohl ein einziges Mal Angst gehabt hat, seitdem sie hereingekommen sind? Ob er sie auch nur eine Sekunde lang ernst genommen hat?

Er gibt es nicht auf, sich um Nadine zu bemühen, sie scheint ihn echt zu inspirieren.

«Es ist nicht der richtige Moment, aber ich bedauere wirklich, dass das Schicksal uns nicht ... unter anderen Umständen zusammengeführt hat.»

Nadine schweigt. Sie stehen sich gegenüber. Sie hat Lust, sich an ihn zu schmiegen, noch einen Moment zu spielen. Er soll höflich zu ihr sein, respektvoll, schön und galant.

Sie sieht ihn sich genau an. Sie hat Lust auf ihn.

Er steht zwei Furien gegenüber, die von sich reden machen, weil sie alles über den Haufen schießen, und plaudert einfach drauflos. Er ist überzeugt, selbst verschont zu bleiben. Sich wieder einmal erfolgreich zu drücken.

Hinter seinem Rücken richtet Manu ihre Knarre auf ihn. Sie sagt: «Dir bringen wir schon noch bei, was es heißt zu verlieren.»

Jetzt wirkt er doch angespannt. Nadine packt ihn am Ohr, zwingt ihn, sich hinzuknien. Er gehorcht, ohne sich zu sträuben. Sie hat den dringenden Verdacht, dass er es irgendwie genießt. Während sie spricht, beißt sie die Zähne zusammen und fährt ihn an: «Aus der Perspektive siehst du schon weniger schön aus, Arschgesicht. Das Schlimmste ist, dass du selbstsicher genug bist, um die Leute zu blenden. Ich war echt in Versuchung, dich am Leben zu lassen. Aber ich glaube, es wird mir gut tun, dich abzuknallen, dabei werde ich echt auf meine Kosten kommen, glaube ich.»

Es hat gedauert, bis bei ihm die Panik ausbrach. Verdammt lange. Aber jetzt steigt sie in ihm auf. Seine Augen flehen, immer lauter bittet er um Gnade. Er versucht, sich aufzurichten, sie schlägt ihn mit dem Kolben ihrer Knarre, gibt ihm zu verstehen, dass sich das alles auf Knien abzuspielen hat. Sie wendet sich an Manu, die ganze Anspannung, die sie bisher zurückgehalten hat, bricht aus ihr hervor, und sie ist ziemlich hysterisch: «Der nimmt uns nicht für voll, dieser Arsch nimmt uns nicht für voll.»

Sie versetzt ihm einen Fußtritt ins Gesicht. Geht einen Schritt zurück, um ihn in Ruhe anzuschauen. Er plärrt und schluchzt dabei laut auf. Manu beugt sich über ihn, streichelt ihm den Nacken und wiederholt zärtlich: «Wir sind doch nur vorbeigekommen, um dir beizubringen, was es heißt zu verlieren.»

Er fleht sie an, sie solle ihn am Leben lassen, klammert sich wie ein Kind an Manu und stammelt: «Töten Sie mich nicht, ich bitte Sie, töten Sie mich nicht.»

Sie erhebt sich wieder und sagt voller Verachtung: «Nein, ich töte dich nicht.»

Er sackt schluchzend auf dem Boden zusammen, sie geht von ihm weg und meint im Vorübergehen zu Nadine: «Dicke, leg mir mal diesen Arsch um.»

Nadine visiert ihn im Profil an, mit ausgestrecktem Arm. Die Kugel trifft ihn am Nasenansatz. Der Körper wird durchgeschüttelt, bleibt reglos liegen. Er ergießt sich wie ein versehentlich aufgerissener Müllbeutel, roter, glänzender Müll quillt aus ihm hervor.

Manu räumt den Tresor komplett leer. Sie hat die Arme voller Beutel und Papiere und meint: «Erstklassig, wie du schießt, nur mit einer Hand und ganz geradeaus. Sehr racheengelmäßig, gefällt mir. Du machst Fortschritte, Dicke, Glückwunsch.»

Dann übergibt sie Nadine alles, was sie in den Armen hält, die Kleine hat eine Idee und freut sich schon im Voraus. Sie zieht sich die Hose runter, hockt sich über den Kopf des Architekten und pisst auf ihn, bewegt den Hintern hin und her, damit er überall im Gesicht was abbekommt. Die goldgelben Tropfen vermischen sich mit dem Blut auf dem Boden und verleihen ihm eine schöne Färbung. Absolut unpassend. Sie säuselt albern: «Da, Liebling, nimm, was du verdienst.»

Nadine schaut ihr zu. Findet es sehr gelungen. Sie denkt sich, dass er die Ehrung sicherlich zu schätzen gewusst hätte.

KAPITEL 26

Sie schließen die Tür zu dem Zimmer, in dem sich der Tresor befindet, wühlen alles durch, stoßen Dinge um oder machen sie kaputt. Binnen weniger Minuten hat der Raum seinen Glanz verloren. Darüber sehr erleichtert sagt Nadine: «Das ist wirklich alles nur aufgemalte Angeberei: Drei Fußtritte, zweimal richtig ausgeholt, und schon war's das.»

Sie reihen die Alkoholika auf dem niedrigen Tisch auf, plündern den Gefrierschrank und kloppen sich um die Fernbedienung.

Sie diskutieren den Fall des Architekten in allen Einzelheiten. Manu fragt schließlich: «Du warst geil darauf, dass er dich vögelt, stimmt's?»

«Ja. Ich hatte richtig Bauchweh.»

«Du hättest es ruhig versuchen können, er war durchgeknallt genug, um es witzig zu finden. Er war verschroben, dieser Typ, total verschroben … Hattest du echt vor, ihn laufen zu lassen?»

«Ich weiß nicht. Ich glaube, ja.»

«Tut es dir Leid?»

«Natürlich nicht. Ganz im Gegenteil, dieses leichte Zögern war unwürdig. Aber was hättest du denn gesagt, wenn ich dich gebeten hätte, ihn zu verschonen?»

«Nichts hätte ich gesagt. Ich bin nicht so blutgeil, dass ich deshalb deine Libido vernachlässigen würde ... Von einem gewissen Standpunkt aus wäre es mir natürlich gegen den Strich gegangen, ich will da jetzt nicht mein marxistisches Sprüchlein aufsagen, aber ich hätte es moralisch nicht okay gefunden, den einzigen richtigen Großkotz, der uns vor die Flinte läuft, zu verschonen.»

«Es hat mir gefallen, wie er mit mir gesprochen hat. Sehr salonreif.»

«Du bist aber auch immer die dienstbeflissenste Sau im Stall. Bereit, dich im erstbesten Zeichen von Zuneigung zu suhlen, das man für dich über hat, erst recht, wenn es von Reichen stammt. Der war zum Ans-Bein-Scheißen, dieser Idiot, einfach zum Ans-Bein-Scheißen. Oder halt zum Draufpinkeln ...»

«Kann sein. Unterm Strich bin ich ja auch froh, die Farbe seines Blutes gesehen zu haben.»

Wenn sie zu viel gegessen hat, legt sich Nadine auf den Rücken und wartet, dass die Bauchschmerzen aufhören. Manu geht aufs Klo, kotzt, kommt zurück und frisst weiter. Die Kleine bemerkt zum Abschluss: «Morgen treffen wir uns mit Fatima. Und dann machen wir die Biege. Nicht zu fassen, alles wird nach Plan verlaufen.»

«Das ist trotzdem komisch, wirkt nicht gerade real. Das ist unsere letzte Nacht.»

«Wir müssen doch nur einen einzigen Schritt nach vorne treten.»

Als Manu zum Sprechen zu besoffen ist, dreht Nadine die Lautstärke voll auf. Der Garten ist riesengroß, also besteht keine Gefahr, dass die Nachbarn sich über den Lärm beschweren. Sie steht vor der Anlage, wiegt sich in den Hüften und singt lauthals:

Too many troubles on my mind. Refuse to loose.

Sie betrachtet sich in einem Spiegel, findet sich schön. Ist das erste Mal, dass sie das bei ihrem Anblick denkt. Aber jetzt stimmt es, denn außer ihr gibt es niemanden mehr, der das zu beurteilen hätte. Sie braucht sich nicht mehr zu überlegen, was wohl ihr Flurnachbar dazu meint. Sie ist mit allen Flurnachbarn der Welt fertig.

Sie liegt bäuchlings vor dem Fernseher und legt eine Pornokassette ein, die sie zwischen einem Buñuel und einem Godard gefunden hat. Den Fernseher hat sie voll aufgedreht, so kann sie gleichzeitig den Video und ihre Kassette anhören.

Sie schiebt einen Sessel in die Nähe des viereckigen Bildschirms. Zwei Mädchen, die eine brünett und die andere blond, blasen einen Kerl. Die Blondine ist die Hauptakteurin und bearbeitet ihn frenetisch. Der Brünetten bleibt keine Gelegenheit mehr, auch nur ein einziges Mal die Zunge anzusetzen. Da fängt sie also an, sich daneben zu knien und sich die Brüste zu befummeln.

Manu kommt mit Mühe wieder zu sich, streckt die Hand aus, damit Nadine ihr die Flasche Scotch reicht. Sie schiebt ihren Sessel neben den von Nadine und kräht los: «Was für eine Schwanzfixierte, die Blondine, ich möchte nicht die andere sein, die hat ja nur 'ne Statistenrolle.»

Sie zieht sich die Hose aus, macht es sich bequem. Sie streichelt sich, behält ihren Slip dabei an, befriedigt sich ohne große Begeisterung, der Film überzeugt sie nicht.

Dann lassen sich die beiden Mädchen nebeneinander auf alle viere nieder, und der Typ bumst sie abwechselnd durch.

Nadine kniet in ihrem Sessel, eine Hand zwischen den Schenkeln. Sie schaut den Fernseher an, dann Manu, sie lässt den Kopf nach hinten fallen.

What you do when you want to get thru. What you do when you just can't take it. What you do when you just can't fake it anymore.

Ordentlich um den Tisch herum angeordnete leere Flaschen. Sie sind zu betrunken, um auch nur ein Wort miteinander zu wechseln, jede hängt in ihrer Ecke ab, befriedigt sich und lässt ihre Gedanken treiben. Auf dem Bildschirm rekelt sich das Trio und veranstaltet einen Riesenkrach. Sie schlafen noch vor dem Filmende ein, von dem Heidenlärm in den Schlaf gewogen, total breit vom Alkohol.

KAPITEL 27

Am nächsten Tag duschen sie und trinken jede Menge Orangensaft. Als ob das etwas ändern könnte an ihrem Kater. Am Ende machen sie doch eine am Vorabend verschonte Flasche Whisky auf. Erst müssen sie sich noch etwas zwingen, dann geht es automatisch.

Nadine spult ihre Kassette im Rekorder zurück und dreht die Lautstärke auf. Sie hält ihre Flasche mit beiden Händen fest und trinkt wie ein Affe, sich dabei von vorne nach hinten wiegend.

Dans les flammes, dans le sang, riant du pire, pleurant de joie, tous les vampires gardent la foi, crever les yeux pour de rire, violer et se souvenir. L'essence même du mal.

Manu lackiert sich die Nägel dunkelrot. Sie pustet drauf, damit es schneller trocknet.

In der Garage des Hauses steht ein schwarzer Renault. Sie suchen nach den Schlüsseln und finden sie in der Tasche einer Jacke, die im Flur hängt.

Sie haben den Schmuck, die Münzen und die Diamanten in eine Supermarktplastiktüte gefüllt.

Nadine hat sich einen schwarzen Sommeranzug von dem Architekten geborgt, weißes Hemd und schlecht gebundene Krawatte. Die Schuhe sind zu groß für sie, also zieht sie ihre Turnschuhe an. Sie hat ihre Augenbrauen mit schwarzem Kajalstift nachgezogen. Mit ihrem kurzen Haar sieht sie wirklich wie ein Kerl aus und wundert sich, dass sie darauf nicht eher gekommen ist.

Draußen knallt ihnen die Sonne ins Gesicht. Blendet sie stark. Ein brennender, niederdrückender und wohltuender Schlag. Schade, dass sie den Nachmittag nicht im Grünen verbringen können.

Sie fahren mit weit geöffneten Fenstern. Nadine denkt an das Haus, das sie soeben zurückgelassen haben.

«Dieser Kerl ist wirklich mein Lieblingsopfer. Einer, der eingekeilt zwischen seinen Büchern lebt, begraben unter Schallplatten und Videokassetten. Widerlich. Einer, der durchgeknallte Schriftsteller, missachtete Künstler und degenerierte Nutten mag ... Mit einer Schwäche für alphabetisch angeordnete Dekadenz. Ein guter Zuschauer, bei bester Gesundheit. Einer, der das Genie der anderen zu schätzen weiß, aber nur mit Sicherheitsabstand. Alles immer in Maßen. Keine Schlaflosigkeit, jederzeit ein reines Gewissen. Was wir bei ihm veranstaltet haben, ist moralisch einwandfrei.»

«Über Geschmäcker und Farben wird hier nicht gestritten. Mir sind eben Bullenleichen lieber.»

Nadine dreht die Lautstärke auf. Sie fährt inzwischen richtig gut. Der Anzugstoff kratzt ein wenig.

Tall and reckless, ugly seed. Reach down my throat you filthy bird, that's all I need, the empty pit, ejaculation, tribulation. I SWALLOW. I SWALLOW.

KAPITEL 28

Sie kommen viel zu früh in der Nähe von Nancy an. Auf der Höhe von Toul halten sie bei einem entlegenen Lebensmittelgeschäft am Straßenrand. Ein Laden, bei dem man tanken kann und wo es Alkohol und Fressalien gibt. Man könnte fast meinen, in einer kleinen, sattgrünen Miniaturausgabe von Texas zu sein.

Aus dem Autoradio brüllt es.

Je voudrais pouvoir compter sur quelqu'un. Je voudrais n'avoir besoin de personne.

Nadine stellt den Motor ab. Sie erinnert sich daran, wie sie dieses Lied gehört hat und dabei an ganz andere Dinge gedacht hat. Bevor ihr Manu begegnet ist, in einer längst vergangenen Epoche, als sie sich einsam fühlte.

Die Kleine brüllt: «Verdammt, hab ich 'n Durst! Scheiße, in Sachen Alkohol haben wir uns an einiges gewöhnt. Eine Flasche Whisky am Morgen geht bei uns weg wie nix.»

Sie veranstaltet Luftsprünge auf dem Parkplatz. Sie sieht sich um und fängt wieder an zu brüllen: «Scheiße, echt geil, die Ecke. Wo wir viel zu früh dran sind, können wir uns noch im Wald die Beine vertreten. Echt geil, so 'n Wald, findste nicht?»

Die Sonne knallt immer noch und sticht auf der Haut. Nadine spürt die Knarre im Inneren ihrer Jacke, ein reales und angenehmes Gefühl.

Manu betritt den Lebensmittelladen, ohne auf sie zu warten. Nadine trödelt ein wenig herum und betrachtet sich in den Fensterscheiben des Autos. Sie sieht wirklich wie ein Kerl aus, sogar wie einer, der Klasse hat.

Das Lebensmittelgeschäft befindet sich in einem Raum mit niedriger Decke, ein großer Raum auf einer einzigen Etage. Die Türen stehen weit offen, und drinnen ist es schummrig. Nadine kommt näher. Schon von weitem sieht sie, wie Manu ihre Knarre herausholt, nur schattenhaft, denn sie befindet sich im Gegenlicht. Ein Knall. In dem Moment, als sie an der Tür ankommt, schwankt Manu. Ein zweiter Knall. Nadine betritt den Laden, sieht schemenhaft jemand am anderen Ende des Ladens stehen. Sie schießt dreimal. Der Schatten sackt sanft in sich zusammen, ohne auch nur zu widersprechen.

Nadines Augen gewöhnen sich an die Dunkelheit. Manu liegt auf dem Boden. Nadine hat inzwischen genug Leichen gesehen, um zu wissen, wie das aussieht. Und um zu verstehen, dass, wenn solche Mengen Blut aus der Kehle fließen, es wirklich eine ist.

Auch Manu ist jetzt wirklich eine Leiche.

Sie kann sich nicht dazu durchringen, sich zu ihr runterzubeugen.

Im Übrigen ist es auch gar nicht notwendig, sich zu vergewissern, ob sie wirklich tot ist.

Sich zu vergewissern, dass sie tot ist. Nicht notwendig.

Sie zählt alle Einzelheiten zusammen, die sie mitbekommen hat, und ihr wird klar, dass Manu – warum, wird sie niemals wissen – auf den Typ geschossen hat, der den Laden führte. Und dieser Typ hatte ein geladenes Gewehr und hat keine Sekunde gezögert. Warum, wird sie nie erfahren.

Mechanisch denkt sie nach. Aber nichts kommt bei ihr an, Gefühlsleere. Ein Teil ihrer selbst rekapituliert die Tatsachen. Rein klinischer Vorgang. Ein anderer Teil hat sich ausgeschaltet. Sie will gar nicht, dass dieser Teil den Betrieb wieder aufnimmt. Sie hat gar keine Lust zu erleben, was nun kommen wird.

Manu liegt in der Mitte des Raums. Von oben betrachtet wie zu Boden geworfen, blutbeschmiert. Der Kopf durch eine leuchtende Wunde vom Rumpf getrennt.

Nadine leert die Kassenschublade. Sie ist absolut ruhig. Sie spürt, wie es in ihr hochsteigt, sie spürt es in ihrer Kehle rumoren.

Dann und wann wirft sie einen Blick auf den kleinen, in der Raummitte liegenden Körper. Beim Hinfallen hat sie nichts umgeworfen.

Ihr ist kalt.

Oberhalb der Wunde zeigt Manu noch immer ihr wildes Lächeln.

An was sie wohl im letzten Moment gedacht hat?

Jedenfalls hat sie darüber lächeln müssen. Im letzten Moment.

Sie kann sie da nicht liegen lassen, mit ihren kalkweißen Beinen und diesem verzerrten Grinsen. Ihren Haaren, die so kurz sind, dass man ihren Schädel sieht.

Ihre Gedanken drehen sich im Kreis, sie kann kaum schlucken. Sie zittert vor Kälte und ist schweißgebadet. Sie zieht eine Decke aus einem Regal. Sie wickelt die Leiche ein und hat Angst, der Kopf könne sich vom Oberkörper lösen. Bis auf das eine Mal bei Fatima sind sie sich nie so nahe gekommen. Es tut ihr schlicht und einfach Leid, sie niemals in den Arm genommen zu haben.

Genau als sie daran denkt und es blöd findet, kommt es ihr in der Kehle hoch, und sie kommt wieder zu sich.

Sie setzt Manu auf die Rückbank des Autos, geht zurück in den Laden und holt mehrere Flaschen Whisky. Sie weint geräuschlos, weint so, wie sie sonst atmet. Sie lässt den Motor an, versucht zu zählen, seit wie viel Tagen sie zusammen sind. Leert eine halbe Flasche Whisky und legt den ersten Gang ein.

Besoin de personne.

Sie macht die Musik etwas leiser. Fragt laut: «Was war denn das Letzte, was wir uns gesagt haben?»

Man kann nicht verstehen, was sie sagt, weil sie nicht aufgehört hat zu schluchzen. Sie wiederholt: «Das Letzte, was wir uns gesagt haben, verdammt, was war das denn?»

Zusammenprall im Innern, sie kramt in ihrem Gedächtnis, doch es gelingt ihr nicht, sich zu erinnern. Sie fährt zum Wald rauf, vor Sonnenschein und Tränen sieht sie nichts.

Sie hält etwas weiter oben an. Sie schwankt beim Aussteigen. Die Bäume sind sehr grün, und das Licht ist schön.

Sie zieht Manu, so gut es geht, aus dem Auto. Sie hat Angst, dass der Kopf sich löst, sie hält sie ganz vorsichtig, damit er weiterhin auf dem Rumpf sitzt. Diesen Anblick will sie sich ersparen. Sie legt sie auf den Boden. Breitet die Decke aus. Diese kostbare Leiche. Sie knöpft Manus Bluse auf. Der unberührte, weiße Unterleib, fast die Haut einer Lebendigen. Zermalmt bis zum Kinn. Dann das Gesicht, unberührt. Viel fehlt gar nicht.

Weil sie in der letzten Zeit so viele gesehen hat, ekelt sie sich vor dem verstümmelten Körper eigentlich nicht. Sie streichelt Manu an der Schläfe, bemüht sich, die Haltung zu bewahren, will ihr noch etwas sagen: «Ich werde dich hier lassen. Ich hoffe, dass es für dich genauso gut wie für mich war. Ich hoffe, dass es dir genauso gut getan hat wie mir. Ich werde dich hier lassen.»

Sie macht eine erste Flasche Whisky auf, trinkt davon so viel sie kann in einem Zug. Beim Schlucken erstickt sie fast, weil sie gleichzeitig weint. Den Rest der Flasche leert sie über der Kleinen am Boden aus. Küsst sie sanft auf den von Whisky bedeckten Bauchnabel. Sie heult in Strömen, reibt ihre Stirn an diesem Bauch. Durch ihre Tränen hindurch sieht sie die rot glänzenden, unbeweglichen Fingernägel. Sie schüttet eine weitere Flasche über der Leiche aus. Deckt sorgfältig alles ab. Schüttet noch eine dritte Flasche aus.

Wenn sie von nun an daran denkt, wird ihr jedes Mal das Bild genauso vor Augen stehen. Im Unterholz, schönes Licht, der Whisky, der in der Kehle brennt.

Sie denkt an Francis. Das scheint schon in so weite Ferne gerückt. Der Kreis schließt sich. Gott sei Dank, «immer», dieses Wort kann sie in Stunden zählen.

Sie sucht nach ihrem Feuerzeug und zündet eine Straßenkarte an. Hält sie auf Armlänge entfernt, bis sie richtig Feuer fängt. Sie wirft sie auf die Leiche. Auch das stimmte also, der Whisky brennt gut. Die Leiche wird von einer flachen, einförmigen Flamme bedeckt, wie eine tanzende Decke. Das Erste, was Feuer fängt, sind die Haare, knisternd. Der Geruch ist eindringlich. Dann noch ein neuer Geruch, der von Haut. Das erinnert an die flambierten Desserts in den Restaurants.

Nadine lehnt sich an einen Baum, um zu kotzen. Sie schluchzt noch immer, wodurch die Kotze nur stoßweise hervorquillt und sie fast daran erstickt. Sie schluckt Ausgekotztes erneut hinunter und spuckt es sofort wieder aus, sie fällt inmitten der Kotze auf die Knie und versucht noch nicht mal mehr, sich aufzurichten.

Später steigt sie wieder in den Wagen. Dreht das Autoradio voll auf.

The monopoly of sorrow.

Auf der Rückbank ist ein dunkler Blutfleck. Mechanisch überlegt sich Nadine, dass man das auf dem dunklen Bezug kaum sieht.

Sie betrachtet sich im Rückspiegel. Mit ihren verquollenen Augen sieht sie weniger wie ein Kerl aus. Sie entscheidet sich, zu der Verabredung mit Fatima zu gehen.

I went in war with reality. The motherfucker, he was waiting for me. And I lost again.

Es ist noch nicht mal eine Woche her, dass sie sich kennen gelernt haben.

DRITTER TEIL

Sie dreht im Schritttempo eine erste Runde um den Parkplatz. Sie weint nicht mehr. Krämpfe in den Händen, weil sie sich so ans Lenkrad klammert. Sie drückt im Aschenbecher neben dem Schaltknüppel eine Zigarette aus. Steckt sich sofort eine neue an. Lässt den Blick über die Menschenmenge auf dem Parkplatz schweifen. Sie hat Manus Sonnenbrille aufgesetzt. Ihr fällt es schwer aufzupassen, daran zu denken, dass sie unter diesen Leuten nach Fatima sucht. Ihre Gedanken sind ungeordnet und sprunghaft. Ziemlich viel Schwachsinn geht ihr durch den Kopf. Sie mag es, wenn ihr Musik im Kopf herumschwirrt und dort den gesamten Platz einnimmt. *Elle peut tous nous choisir pas besoin de courage.* Das Stück vermischt sich gut mit ihrer eigenen Angst, eine passende Klangrealität. Wie ein äußeres Abbild für das, was sich in ihrem Inneren abspielt. *La peur est là, on ne la voit pas, on ne la sent pas, on peut la sentir sur les routes la nuit. C'est la dame blanche.*

Die Spinne webt ihr Netz zwischen ihr und der Außenwelt und belohnt sie mit Ruhe. Sie hat sich ganz in ihr tiefstes Inneres zurückgezogen.

Sie dreht eine zweite Runde, sie hatten sich in der Nähe der Tankstelle verabredet. Ihr Verstand lässt sie im Stich und bombardiert sie mit wild zusammengewürfelten Bildern von Manu.

Fatima lehnt an einem Straßenschild, die Allee Nr. 6. Tarek

sitzt neben ihr auf dem Boden, eine Plastikcolaflasche zwischen den Beinen. Nadine fragt sich, ob sie wirklich Lust hat, sie zu sehen.

Die beiden kommen auf sie zu. Sie muss wohl sehr merkwürdig aussehen, nach ihrem Gesichtsausdruck beim Näherkommen zu urteilen. Das wird Nadine mit einem Mal klar. Sie bleibt stehen, rührt sich nicht, wartet, bis sie bei ihr sind.

Tarek lächelt sie breit an.

«Ich habe dich gar nicht wieder erkannt.»

Er ist etwas verlegen, weiß nicht recht, was er sagen soll. Er mustert sie mit wachsender Unruhe. Sie mag seine Stimme, aber ihr fällt nichts ein, was sie ihm sagen könnte. Fatima blickt sie an, und ihre Augen sind finsterer als je zuvor. Ohne zu zögern legt sie ihren Arm um sie, um sie zu trösten, und als Nadine wieder zu weinen anfängt, zermalmt Fatima sie fast an ihrer Brust.

Doch dann macht Nadine sich los und sagt: «Es hat sie erwischt, vor einer Stunde. Wegen eines totalen Blödsinns.»

Die Worte kommen nur sehr undeutlich hervor. Sie hat in einem albernen, unpassenden Tonfall gesprochen. Sie möchte nicht reden. Die beiden haben mit alldem nichts zu tun, auch wenn Fatima warm und lebendig ist. Die Spinne hat gute Arbeit geleistet, das Netz ist fester und undurchlässiger als eine Mauer. Ein Teil ihres Gehirns hat sich einfach losgelöst und sieht ihr unbeteiligt zu. Aufrecht gehen und nichts mehr sagen, Tarek zum Auto folgen.

Sie weint nicht mehr. Sie ist wie betäubt und müde. Sie lässt sich fahren. Tarek setzt sich mit ihr nach hinten, spricht leise zu ihr. Er erklärt ihr, dass sie zu einem Self-Service-Motel fahren, wo sie absolut in Sicherheit ist und sich um nichts kümmern muss. Er fragt sie, ob sie etwas trinken möchte.

Sie möchte, dass er sie in Ruhe lässt, aber sie sagt nichts. Sie schaut aus dem Fenster. Sie fühlt sich weit von dieser Welt entfernt, ist außerstande, sich an ein Zeichen zu erinnern, mit dem sie sich diesen Leuten verständlich machen könnte.

Draußen sind die Häuser grau, da hilft auch die gleißende Sonne nicht, wirklich kein überwältigendes Farbspiel. Am Straßenrand lassen Leute ein Protokoll aufnehmen, sie sind sich gegenseitig reingefahren. Ein Junge läuft einem kleineren Jungen hinterher, und man weiß nicht, ob sie spielen oder sich verprügeln wollen. Eine Gruppe Mädchen wartet auf den Bus, sie tragen alle Mini. Sie haben alle die gleichen braunen, glatten Haare. Eine Gruppe Araber diskutiert auf einer Bank, sehen den vorübergehenden Leuten zu und rauchen. Tarek redet nach wie vor auf sie ein.

Nadine fragt plötzlich: «Und Noëlle? Habt ihr sie gefunden?»

Fatima antwortet, sie sei nicht zur Verabredung erschienen. Nadine interessiert sich nicht für das, was sie anschließend erklärt. Durch das Fenster sieht man ein verfallenes Hotel vorüberjagen, ein Restaurant mit einer begrünten Terrasse und Leute in Sommerkleidung, dann eine Schule, wie man sie in den siebziger Jahren gebaut hat, aus grauem und rosa Sperrholz. Die Gitter vor den Geschäftsportalen sind runtergelassen, es muss nach sieben sein.

Ihre Hände bewegen sich unablässig, doch sie achtet gar nicht darauf. Streichen ihre Haare zurecht, öffnen einen Knopf an ihrem Hemd und schließen ihn sofort wieder, legen sich auf ihre Knie, massieren ihren Nacken, setzen ihre Brille wieder auf, reiben ihre Augen. Tarek nimmt ihre Hände in die seinen, umschließt sie fest. Die Geste ist flehend. Er drückt sie noch kräftiger zusammen. Sie schmiegt sich an ihn, klammert sich an ihm fest, versteckt ihr Gesicht in seinem Nacken. Die Berührung seines Körpers tut ihr erst einmal gut, und sie bemüht sich, ganz in ihm zu versinken. Dann lässt sie sich plötzlich zurückfallen. Ihr wird klar, was sie da gerade macht, und sie versteht, dass es sinnlos ist. Sie setzt sich wieder kerzengerade auf ihren Platz. Sie würde ihm gerne etwas sagen, um ihn zu beruhigen. Sie hat keine Lust zu sprechen. Sie kramt ihren Walkman hervor.

Ouverte sur le noir, la nuit, tu peux y voir brûler ses yeux, l'éclat du feu, la peur est une bête qui adore que tu saches pleurer.

Als sie auf dem Parkplatz ankommen, sagt sie: «Hier verabschiede ich mich von euch.» Tarek hält sie am Arm, ihr wäre es lieb, er würde aufhören, sie zu berühren. Er entgegnet fast mechanisch: «Du bist dazu jetzt nicht in der Lage, du bleibst hier. Du schläfst ein wenig, und später sehen wir dann weiter.»

Sie folgt ihnen. Fatima sagt nichts. Sie blickt starr zu Boden und beißt die Zähne zusammen. Sie kommen in einen Raum, so ein Dreierzimmer mit Fernseher.

Sie machen es sich alle drei auf dem großen Bett bequem, schalten den Fernseher ein. Nadines Augen brennen. Sie raucht die Zigaretten und Joints, die man ihr reicht. Der Film heißt *Gibt es einen Franzosen im Saal*. Ein perverser Bulle bietet einer alten Dame einen Rasierapparat an, weil er will, dass sie sich die Scham rasiert, und einer seiner Freunde fotografiert, wie sie es im Stehen treiben.

Schließlich hält sie wieder eine Flasche Whisky in der Hand, und ihr fällt auf, dass der Bruder oder die Schwester daran gedacht haben müssen, ihr welchen zu kaufen. Dabei hat sie gar nicht gemerkt, dass einer der beiden den Raum verlassen hat.

Nadine blickt Fatima an und bemerkt, dass sie auch traurig ist, wirklich traurig, weil Manu nicht da ist und sie Manu nie mehr wieder sehen wird.

Sie wird mit ihrem Bruder abhauen, mit dem Geld von den Diamanten. Sie ist nicht zufrieden. Sie weiß, dass man sie schnappen wird. Nicht unbedingt im Namen des Gesetzes, aber im Namen ihrer eigenen Logik. Sie wird wie ein Hund krepieren, da kann sie sich noch so wie eine Wilde wehren, sie wird wie ein Hund krepieren. Weil es in ihr ist, sie ist für das Elend geschaffen. Sie wird mit dem Gesicht im eigenen Blut liegen, denn jede Geschichte muss ihr schreckliches Ende finden.

Sie fragt Nadine: «Und was hast du jetzt vor?» Aber sie rechnet nicht mit einer Antwort. Sie scheint zu wissen, was passieren wird. Sie dreht sich zur Wand und wird die ganze Nacht mit weit geöffneten Augen darauf warten, dass es Tag wird und sie nach Hause kann.

Tarek zieht seinen Pullover und seine Jeans aus, schlüpft unter die Bettdecke. Nadine fragt sich, warum sie im gleichen Bett schlafen. Rücken an Rücken schlafen sie ein.

In der Nacht wird sie wach. Dumpfer Schmerz, ein Gewicht, das auf ihr lastet. Sie sucht tastend nach der Flasche, ihren Kippen und einem Feuerzeug. Sie setzt ihren Kopfhörer auf: *Caresse la peur.*

Tarek beugt sich über sie, um nach der Schachtel Zigaretten zu greifen. Sie ist enttäuscht, dass er wach geworden ist. Sie weiß, dass sie miteinander schlafen werden und es eigentlich lieber nicht tun sollten. Mit Bedauern nimmt sie ihren Kopfhörer ab.

«Wenn man dir einen Arm amputiert, spürt man den Arm angeblich anfangs noch. Bei mir ist das ähnlich. Sie ist noch da. Deshalb hab ich immer noch ein wenig von ihrem Mut, und ich muss morgen fort.»

Er küsst sie, er umschlingt sie. Er berührt weder ihre Brüste noch ihren Bauch oder ihr Geschlecht, er massiert sie an den Oberschenkeln und Hüften, sie legt ihm die Beine um die Taille. Sie spürt ihn in ihrem Bauch, weil er sich so lange an ihr gerieben hat, ist er wie selbstverständlich in sie eingedrungen. Sie spürt, dass er ihr von seiner Kraft abgeben möchte, ihr etwas von der Last abnehmen will. Sie schwitzen stark, pressen sich aneinander und lecken sich ihre Wunden. Unter ihm lässt

Nadine sich gehen, einen Moment lang ruhig gestellt. Es ist Liebe, die er ihrem Körper einflößen will, und sie öffnet sich, so weit sie kann.

Gleichzeitig tut es ihr Leid. Ihr Körper sperrt sich, sie liegt unter ihm wie lebendig begraben. Übelkeit. Sanft wendet sie sich ab, um der Umarmung zu entgehen. Tarek streichelt ihre Hüfte und legt zärtlich einen Arm um sie. Entschlossen unterdrückt sie die ablehnende Geste, nach der es sie unwillkürlich drängt. Seine warme Haut ist klebrig. Das unschuldige Vertrauen, mit dem er sich ihr nähert, ekelt sie auf brutale Weise an.

Sie wendet sich langsam ab, tut so, als sei sie in einen Halbschlaf versunken. Als er sie mit ernster Stimme fragt, ob sie nicht bei ihnen bleiben wolle, stellt sie sich tief schlafend.

Geduldig wartet sie ab, bis sein Atem regelmäßiger wird, tastet um sich und sucht ihre Sachen zusammen, dann geht sie auf den dunklen Korridor hinaus und kleidet sich eilig an. Das erinnert sie daran, wie sie als Teenager abends heimlich ausgegangen ist. Fieberhafte Angst, erwischt zu werden, wahnsinnige Erleichterung, sobald die Tür hinter ihr ins Schloss gefallen war. Draußen atmet es sich gleich viel freier.

Wie gewöhnlich sorgt der Lärm aus dem Walkman für den richtigen Soundtrack, sie läuft an einer Bundesstraße entlang, kommt an riesengroßen Werbeplakaten vorbei, auf denen Frauen ihre Brust zur Schau stellen.

Aufmerksam horcht sie in ihre Seele, versucht, selbst ihre verborgensten Winkel zu erforschen. Sie sucht nach einem Anzeichen des Bedauerns, nach einem Schmerz, die beiden zu verlassen, ohne sich auch nur zu verabschieden. Aber sie verspürt nur eine unermessliche Freude, durch die Nacht zu laufen. Die Befreiung ist beinahe physisch, weil sie gerade der Trägheit entkommen ist.

Es ist ihr scheißegal, dass sie feige ist und sich vor Gesprächen drückt. Sie läuft einfach geradeaus, wartet darauf, sich in der Gegend zurechtzufinden.

Eine unermessliche Kraft ist in ihr wach geworden, Gewissheit und Ruhe erfüllen sie.

Der Tag zieht herauf, es wird schon warm. Sie läuft der aufgehenden Sonne entgegen. Sie geht in die Stadt.

Bilder kommen ihr in den Sinn, Gesprächsfetzen. Das Gedächtnis ist eine komische Angelegenheit. Es verteilt alle Informationen neu und schert sich dabei um keinerlei hierarchische oder chronologische Abfolge.

Der brennende Körper im Unterholz verwandelt sich in ein Festtagsbild, alles erscheint in einem anderen Licht, es ist ein Tag der Glückseligkeit.

Auf sein Ebenbild treffen. Das ganze Gefasel über Seelenverwandtschaft war ihr immer schwer suspekt. Keine hat der anderen je reingefunkt.

Ihr begegnen Leute, die zur Arbeit gehen. Jeder von ihnen könnte sie erkennen und lauthals anzeigen. Sie ist nicht angespannt, aber sehr wachsam, bereit, sich bei dem geringsten verdächtigen Anzeichen die Kugel zu geben.

Sie läuft und hält den Kolben umklammert, als würde sie einem sehr aufmerksamen Liebhaber die Hand reichen.

Sie werden sie nicht kriegen.

Sie ist weder völlig fertig noch zögert sie, sie läuft einfach geradeaus.

Im Zentrum angekommen – sie muss lange gelaufen sein, nach der Zahl der Songs in ihrem Walkman zu urteilen –, kauft sie eine Flasche Whisky und Schokolade. Die Sonne steht ganz hoch und brennt so stark, wie sie kann.

Sie setzt sich auf eine Bank in einem Park voller Grünflächen und Spielplätze. *Burn it clean.* Die Augen halb geschlossen, trinkt sie den warmen Schnaps in kleinen, genießerischen Schlucken.

Sie lässt sich von der Hitze erschlagen, großzügiger Sonnenschein für die letzte aller Nutten.

Mit den Fingerspitzen streicht sie über den Kolben und wichst den Lauf, streichelt das Metall, als solle es hart werden und sich strecken, sich wie Bleiwichse in ihren Mund entleeren.

Sie ist bereit, wundert sich, so seelenruhig zu sein. Sie zieht ihre Knarre aus der Tasche, gleißendes Sonnenlicht umgibt sie. Sie wird an Manu denken, wenn der Schuss losgeht, sie werden zusammenbleiben.

Sie liegt flach auf dem Bauch am Boden. Auf ihr kniet ein Kerl und dreht ihr die Arme fest nach hinten. Entwaffnet, umstellt. Sie sind aufgetaucht, ohne dass sie Zeit gehabt hätte, auch nur irgendetwas zu kapieren. Einige sind in Zivil, andere tragen Uniform. Ein paar Schritte weiter wird der Jubel der herbeigelaufenen Passanten laut, die begreifen, wer sie ist, und sich beglückwünschen, sie gefangen zu haben. Sie schmeckt das Blut in ihrem Mund. Beim Hinfallen hat sie sich auf die Lippe gebissen.

Wie es nun einmal kommen musste. Und dabei glaubt man, man käme davon.